天行之诫

TIAN XING ZHI JIE

郭捷 著

广西师范大学出版社
GUANGXI NORMAL UNIVERSITY PRESS
·桂林·

图书在版编目（CIP）数据

天行之诫 / 郭捷著. —桂林：广西师范大学出版社，2016.9

ISBN 978-7-5495-8867-1

Ⅰ. ①天… Ⅱ. ①郭… Ⅲ. ①长篇小说—中国—当代 Ⅳ. ①I247.5

中国版本图书馆 CIP 数据核字（2016）第 227863 号

广西师范大学出版社出版发行

（广西桂林市中华路 22 号　邮政编码：541001
网址：http://www.bbtpress.com）

出版人：张艺兵

全国新华书店经销

桂林广大印务有限责任公司印刷

（桂林市临桂县秧塘工业园西城大道北侧广西师范大学出版社集团有限公司创意产业园　邮政编码：541100）

开本：720 mm ×1 010 mm　1/16

印张：14.75　　字数：240 千字

2016 年 9 月第 1 版　　2016 年 9 月第 1 次印刷

定价：32.00 元

前　言

向往虔诚。

新书动笔之前，我去了些地方，就像某些人办理大事前，要上寺庙祈祷。

先是珠海，我的结拜三弟家。三弟是家传武艺，底蕴深厚，脂肪也深厚。他爱喝奶茶，爱吃甜食和海鲜，用熊掌一样的巴掌挖蜂蜜吃，一天能吃一升，但身法步法出奇的快速灵动，几日里与他劈剑，没少吃亏，被他当头劈的一剑最痛，虽然隔着护甲，还是肿了。

三弟的父亲功夫更高，在那几日里，指点我许多，受用无穷。

“他家富贵不留恋！”——这一句话，我听他们父子俩在各种语境里说了许多遍，三弟告诉我，这是一种心法，是武功的，也是活着的。

我回到家乡后，遇到一个佛学行家，给我讲解《金刚经》，他说《金刚经》中有许多车轱辘话，也就是翻来覆去不断重复的言语，为何？因为众生业力，不可思议！

我依旧鲁钝。

回家不多久，北上去了山西，见我的结拜大哥。大哥两鬓微白，可依旧能在四米外，用一根牙签，射穿酒店房间里厚厚的窗帘；手上的铁筷子，依旧可以锉开我的双臂，顶住我的咽喉。

我到山西的第一晚，是大哥家宴，我才知晓大哥担起了多大一家子人的生计。我坐在大哥左边，大哥的亲弟弟坐在他的右边。

宴席阑珊，还剩下咱仨，酒入豪肠，卖弄情怀，论武事，谈文章，门外忽闯进一健壮后生，说自己也是练家子，问咱仨是否武人，从未听说过我们所论之精妙武事，想亲身体验一把。

我说：“大哥，让我来。二哥，请关门。”

弹指之间，将对方三次降伏，我看着大哥，那是向他报上自己多年的努力。

大哥说："不错。"依旧不惊不喜，其面如佛。

次日，我陪伴大哥来到雁门关，那个将军埋骨，美人远走的地方。

正逢烟雨时，我抚着城墙，默诵石壁上的《长城大风歌》。

"战争哪！"大哥看着关下险峻之处，慧眼之中仿似映出了徘徊谷中千年的战魂，层层黄土层层骨，哪还分得清忠奸、算得出优劣。

还有两个小时，便要坐上离开山西的列车，大哥问我饿不饿，我说不饿，他见旁边有间小饭馆，说跟我再吃一顿饭，再饮几杯酒。

那时，我有些冷酷，"我还要再来的"这句话，始终没说出口，总觉得不合时宜。

山西，英雄地，我没法多待了，还要赶赴另一个拖了一年的约会。

成都，老杨在那里。

但凡过路武人，老杨都会接待，若遇经济困难者，还会出钱周济，江湖名望极好。

可我不是找他打秋风的，是找他喝茶的。

老杨有股利索的气势，从马路对面走来，风风火火，方走到我面前时，他的手机响起，是老杨的小女儿。

"妞妞，你又把玩具弄坏了呀……"老杨一变成爸爸模式，背就佝偻下来，立时矮了三寸。

"我小女儿七岁，已经在香港获得武术冠军了。"老杨电话一挂，腰板又直了。

老杨生下来时，先天有损，跟刚出生的小萌猫差不多大，全身发紫，医生一口咬定他活不下去。老杨的外婆，有老辈人的固执与坚强，将老杨抱回家，精心照料，硬是给保了下来，二十年后还长到一米八，只是力气不足，身子偏瘦。

老杨的武技是个异数，先天不足的身体被后天的勤修苦练所弥补，不光功力极具火候，分寸、角度也控制得极好。他的打斗经验，现代社会很难复制，在那个年代里，大家都是公费医疗，他曾打瞎人一只眼睛，只赔五毛钱挂号费。

跟他有说不完的话，他没上过几年学，可不论艺术、文学，他都能从中找出与武术的相通之处，举一反三地推理出十分精辟的见解，这是天赋，也是人情练达而汇聚成的满腹经纶。

从茶楼出来已是凌晨两点，说得入巷，又逢月黑风高，无人过往，我们便在街头路边对搏、说拳。兴之所至，老杨将沙家碾手、十路弹腿与无极劈挂的精要和盘托出，那是我收获极多的一晚。

我跟老杨说，我的功夫若有你需要的，你也取走，老杨笑笑，说："我年纪大了，已经没心思再去练一门新的功夫，我的拳，你看上多少，尽数学去便是。"

老杨喜欢寺庙，说能净心，带我去了文殊院，遇佛便拜，直到一间殿中，有八百罗汉，老杨傻了眼。我便给他解释一些佛陀、菩萨、罗汉的来历和司职，要有选择地拜。

礼佛毕，老杨烟瘾上来，便坐在殿外的椅子上抽。

这时，老杨忽然问我："郭捷，你觉得你前世是什么人？"

我愣了一会儿，说："我打小爱使刀，可能前世是个刀客……有时又有些放浪形骸，说不定是个落拓江湖的书生。"

老杨说："若有前世，我一定是个纵横沙场的大将军！"

为什么是大将军呢？老杨也许不知。他说出这话的时候，浩然、勇悍之气，伴随着一股壮志未酬的执念，打进了我的胸膛。

老杨，若你是将军，定是个保土安民的好将军，我曾听闻，修行之人，最终会在自己所发大愿而成就的一方净土中成佛，请牢记你的渴望。

这一刻，我决定结束旅行，回家关上门和手机，开始动笔了，武人那毫无保留的心意，我接收了。

武侠电影、电视、小说已经不看了，它们交代了道德、交代了慈悲，交代了兄弟之义，交代了男女之情，交代了作者与导演的才华，唯独从未给"武"字本身一个交代。

那个用岁月、血汗、枯燥、孤独、智慧、隐忍织成的"武"字。

请诸位前辈、兄弟、朋友、同道再等等，我将全力以赴，为尔等度过的峥嵘岁月，写下一纸纪念、一纸交代。

郭　捷

目录

一　潜龙禁卫

不知什么时候起，世间便有不甘泯然于众人者。

他们窥视森罗万象的奥秘，历经艰苦磨炼，体验刚柔阴阳，以凡人之躯演绎天、地、水、火、山、泽、风、雷。

他们不会落下来自生活劳作、衣食住行中的任何灵感，犁耙、磨盘、镰刀、汤瓶、织机、舟船、车轮、纽扣、轱辘、水瓢……取其功能，用其原理。

他们盗取自然之造化，熊、虎、牛、马、鹰、燕、鹞、鸡、蛇、鹤、龟、鱼……习其本领，修其情态，就连那只存活于传说中的“龙”也没放过。

人们所惧怕的灾难，大至兵祸、战乱、天相变动，小至疾病、伤痛、人情冷暖，均被这些人作为磨炼自己身心与技艺的契机。

艺成之后，这些人或施展生平所学为国为民；或踏遍河山寻找对手以证明自己的人生价值；或寻得乖觉、踏实的后生，将一生所学精心传授；又或以自身的本领为凭依，思考天地间的至理，技近于道……

不论他们选择的是什么，这些明知此路凶多吉少、艰苦寂寞，却依旧稳步如山者，他们的事迹总能被后人津津乐道，每当提起这些强者的名字，人们便血脉贲张，心中满溢着巍峨、浩然。

——武人。

文明累积、时间推移、人情变迁、沧海桑田，盛与衰，乱与治，世间之事都随着一些奥妙难言的规律在不断地更替往复，人们将其称为“气运”。

二百余年前，“气运”带来了绝望，古往今来，武人最大的考验降临。

“有刺客！”

皇宫之内，禁城之中，太监刺耳的长啸划破长空。

九五至尊汗水淋漓地坐在龙床上，喘息不止。柔若云朵、美艳如毒的妃子，亦跪于床脚，不敢抚慰苍龙之怒。六位领侍卫内大臣跪于门外，九门提督已率侍卫将寝宫团团围护。

“臣等护驾来迟！罪该万死！”

万籁俱寂，月光如水。

圣上不表态，臣子太监们冷汗直流，那等待天罚的恐惧汇聚一处，空气亦随之惶恐——这是本月来的第三拨刺客，宫中戍卫确是万死难辞其究。

约莫过了三炷香的时候。

“传旨……”皇上开了金口。

不一会儿，寝宫大开，太监捧出圣旨，放声念诵：

禁止民间人士佩带刀剑行走！

禁止百姓角力、拳斗！

禁止民间擂台较技、私传武艺！

民间擂台比武死伤，以杀人罪论处！

以上若有抗命者，斩！

众臣高呼万岁，皇帝长出一口气，安然躺下，妃子为皇上拭去额上汗珠，恬静地侍候皇上睡去。

宫外，一纸“禁武令”屠戮着武人的千年文明，扬起血雨腥风，滚滚南下。

京城的年关，依旧鲜花着锦、热闹非凡，而京城一隅的某间府邸中，却是静谧幽绝。

“老爷，祸事了，南边儿传来消息，大宗师没有藏身避祸，埋伏于半路将皇上派出去搜捕江湖武人的高手全数诛杀，为何大宗师置您的传信于不顾？本朝武将，以老爷武功最高，怕是下一个派去杀大宗师的，就是您了。”说话的老人，是个罗锅，姓伍，名青山，无儿无女，为赫舍里家劳心劳力一世，就连朝廷第一高手、赫舍里家家主——赫舍里洛空，都尊称他一声“伍叔”。

“不出所料，师父的倔强一如既往，也罢，既已传信于他，我也尽了身为徒儿的责任。”赫舍里洛空听闻祸事，并无丝毫慌乱，嘴角反倒挂上了些无奈苦笑。

“老爷，大宗师武功再高，怎能与朝廷对抗？留得有用之身，还可将一身本领传与他人哪！”伍青山见赫舍里洛空这般模样，心中更是焦急。

“师父以前讲过，武艺是人创的，世间万物，随生随灭，今日灭了一门武艺，他日又生出更精彩的武艺，算不得什么，只是要留好模样给儿孙，武心不灭，武艺自然繁衍生息。”洛空说着，泪水直在眼眶里打转。

伍青山终于明白，大宗师求的便是壮烈一死。

赫舍里洛空的父亲，本是善扑营教习，洛空自幼在父亲的教导下学习摔跤。洛空十五岁上下，其父巧遇一位绝顶高手，便让洛空拜于高人门下，学习上乘武艺，这位高人，就是伍青山口中的“大宗师”。

待洛空二十六七岁时，善扑营乃至禁卫之中已无敌手，声名鹊起，被当朝皇上得知，调入宫中，为皇上训练一批执行各种隐秘任务的死士，时称“潜龙禁卫”。

自禁武令颁布之日，赫舍里洛空便深觉不安，自己一身本领本是汉人宗师所授，自己迟早有被派出去猎杀江湖武人的一天，这般亏心之事如何做得？又因掌握了些宫中机要，不能辞官，只得慢慢地与家人演出各种假象，找各种借口休妻弃子，让家人远遁，再娶两名小妾以做掩饰，期待他日皇命难违之时，可远走高飞。

“老爷，您先用膳吧，我去请二位夫人。”

“伍叔，年夜饭，咱家里这般冷清，您一块上桌吧。”

“老爷把我当亲人，老仆心中高兴，却更应记得尊卑。”伍叔低头笑笑，那是由衷的欢喜，原本罗锅的背，驼得更加厉害。

祸事即将降临，赫舍里洛空却吃得更多，练得更多，少喝酒，不近色，每日亲自照料马匹坐骑。他已做出了抉择，当皇命下达之日，他将以迅雷不及掩耳之势，展开束缚已久的羽翼，一飞冲天，藏身于广阔世间。

赫舍里洛空的两位小妾，年龄大点儿的名唤寒燕，小的唤作玲珑，自入家门后，老爷虽一向不冷不热，二人对老爷却体贴入微。为此，洛空心头极是难受，只得尽量清心寡欲，默念四大皆空。

“老爷，您试试这件新衣。”这日用膳后，玲珑捧出一件内衬裘皮里子的马褂。

“噢，你做的？”洛空随口道。

“……这……姐姐做的。”

“是玲珑做的，妮子矫情，这是咱家老爷，你害的什么臊。”寒燕在一旁笑道。

“姐姐坏！你这么说，可是要人怎样呢！”玲珑背过脸去，脸红得没法见人。

“嗯，合身，我出去走走，不必相陪，你们早睡。”赫舍里洛空见了这等温馨场面，心头一阵绞痛，造化弄人，当日随手挑来两个小妾，没想到却是男人梦寐以求的温柔女子。

可洛空要的，是今天的幌子，明日的弃子。

“老爷。”那寒燕远远叫住洛空。

“何事？”赫舍里洛空见她盯着自己，不禁微微皱眉，寒燕眼中隐着些许忧愁与凄惶，哪里瞒得过当朝第一高手的洞察。

“您若是有闲，可否跟玲珑妹妹多说会儿话？她怕是有了。”

“有了？什么？”洛空心中一根弦绷了起来。

“一个多月前，老爷与骁骑营统领饮酒，贪杯了，在玲珑的房里过夜……”

洛空心头那根弦，断了。

夜难寐，想着远在关外长明山中等待自己的妻儿家人，想着眼前两位将终生托付于己的女子，洛空烦躁不安。

妻子走的时候，带了许多细软和银两，她是个非常能干的女人，身边还有自己的小舅子帮忙照料，那是个义气人。

玲珑怀上了赫舍里洛空的骨血，也是家人，自己这一走，便是株连九族之罪，两个弱女子必死无疑。

还有那功参造化，狂放不羁的师尊……那个气吞山河，自幼教诲我人间正道的师尊……

五更时候，赫舍里洛空猛然从床上坐起，这愁得肝肠寸断的高手忽然不愁了，他做出了最后的决定！

洛空向寒燕与玲珑居住的暖阁走去，这一晚，洛空放开心胸，对她们疼爱至极。黎明破晓前，洛空始终没有睡意，搂过云鬓纷乱的寒燕与背过身偷笑装睡的玲珑。

"我教你们骑马吧。"此刻，洛空的眼神义无返顾，再没半点迷惘与愧疚，竟与那功参造化的师尊相似。

寒燕学得不慢还罢了，玲珑平日里羞羞答答，却是天赋异秉，娇小的身躯，在马背上如鱼得水。此时玲珑正穿着红绸衣衫，离得远了，似天边跃动的火焰精灵。宋朝花蕊夫人有"玉鞍初跨柳腰柔"之句，当玲珑不再拘谨，舒展身心之时，其姿质当不输与那艳绝天下的花蕊夫人。赫舍里洛空看得心花怒放，寒燕懂事，唤了老爷一声，使了个眼色，指向远处的玲珑，那洛空心中大喜，取过一张弓，一壶箭，纵马赶上，唤停了五花骢，飞身换马，身子贴着玲珑背后，温香满怀，心情大畅，耳鬓厮磨，要授她骑射之术。

洛空忽然咬紧牙关，一股无明业火涌上心头，只因远方传来了别的马蹄声，不是五花骢，亦非寒燕胯下的黄金瞳，那是朝廷的战马。蹄乱如雨，雷霆动地，踏碎了赫舍里洛空最后的温存。

"圣旨到！"

赫舍里洛空领着寒燕、玲珑下跪接旨，抬起头接旨时，洛空忍不住计算了一遍杀掉传旨太监与随行侍卫的出手方位。

不出所料，师尊这场杀戮，已使得龙颜震怒，皇上圣旨，不论如何，务必将这位胆敢逆天而行的大宗师杀死。

这是最后一次出征吧？洛空回望京城大街，一身功名利禄扔在此地，再无可惜之物。伍叔随行伺候，而寒燕与玲珑着男装，易容成侍卫，再点上些兵勇，带上朝廷的调兵符文，向江浙一带出发。

看似一路平安，每过一处城乡，赫舍里洛空心中，便似在阎王殿前过了回堂，警惕至极，不敢有丝毫懈怠。

这一日，来到一野水荒湾处，前不望村，后不着店，伍叔吩咐兵勇们搭起帐篷，就地歇息，又取来生肉，分与兵勇们烤食，待众人吃得兴高采烈时，伍叔捧出坛酒，给兵勇们大碗斟上，饮下不久，兵勇们陆续口角流涎，动弹不得。

伍叔让赫舍里洛空带着二位夫人先行几步，自己随后赶上。

话说，那伍叔原是刀客出身，年轻时杀人如麻，被仇家追得无处容身，幸得赫舍里洛空之父收容，才留下性命，活到今日。伍叔知道洛空乃义气之人，又在军中多年，视手下军士为手足，而今又有女眷在旁，必然难以下手。且洛空武功虽高，毁尸灭迹之事却远不如自己熟稔，便将其支走，把兵勇们挨个抹了脖子，拖到水边，缚上石头，沉尸水底。

乘消息还未走漏，四人昼夜逃离，已入山东境内，预计走水路北上，到国土北疆长明山与家人会合。伍叔安排了两艘船，早晨派遣一艘先出发，于水路上等待，入夜再乘另一艘赶上，换船再行，可断掉追踪线索。

赫舍里洛空身强体壮自不必说，伍叔也是耐劳之人，只是二位夫人一路劳顿，早已疲惫不堪，只待天黑上船，便可沐浴休息。

当他们满怀希望，乘着夜色掩护，相互搀扶着走向逃命的船只时，赫舍里洛空忽然停住了脚步，一颗心沉入绝望的深渊。他看见了码头前，四个再熟悉不过的人影，幽灵般现身，将他们包围。

“朝仪、偃月、画影、腾空！”洛空道出四人之名，乃当今圣上所赐，以古之神兵为名，其身份，即皇权利刃——潜龙禁卫四大高手到了。

“老师，别叫我画影，我是吉祥。”

“您还是叫我阿贵吧。”

“您可是第一次叫我偃月，还是唤我运儿吧。”

“呵呵，我还是叫小七好了。”

“你们到此，办理何事？”杀戮之事，无所不用其极，洛空深知道其中道理，十几年前自己开始训练四人武技，情分极深，当下虽对自己示好，未必不是阴谋。

“洛大人，追兵半个时辰内便要到了，咱没空多说废话，您的师父，是朝廷钦犯，您散了家人，要保存骨血，这些事儿，皇上都知道，而今您叛逃，杀了数十绿营兵马，罪无可恕。”画影语速极快。

“咱都是孤儿，朝廷养的我们，却是您教的我们，多次任务中，您都救过咱性命，是咱哥几个的再生父母。”腾空低首言语。

“所以，我们并没有毁了您的船，您还是能走的，但是咱会对您全力扑杀，您要能把咱杀掉，就海阔天空了。”朝仪苦笑。

“当咱接到皇上密令，就知道洛大人或咱四个，肯定有一边儿活不成，咱是武人，一战定生死，也是死得其所，何况对手是您，咱苦练多年，没机会去考武举，今日便向老师展示本领！老师恕罪，皇命难违！”偃月言罢，四人同向洛空拱手。

“伍叔，带寒燕、玲珑先上船。”洛空低声吩咐。

“二位夫人，听老爷话，你们自己先上船罢，莫要成了拖累。”伍叔得了洛空吩咐，却转头吩咐二位夫人。

“你……”洛空转头，正要说话，却猛地见伍叔右手提一柄尺半长的快刀，刀身黑黝黝的，若非借着码头一点火把，还真看不清。

“不……”玲珑正要说话，被寒燕捂住了嘴，便往船上拉扯。

“老爷，快些，我跟妹子在船上等你，你不来，咱不走。”寒燕向洛空笑着，那潜龙禁卫亦不阻拦，让二位夫人上了船。

“真是好女人。”洛空看着二人背影，胸中升起求生的必胜之心。

潜龙禁卫四大高手，无声无息地抽出兵刃，两柄长剑两把刀。

两把刀与一柄剑扑出，留下一剑掠阵。

朝仪、画影合战洛空，偃月与伍叔放对。

那偃月使的是连柄三尺余长、宽近三指的长刀，方猱身而上，伍叔立刻疾走，闪入码头前，两堆木箱之间那不足三尺宽的走廊。

“咱们使刀凭的是股勇力，生死分得快，活下来的好去帮忙。”明知狭窄之处不利长刀施展，偃月却并不在意，跟进了狭窄走廊。

“好。”伍叔并未摆出什么架势，只身体自然站立，不断地调理呼吸，汇聚精神，全力放松身体的每一寸肌肉，以待炸出瞬杀一刀。

那偃月却是蹲开一个极低的弓步，双手持刀，刀锋朝前，刀尖朝天，刀柄离地只三两寸，似乎是将自己整个人藏于刀背之后，如猛虎伏地欲扑——正是长刀短用之法。

两个向死而生的人，已各自算计好了杀法，亦放空了自己的身体，是时候了。

偃月刀尖三寸，已切向伍叔额头。

距离半尺，伍叔不动；四寸，再等等；三寸，还不到……终于，伍叔如遭电击，全身汗毛乍起！在刀锋将触额头时，背后命门发力，猛地偏开了身子。

嚓啦！偃月右腕被伍叔反手撩刀削断。伍叔顺手将刀回拉，劈开了偃月的咽喉！

瞬杀完成，伍叔靠在木箱上，狠狠喘着粗气，汗水突破了毛孔，奔涌而出，刹那间浑身湿透，手脚酸软，动弹不得——这辈子最精彩的一刀，此生再无遗憾。

那边厢，三人斗得正酣。

朝仪向来落刀极快、极准、极狠，而今却无法下手——画影以快剑牵制洛空，奈何洛空脚步快，经验算计更快，总能用画影挡住朝仪，朝仪提刀不论如何奔跑走位，都找不到能砍中洛空的地方，才知老师武功高到这个地步。眼见画影一退再退，就要被一剑扎死，朝仪冲上去，撞开画影，使了个“日绕山巅”，长刀自右向左横斩，劈开洛空的剑，双手随即往前送，刀尖直刺洛空，这劈杀的节奏忽然改变，洛空没能抓住杀机，只得侧身避开刀尖，退了两步。

洛空气势中断的那一刹那，腾空出手了，腾空在四人中心态最稳、下手最狠、剑术最高，换由他来牵制洛空，洛空必死无疑。

果不其然，三人一齐动手，洛空全然失去了谋算余地，靠着功底较三人深厚，脚下步法极尽奥妙，大幅度地走转游斗，期望找到机会，可机会还没找着，皮肉没少挂彩，船上二位夫人看着，已急成了泪人儿。

三人终于将洛空逼向了死角，朝仪刀扛肩上，一声大吼，箭步冲出，长刀携破风之声，划出一道绚烂的圆光，斩向洛空，另外二人分别从朝仪的左右两侧夹攻。这一刀太凶，洛空惊了神，一时间谋不出后手，只能依着本能挡架，眼见不活了。

斜里冲出个身影揽住朝仪与画影，正是伍叔，少了俩人，洛空得以避开腾空的刺杀。那伍叔大吼发力，顶住二人便冲，朝仪、画影下盘功夫确实不凡，连退三丈亦未倒地，待缓过劲儿来，脚步稳住，伍叔再也推之不动。

朝仪画影刚要挣脱，后腰上一阵剧痛，使不出力气，却是伍叔用两把五寸匕首扎住了二人，二人手一翻，倒握刀剑，便要刺死伍叔。

“呵呵，换命。”伍叔两眼血红，诡异一笑，令所有人震惊的一幕出现了，这年过花甲的老驼子，竟忽然站直了！

“老爷保重。”伍叔深吸口气，神情平静，仰望着多年未见的皎洁月光，第一次觉得要流出眼泪。

轰隆！一声巨响，伍叔背上暗藏的炸药引爆，这是老刀客最后的杀招。三人粉身碎骨，同归于尽，爆炸的气浪，将洛空与腾空轰飞老远。

“老爷!”二位夫人在船上,被爆炸吓呆了,良久才尖叫起来。

修罗场中,洛空与腾空慢慢爬起,相顾无言。

“老大,咱们快些吧。”腾空捡起利剑,跨步向前,一剑点向洛空,便要使出生平最熟练的剑诀——点睛号脉。

点睛者,剑尖击刺要害,人必有所反应;号脉者,割腕也。击刺人必应之要害,使剑者或将剑拖回,或翻腕换招,即可削断对方手腕。此剑诀可配合各种剑招使用,先点睛后号脉,或先号脉后点睛,反复使用,无有不应。

剑诀厉害,可持剑的手,却离开了主人的躯体,那是腾空的手。

“小七,你练了很多年,杀了很多人,怎么离我这么远便出剑?我不记得你犯过这样的错。”洛空提着染满鲜血的剑,疑惑与失落。

“不想打了……老师,我很痛,咱们快些吧。”腾空的笑,清爽豁达,玩世不恭,这个笑容曾在八大胡同里,不知迷得多少美人倒贴身家。

洛空深吸口气,是要快了,仅剩下的力气,只够再出一剑,削断腾空的咽喉。

码头上,血流遍地,这见证了杀戮的修罗场,在星月光芒的照耀下,如此死寂、落寞。

海上,洛空与二位夫人已经换了第二艘船,老船夫是伍叔的生死之交,驾船本领高超,不必沿着朝廷的水路而行。当船开到了一个看不见陆地的地方,洛空再也挺不住了,跟老船夫要了一坛酒,坐在船尾,饮过半坛,恸哭失声。

黄粱一梦三十年。

洛空的后半生,都是好日子,他忘却了曾经的杀戮与悲伤,每日里读书、练武、饮酒、沏茶。每次饮至微醺,便于堂上高卧,醒来时,屋里屋外有鸡汤与面食、米饭的香气。

山中悠然忘其年,原配夫人时常吃醋,还有寒燕、玲珑,偶尔吵吵架,却也成了赏心乐事。

洛空有了四个儿子,两个女儿,他平时带着儿子进山打猎,闲暇时,也将自己一生所见所闻向子女诉说。

两个女儿的名字,是他们的娘亲取的。

四个儿子的名字,是洛空取的,他们叫吉祥、阿贵、运儿、小七。

子女们将洛空的武艺、机括之学以及各种生存本领，学得青出于蓝胜于蓝，总想出门见见世面，洛空从未答应。

流年暗消，花甲之年后，洛空身子渐渐沉重，在他六十六岁时，让三位夫人将儿孙们唤到床前，挨个看着，心头温暖。

大儿子吉祥，痴迷武艺，武功尤胜自己当年，是儿女中最想出山入世的一个。

“改朝换代了……吉祥，出去走走吧。”洛空轻轻抚摸着吉祥的头。

“爹！”吉祥知道父亲时日无多，心中难受，却因洛空的应允而喜不自胜，一时难禁，浑身发抖。

从前的杀戮，已被时光洗净；曾经的辉煌，随流年远去。

若是让子孙留在山中，生活安逸，说不定这一脉武术从此没落，而如今出山入世的决定，却成了洛空一门的附骨之疽，幽灵一般地，纠缠到了二百年后的传人身上。

佛说，众生业力，不可思议。

二　真武大愿

放眼整个大西北，就数这张家凸最是贫瘠。

这贫困县里的贫困村，几年前还没有自来水，人们每日清早，到山中树林草地里，想尽各种办法收集露水，回家装到水盆里，就是一天的饮用水。

这样的水，得不到保障，实在没露水可用时，便只得用"窖水"，那是在院子里，用低于地面的漏斗收集落到地面的雨水，流入地窖之中。院子里还养了牲口，牲口的排泄物也一并流入窖中，之后需往窖里倒入生石灰或明矾之类，不时搅和，待得完全沉淀之后，用勺撇开面上一层浮物，取水饮用。

这种水喝多了，牙齿会黑，若是拔下来，齿根都是黑的、烂的，且易得骨质疏松或佝偻病。

穷、脏，逼走了许多人，从这走出去的年轻人，不论读书还是当兵，都玩命，只为了不再回来。去当兵的，体检过关，全家人高兴得疯了，立刻系上大红花，看着是往外送，却像是迎财神；去读书的，就算成绩不错，临考试前，全家也得上山祭天地、拜佛祖。考不上，又喜又悲，考上了，是又悲又喜，那一喜一悲的根源，是走出这块穷地的前程和几千块钱学费。

最近村里出了件新鲜事，几天前，来了个疯子，在村口支个帐篷住下，不断往返于距此三十多里的集市上，用一辆板车拉来此地少有的纯净水和矿泉水以及各种饮料，送给村子里的人享用。

一车水，数百斤，水瓶上还散碎堆着些贫困村里少见的烟酒点心，每遇到上坡路时，两条大粗腿与宽肩厚背皆筋肉隆起，疯子看起来严肃而木讷。

村口破墙上，用白漆刷着大字口号：抢劫警车是违法的！

运货回来，遥遥看见这几个大字跟那条趴在破墙下困觉的癞皮老狗，疯子便觉得身上被拉车用的麻绳所磨破的皮肤，特别刺痛火辣，于是咬咬牙，加快了脚步。

淳朴的村民们，承不起这么大的情，他们知道疯子要的是什么。

终于，在疯子晒脱了七八层皮，运完了几十吨水，来到这儿的第十三天夜里，村长跟村民们商量后，将此地深藏百年的秘宝，和盘托出，展示于疯子面前。那一晚，村长将疯子请到屋里，烛光里的疯子笑得眉飞色舞。——此刻，村长终于明白了，打从此人出现的那一刻起，便决定了秘宝合当现世。

秘宝，是一门朴实无华、精悍巧妙、流传有序的一百零八式棍法；疯子，是从南方来此求学，名叫陈半觉的年轻武人。

次日夜晚，在村民们习棍的把式场上，人早已散尽，只剩陈半觉还在缓慢而生硬地舞动齐眉棍。

“爹，看那个外乡人怎么样？有学武的热情，只是学得好慢。”村长儿子从没见人把棍练成这样的，甚是蔑视。

“满仓啊，你走眼了，我觉得不简单，这个人心无杂念，他是要把每一棍的身法步法手法都做到家，不放过任何一点缺漏，这么练是很熬心的。”

“看不出来，难看得很。”

“等他学完，你跟他搏一场棍。”村长不再说什么。

开始习棍后，陈半觉依旧每日拉板车到镇上一趟，回来之后，除了短暂休息与吃喝拉撒等日常之事，便只是在野地里练习，半月下来，渐渐地产生了变化。从生硬到流畅，再到快慢相间，一招一式，化为潺潺流水、珠丸转动，朴实的招法，在轻、重、缓、急的变化下，犹如羊肠小道，幽深曲折，神鬼莫测。

“练得好，练得好。”村长儿子平日练棍，为出风头，一味舞得快，跟这外乡人的武术修养相比，差距不可以道里计，远远望去，已知万不可让儿子与其相搏，有些后悔跟儿子说的话。

这几日大家都闲，也没见村长叫大家上自己院子里去讲武搏棍，老少爷们百无聊赖，就拎着棍，随地挑了处宽敞平坦的土地，踢开地上几块小石头，便使开了棍。

也没什么规矩，有时候多上个人，拆两招，落下风的那个不服气，就磕了起来。有那乖觉的，心里有杆秤，知道自己的斤两和对方的分量，比不过人也不勉强，收手作罢；有心眼儿不大又愣的，下手就越来越重，难免伤人或被伤，这时候就需要长辈们从旁调解。

场中有年轻后生眼尖，望见远处的陈半觉，他正拿着把匕首，用脚把棍踩在石墩上使劲儿锯，锯得差不多了，就靠在石墩边儿上一脚蹬断，然后拿起短了约莫两个手掌长度的棍舞弄起来。

“那二球在做什么？”后生扯扯场中一位老人，老人张着嘴看着这外乡疯子的古怪动作，心底生出些无名火气。

“小陈！小陈！来！一起耍嘛！”老人喊了几声。

“好。”半觉应道，拎着棍走到场边，蹲下，把棍头按在地上磨，磨掉锯出的尖楞，场中十几人都看着他。

“你为啥要把棍锯了嘛？”老人问道。

“这样好使。”半觉答。

“哎，打几下嘛。”有后生邀陈半觉上场搏棍。

“好。”

“满仓！满仓！”

“干啥？干啥？嚷个球呢！”满仓骂骂咧咧地开了门。

“咱的棍法叫人学去啦！那外乡人在场上可狠了，老人们不好动手，后生都被他打翻了！”

“啥？咋会这样？你等着！我拿棍！”

那村长在屋里听见外面的说话，从炕上滚下来，要喊住儿子，早跑远了，忙回屋取棍，追了过去。

待满仓赶到时，场上已经围了数十人，有闻讯提棍赶来的后生，也有其他看热闹的村民，就连那些大婶子小媳妇都放下手里的活计，溜出来看戏，堵得水泄不通。

“让开让开！”满仓刚发话，便已后悔，村民们全盯着他，自己若是上场，那是不得不胜。

正盘算间，忽闻场中痛嚎，又一后生遭陈半觉打翻。

“满仓！我亏你屋里先人！你来！”那后生被打伤了腿筋，一时没爬起来，连拖带滚地让到一边。

“我们教了你棍！你咋这般凶横呢！”满仓气愤填膺，把棍在地上狠狠一顿，上前摆出门户，便要与陈半觉开打。

村长虽是武艺精湛，毕竟上了年纪，腿脚心肺不如年轻人，这会儿才赶上，拨开人群，见自己儿子已经摆出本门棍法的起手式，再望向那外乡疯子，发现他的棍却是比别人的短了一大截，村长年轻时在外省走动过，是有见识的人，不禁心下警觉。

“满仓！你给我下来！”村长吼道。说不得，怕是要自己动手了。

爹不光是村长，还是武艺高强的“镇地虎”，满仓打小就怕爹，长大后虽然骂得少，可这时突然一吼，却把他给吼愣了，也不知该不该听话。

就在这时，忽闻一声冷笑，声音不大，场上人们却听得清楚，转头看时，陈半觉一侧嘴角翘起，那面目极是轻蔑可憎，满仓一时气炸了胸膛，棍尖点地，一棍便扫向陈半觉下盘。

陈半觉亦是以棍头点地，接了这一棍，那满仓正是怒极，岂能饶他，双手一翻，棍比蛇灵，积极抢攻。

陈半觉似是来不及反应变招，招招提棍封挡，全无还手之力，被逼得挡无可挡时，便一退破千招，边后撤边舞出棍术大势，或逼开满仓，或磕开急攻而来的杀招，转眼便退出三丈有余，虽是不断躲避，但却法度严谨，二人打得煞是好看。

“还是满仓练得好啊！你家娃娃厉害！”一老人对村长夸赞，村长咧着嘴强笑，头上冒汗，心中暗暗叫苦——这外乡人面对十几次抢攻，都稳当地护住自己，看着难看，却比进攻要难上十倍不止，此人的功夫底子和经验，根本不是满仓可以相比，怕是自己上去，也未必讨得了好。

村长虽是焦急，可这比武一开始，自己便只能老实等待胜负分晓。

终于要结束了，在满仓当头一棍，携风雷之声劈下的时候，陈半觉发一声吼，身子略微避开，同时自下而上猛地将棍扎向满仓脖子。

“满仓！”此棍若中，儿子不死也半残，村长这几年肾不太好，经此一吓，小腹一松，尿都撒出几滴，几乎失禁。

棒打棉被似的一声闷响，却见陈半觉扎了个空，被满仓一棍鞭在肩上，打趴在地，剧烈抽搐，起身不得——且不论伤势，光听声音便知其受创之重，村民们顿时高声欢呼。

满仓赢了，村长愣了，没想到是这个结果，莫非是自己看走了眼？

“爹！走！不要理这忘恩负义的狗贼！”正踌躇间，满仓耀武扬威地拉着村长便走。

多时，陈半觉缓过劲儿来，吊着膀子，自地上慢慢爬起，满身黄土，坐在地上，咬紧牙关，轻捏自己伤处周围的骨骼，豆大的汗珠从头滚下。检查了一会儿，亏得功底深厚，似乎并没有打断骨头，便拾了棍，慢慢站起，眉头紧蹙，一步一挪地走回自己支在村口的帐篷。慢慢脱下T恤，只见伤口黑紫、皮开肉绽，遂从行李中翻出药物和纱布，用水冲洗伤处，用药棉吸干，方才慢慢把药膏抹在伤处，右臂抬不起，十分麻烦，弄了半个多钟头，才敷好药，用纱布包扎完成。

陈半觉又从旅行包里取出一小袋无脂肪乳清蛋白粉，倒进水瓶里溶了，服几粒维生素、钙片，又剥了一块压缩饼干，木讷地咀嚼，吞咽之时似乎牵扯了肩头棒疮，眉心紧蹙。果腹罢，从包里取出一个早已落伍的诺基亚手机，发出短信。

南方沿海的一座大都市，寄托了太多人的梦想和期望。年轻人完成学业，凭借内容丰富的个人简历和聪明的头脑在此寻觅工作，奋斗几年，在某个公司、企业得到一个管理者的职位，足以回到家乡，向同学和邻里夸耀。也有并未受过高等教育，来此寻梦的年轻人，身无长物，每天在厂房里的流水线上日复一日干着重复、枯燥的活计，也能拿到比在家乡略显丰厚的薪资。各种各样的人等在此交汇，当然也少不了那些每日与人们擦身而过，却默默无闻的练武人。

在这样的大都市中，练武人是最无奈、最辛苦的一群人。对自己的功夫有自信者，多半都将最好的时光倾注在了武术修炼上，文化水平却是稀松，而正因如此，对练武人来说，武道往往就是自己的整个世界。历史巨轮无情转动，所有人都紧随时代大潮而去，只有他们留在了原地，孤独地守护着先贤传授的无用之用。在各个武馆、健身中心求职，或在网络上发布消息，希望被聘做私教，又或者为某个大老板做保镖，得以寄人篱下——这是绝大多数武人仅剩且渺茫的生存希望。

可是天道有情，不论如何的困难绝望，总会给人留下一线生机。早些年间，国学复兴，一座名为“真武书院”的武道文化胜地在这大都市中应运而生。真武书院坐落于距海边一公里处，近市中心，却又闹中取静，书院之前有一占地七八亩的广场，穿过广场来到武学胜地那陈旧拙朴的木质牌坊前，牌匾上刻有笔画硬朗、锐利锋快的四个大字——真武书院。牌坊后乃是一条青石板铺就的大道，大道两侧武馆林立，其间还夹杂着食店、药铺、超市、饮料烟摊等，不一而足。行数百步，道路尽头，乃是一古拙大院，厚重的实木大门紧闭，不知其中就里。街道上除了馆中武人正努力修炼，亦多有游客参观，相机的咔嚓声不时响起。

原来，那书院前的广场上，任由外来拳师教学，如今已被十多个流派的拳师占用，若有本事，可于各个把式场公开比武，凭本领占地盘，而真武书院亦会每月给予广场拳师一定的经济补助。如今这广场上的拳师已沙里淘金般地换了好几茬，留下来的皆为强手。每年，真武书院又会从这些广场拳师里挑选强手，进入书院的大街上开馆授徒，被选中的拳师，补助金额更高。至于那街道尽头的实木大门，却并不常开，可真武书院中的最强高手，都居住在其中，不论广场上公开授艺的武师，还是街道上各个武馆的教习，但凡有疑问，皆可电话预约，找院中高手请教，有问必答，当然，若是上门挑战，他们也绝不回避。

许多武人将真武书院放在心里，不断打磨着自己的功力拳脚，以待他日走投无路之时，可到书院争一席位，而更多的武人则是在挑战真武书院失败后，心生畏惧，另谋生路。

只是江山代有才人出，上位者被后起之秀击败，这样的故事在武道的历史中不断地上演。这一日，四位从北方远道而来的好手，在真武书院旁的旅馆中住下，自清晨起，便在广场上观看揣摩众位拳师的武艺路数，持续数日后，终于露出了挑战者的锋芒。

场中，有位教授八极拳，跟学徒们一同练习，对自己高标准、严要求，目光炯炯的年轻拳师——即将成为远道而来的挑战者出人头地的第一块垫脚石。

自桩功开始苦熬，年轻拳师的学徒们不足一刻钟，纷纷散了架，揉胳膊揉腿。而作为师父的人，却忍受着腿上的酸胀疼痛，汗如雨下，细细调校身体，严守着桩功的要领与规矩。

开始打拳，年轻拳师不厌其烦地给学徒们校正身体动作，时而弓下身子，挪动学员腿脚，调整站立角度，又细细观察学员握拳时手指的松紧不同，一丝不苟，不论学员是否认真听讲，都不厌其烦地一遍遍亲身示范，反复讲述着每个动作的要领。

站桩行拳之后，年轻拳师会陪伴每一个学徒对练，进行八极拳招式的二人对拆，学徒们功力高低不一，拳师下手也分轻重快慢，甚是劳神。

四个挑战者像一个老辣的猎人，如空气、泥土般，站在那些个最不起眼的地方，等待目标劳累、疲倦。

正午时分，众人已是练得饥肠辘辘。待得学徒们纷纷散去，年轻拳师舒展了面容，嘴角甜蜜地翘起，拿出手机拨通电话，约姑娘吃饭。

“宝贝儿，我在路口那间新开的饭店等你……嗯，还没去过，中午带你一块去试试……别担心，书院的补助过两天就发，嗯呐，一会儿见。”

年轻拳师脱下汗水浸透的衣衫，塞入运动包里，再拿出件漂亮衬衫换上，用毛巾将头脸擦拭，整理了头发，便要赴约。

“慢着。”一声低沉轻呼，近在身畔，年轻人汗毛乍起，猛地转身，却见身后四个穿着极不起眼，却身形厚重之人正盯着自己，目光灼灼，来者不善。

“在下李平，要跟你比武，你如果输了，这场子就让给我，开始吧。”当先一人不由分说，摆开格斗架子，身边三人散开观看。

年轻拳师深明此地规矩，只微微一愣，随即明白发生何事，将包放在脚边，轻轻一脚踢开，两脚前后开立，抬起双手，正要摆开八极拳技击起手式。

只听得那挑战者一声大吼，猛地冲上，那年轻拳师阵脚不稳，慌乱中只得暂退，可退后的人如何有前冲者快，被贴身撞上。

那八极拳本就擅长吃根埋根，近战短打，可这年轻拳师一上午练功，末了再为二十余学徒喂手，腹中饥饿更是雪上加霜，只觉腿脚发软，适才又与女友约会，正想着温存之事，泄了胆气，哪里受得住挑战者隐忍半晌、突如其来的爆发？被发力猛推，退得七八步时，脚下一崴，跌坐于地，挑战者哪肯放过这等机会，一脚弹踢，钉在年轻拳师脸面。

适才结束练习、纷纷散去的人，见有人比武，正要聚拢来看，还没来得及细瞧，弹指间便已打完，好不容易走近时，那年轻拳师一手捂住嘴脸，鲜血从指缝溢出，双眼紧闭，痛苦难当，另一手缓缓撑起身体，两脚前后开立，强撑起身架，却是斗志未消。

挑战者感到赢得不够漂亮，见年轻拳师站起，正中下怀，早向其走去，此时见他竟还摆开架子，再没留手，左右开弓，身法忽起忽落，向着头、腹，一顿冲拳连击，将其打翻在地，不能动弹。

战罢，人群却未散去，有好事者，上前查看，或打电话，替败者寻求救护，约莫过了一袋烟的功夫，年轻拳师慢慢坐起身，将被踢落的牙齿吐在掌中，慢慢挪到运动包旁，取出纸巾，将牙齿包好，拿起手机想了好一会儿，还是拨通了电话。

"喂……我们……暂时不见面了，我打输了……对不起……我爱你。"牙齿漏风，加上口中冒血，使得年轻拳师说话含混不清。他挂掉电话，随手抹了把脸上的血，沾血的手，又使劲抹抹眼泪，满面污秽，像个大花猫般坐地叹气。

武人的世界太残酷，遇着个硬点子，便财色两空、威名堕地，下面便是要忍受外科医生和牙医的折磨、连续数周的剧痛，然后与失败和恐惧的心魔进行长期战斗。

当年轻拳师背起包袱，将要离开广场，命运之神唤住他，回头看一眼。

听说真武书院是个神奇的地方，除了每月给拳师们红利，还能帮助武人化腐朽为神奇，重获新生——年轻拳师打消了离开的念头，回头，大步穿过真武书院的牌坊，身后，那流过下巴、点滴落下的鲜血，恍如路标，指向街道尽头那奇妙的去处。

不多时，那一向紧闭的大院里，走出来一个十分好看的姑娘，向挑战者告知，在这广场上教拳，收取每个学生每月的学费，不得超过三百元，无须上缴，都由拳师本人所得，随后取出一张银行卡交予挑战者，并告知，只要持续在此教拳授艺，这卡中每月会存入两千元，充作拳师的生活补贴。

周遭围观的拳师，早已各自散去，此战，为他们敲响了警钟。

之后不出一星期，远道而来的挑战者陆续将各把式场的拳师击溃，占据广场上的四大席位。其他拳师见惯了风流云散，对四个新晋拳师的心狠手辣也不以为奇，相处融洽，时有切磋交流、吃喝聊天。

可是四人对真武书院了解得越多，便越发感到奇怪——这里薪资最高的人，竟然并非拳师。真武书院的街道上，有一间"苍生草堂"，大门里边儿，正对街道的照壁上书十二个大字“大小之争、古今之辩、华夷之防”。“苍生草堂”的教师姓黄，每周开讲，门庭若市，讲的是东方文明、西方哲学，真武书院外多有黄牛贩卖“苍生草堂”的听课券，已经炒到五千元一张，真武书院大当家岳虎禅亦尊这黄姓学者为学问之师，显赫尊荣。

书院街道上还有一老人，约莫七十岁，天气好时便会从街道尽头的大门里出来，找个地方，面向太阳，舒展眉心。老人少年时生了一场大病，以致于落下残疾，双目皆盲，从那时起，每日里便捧着一部《瑜伽师地论》，坐在一所小学门口，每每听见有人路过，便轻轻扯住，请人行行好，为他读一行佛经。如是十年，将一百卷《瑜伽师地论》近百万字倒背如流，且深解义理。据说老人没有固定薪资，衣食住行皆有人照顾供养，但凡要行有为之事，只管向书院开口，书院大当家无有不准。

“这儿的水比股市还深。”李平与其余三位挑战者时常合计，每每说起书院制度，皆不得要领，摇头叹气，只能将期望寄托于书院每年的年终比武。

李平不断地思考，他深知，比武动手，并不一定是谁的武功高就能取胜，交手时的身心状态，甚至是运气等原因，很大程度上可以左右胜负，想必是自己做得还不够好，被质疑是侥幸。于是乎，李平用功更多，除大量练功与观摩各家武术之外，无时无刻不在参悟各种打法，算计着与人比武时的各种可能性。

其间，李平曾提上礼物，去过几次真武内院，每次向看门大伯说明来意，他都会入内通报，可带来的都是不近人情的拒绝，始终未能与真武书院领导层见面。

春去秋来又一年，李平于年终比武再次夺魁，赢得干净漂亮，事后在远离真武书院的一家饭店中设宴招待众拳师，觥筹交错间，酒气上涌，众人皆现豪强之态，给李平敬酒者络绎不绝，皆夸赞其本领高强。

“书院的最后一个高薪席位，非李大哥莫属！”有人如此叫嚷，李平只是摇头微笑。

“妈的，那些街道上道馆的教习，也不见得多厉害，凭啥他们就……”有人抱怨，李平听见，眉头微皱。

“咱谁都没跟他们交过手，人家那是深不可测啊。”李平望向那抱怨的拳师。

“屁！我三年前跟街面那个咏春拳馆的教习交过手，他也就手法还算过得去，我当时凭功力都碾压他，倒是他被选为高薪教习，真是莫名其妙！”那拳师拍着桌子，忿忿不平，众人有的沉默，有的点头，显然都知道此事。

“莫非是裙带关系？”座中有人如此问着。

“我查过，还真没啥关系，但听说却是书院大当家点名要他！”

“瞎了眼么！”

“嫉贤妒能吧？”

“都什么时代了！应当民主选举！”

“对！民主！”

众人高举青筋暴突的拳头，仿似要打碎真武书院的强权与不公，饭店服务员虽不知这伙人的来历，只觉戾气冲天，上菜送酒也胆战心惊。李平四下望望，摆摆手，示意众人停了喧哗，自己低头沉思。

“咱们邀请街道上的武师们，来一次公平友好的武术交流如何？”李平虽是询问，其心里的打算却似早已定夺，只挑这气运鼎盛之时公布。

次日，在李平的调遣下，众武师各自向真武书院麾下武馆散发战帖，诸武馆却纷纷高挂免战牌，将帖子退回，引得广场武师们轻蔑之心更胜，终日狂言，气焰嚣张。一时之间书院外的把式场上，竟成了口舌恶海、是非凶场，书院威名摇摇欲坠。

这时李平却犯了愁，这等争端不甚实际，须得一鼓作气，正面交锋才好。为免士气低落，李平不愿再拖，决定纠集众人到真武内院，与书院领导层正面对话。通知众拳师集合，一众三十余人，气势汹汹地向书院走去。

真武内院甚是清幽，风过竹林，池中鱼跃，虫鸟之鸣，所动所闻皆自然之精华。书院副院长郑平安，早在数年前，凭着一身过硬的八极拳与劈挂掌名震一方，霸道无伦，近来查漏补缺，又觅得上好功法，勤加修炼，身心境界越发深沉莫测，能让他着急上火的事已是不多。此时此刻，他脚步急促，朝书院大当家的住处赶来，也不敲门，直闯进去，见大当家岳虎禅正愁眉深锁、哀苦难言。

“李平闹事，我去拿他。”郑平安早已按捺不住，开口请战，岳虎禅揉揉眼，愣了一阵神，把手中书本狠狠摔在桌上，突然发了脾气。

“李晨这王八蛋，说要扩展国外生意，叫我背这劳什子英语，大半天了，二十个单词都没记住，不学啦！明天叫他帮我请个翻译，女，二十五岁以下，面貌姣好，三围要35、23、36，观念开放，和蔼可亲，就这么定啦！”岳虎禅被英语单词折磨得郁闷难当，满腹怨气，破口大骂。

“老大，人家打上门来了。”郑平安再次念叨。

“唉……是那个李平吧？”岳虎禅长叹一声，收了怒火。

“是，我来说一声，这就去把他料理了。”郑平安正要离开，被岳虎禅叫住。

“这一场，你让让，给别人个机会。走，去看看你那师弟。”岳虎禅抛下英语书，只觉浑身轻松，大步迈出。

郑平安的新师弟，名唤刘光武，两年前完败于李平手下，被夺了把式场，于真武内院门前守候三日，等到郑平安出门，纳头便拜。平安无奈，将其带入内院，问清来龙去脉，以及年轻拳师的诸多情况，对他渴求武道的精神甚是喜爱，奈何二人年纪只差两岁，以师徒相称并不合适，平安便将他推荐给义父郑山河，而后代父传艺。

“这两年你都让他练了什么？”岳虎禅问。

“除了八极拳，还有大成拳的桩功、摩擦步。”平安答道。

二人来到练武厅，放轻脚步，远看刘光武练功。

大成拳是近现代大拳师王芗斋所创，王芗斋乃一代奇人，八卦、太极、心意尽数成就，而后遍访天下，心生感慨，觉得大多流派武艺修炼之法过于繁复，常人学习，极易错漏，费时费工，难窥拳家要义，遂将所知所学融合、简化、改良，创出大成拳。

郑平安前两年曾于广东游历，遇一僧人，法名云登，年近花甲，乃王芗斋徒孙，郑平安与其交手，三战三败，遂拜师求教，得传大成拳功法，与自幼所习之八极拳配合得丝丝入扣，一身本领再无瑕疵，修为更上一层楼。

郑平安忆及自身经历，深思熟虑之后，经圆德法师同意，将大成拳功法传与刘光武，光武艰苦卓绝，每日站桩都在三个时辰以上，功力突飞猛进。

厅中，刘光武练着摩擦步，慢之又慢，如履薄冰，身子如水中海草飘摇，其神如雾中猎豹，欲扑未扑。

看得片刻，虎禅上前招呼光武，二人推手试力。

“真憨牛也。”约莫一支烟的工夫，俩人各自退开，虎禅感觉刘光武功力厚实，大为赞叹。

郑平安将李平聚众闹事的因由，给刘光武细细说明。

“对我们来说，拥有正直的武心，和为了培养后进而奉献一生的情怀，比什么都重要。至于武艺高低，只要有好方法，都能练出来。去，找回你的场子吧。”虎禅挥挥手。

刘光武笑得既欣慰，又伤心，潜伏爪牙良久，终得一展身手。

“不要针对某人，要过你自己那关。”虎禅眼神一冷，刘光武收了笑容，向虎禅拱手行礼，随即走向大门，郑平安不放心，要跟出去，却被虎禅扯住。

虎禅让平安取来白酒，席地而坐。

不多时，书院外传来辱骂之声，很快便歇了，了无声息，忽然之间喝彩之声大作，又有冲撞、殴斗之声。

“开始了。”虎禅身经百战，这些无比熟悉的声音，早已充盈了自己整个青春，将来也会与妻儿、兄弟般终生相伴，是以毫无反应，只静待结局。

平安将酒斟满。

“三杯，光武也喝。”虎禅让平安多斟了一杯，此时，门外的动静已然渐歇。

“滚！”远处传来一声呼喝，当是光武舌绽春雷。待人群散去，依旧夜凉如水，内院的红漆大门发出吱呀声，轻轻地开了，随即关闭。

刘光武脱下被撕裂的上衣，抹开脸上鲜血，来到虎禅与平安面前，待要跪下道谢，虎禅说此乃陋习，大家该拥抱庆祝。三人痛饮，不多时，平安与光武皆醉倒当场，只留下虎禅自斟自饮。

无人相陪，酒淡乏味，虎禅起身散步，不觉间，来到真武内院中的最后一间大殿。推开门，回声清迥，殿中正对大门的墙壁上有一幅大字，上书“圣人抱一，为天下式”，除此之外，空无一物，虎禅走到大殿中央，席地而坐。

手机响起，虎禅打开新收的短信：“吾当下正在甘肃天水游学修行，求得精妙棍术。此地贫穷，亟待教化，需购图书器械若干，钱已汇入书院账户，请三师弟立刻派人采购、运送，所需之物、数量，罗列如下……”

“这才是能够掌管最后一间道场的人。我的大师兄，你何时回来？”真武书院大当家双目微醺，痴痴望向大门，口中轻声吟诵，不知所云。

式微，式微，胡不归？微道之故，胡为乎中露！

式微，式微，胡不归？微道之躬，胡为乎泥中！

——

天已暮，
为何有家不回？
若非为求大道，
怎会餐风饮露！
天已暮，
为何有家不回？
若非为求大道，
怎会遍身泥尘。

陈半觉仍旧没有离开那个贫瘠的村庄，只是这几日胳膊抬不起来，没再练棍，也没再运水，偶尔在村口的道路上练习一些本地人从未见过的奇怪步法，或在村子里四处看看，之后便是站在村口望着远方，像在等待些什么。村里长辈有一种"卧榻之侧有人酣睡"的难受，便来找村长商量，认为不可放纵此人，应尽早报告乡政府，赶走陈半觉。

"不要管他，你看看那外乡人用的东西、穿的衣服，哪样不是大城市的高级货？我们这里除了棍法，你回家看看有没有什么东西能遭人惦记的？"

村长说的在理，村中老人虽然不同意，也无计可施，摇着头离开了。

"爹，话是这么说，你看他那样，怕是个武疯子，我去把他赶走吧。"满仓此战大胜，信心十足。

"要是武疯子，你早死球。"

"爹，你看了比武，他根本不是我的对手！"满仓极不服气。

"放屁，人家让你咧！"

"他为啥子要让我嘛！"

"这……我也不晓得。"

"那就是了嘛！"

"满仓，做人要谦虚些，就算人家不是让你，你想下人家才学了几天棍？"

"……"

"不要想喽，以后好好练，加把劲吧，不要亏了先人的脸。"

村长板起脸的时候，满仓再不敢顶嘴。

这一日，村头的道路上传来了货车颠簸声，陈半觉急忙从帐篷里钻了出来，面对着远方送来的希望，那木讷的脸上终于笑容绽放。

"哈哈！大师兄！验货！哎呦！你瘦了不少啊！"一精壮汉子从副驾驶座下来，跟陈半觉甚是亲热。

"都齐了？"陈半觉微笑回应，拍拍汉子的肩膀。

"十箱，是学前到高考的课本、参考书，还有几箱是农业养殖知识和经济、军事知识入门，都是你要的，还有那个……哎呀！你们轻点！别扔！给老子好好搬下来！"汉子看搬运的人粗手粗脚的，便骂开了，又从随身的包里，掏出一叠钱，塞到陈半觉手里。

"什么意思？"陈半觉皱起眉头。

"三师兄让我给你带话，说你挺穷的，你出主意，他来出钱，这是百年树人的大事，积德啊。"

"狗大户，跟我来这套。"陈半觉知道自己这三师弟无利不起早，这钱绝不是白给，遂收入旅行包内。

村长家门口，堆上了许多大箱子，村民们围了上来，只是村长家门紧闭，不见动静，陈半觉掏出一个信封，从村长家的门缝里塞了进去，随即单膝下跪，拱手行礼三次，背上了包袱，随货车离开了村子。

"村长亲启？爹，你看。"满仓捡起信封，跑进屋里。

村长老伯：

见信好！

感谢您的悉心教导，这些礼物，请一定代全村乡亲们收下。

我之所以下手凶狠，是为了将村中习棍之人的缺漏之处打出来。

你们平日习棍，没有任何保护，只能手下留情，点到即止，长此以往，棍术有失老辣，反不利于实战。礼物中准备了剑术对练所用的护甲四套，对练时穿戴，尽力出手也可免重伤。以此练习，武艺必能更进一步。

我毕竟是个外乡人，无意在此耀武扬威。输于令郎，是不愿影响你们在村民心目中的地位，若是令郎堕了威名，不利于统和村中武人。知子莫如父，这一节真相，您是否告知令郎，还请自己斟酌。

其余书本，请交于村中有文化或专业知识者，让他们学习，并且将知识教授给乡亲，村子振兴可期。衣食无忧，方可专心于武艺之道。

您与乡亲们的授艺之恩，晚辈终生不忘。

陈半觉拜上

"屈煞人啦！"村长边嚷边向外跑，开了门，眼前是一大堆箱子与几十个围观村民。

"那外乡的后生咧？"村长问。

"走咧！坐大车走咧"

"啊呀！我咋就不知道问下人家住哪儿嘛！"村长一时间手足无措，只得望向远方路上扬起的尘土。

"疯子走咧，能睡好觉咧！"说话的是村里一个懒汉。

"疯你妈×！"村长骂道。

陈半觉在货车后箱铺上野营垫子，囫囵睡下，体内满载着新学的本领，还有疼痛与疲倦。

路上颠簸，总是似睡非醒，朦胧中看见了许多漂亮女人。

女友甲——

"我知道你要的是什么，呵呵，要是早两年，我们能勇敢点儿结束，现在应该已经走出去了吧？你好好练，以后要多注意安全，审时度势，不要随便跟人玩命。"她不再像从前那般紧紧地搂着陈半觉，这回抱得很轻，时间也很短，彬彬有礼。

"嗯，谢谢，对不起。"陈半觉说。

其实，我不想结束，我早习惯你了，在心里，你早已不是我的女友，而是我的老婆了，我无法想象你再找到下一任男朋友时的样子。之后我会有很多个晚上五阴炽盛，夜不能寐——这才是半觉真正想说的，但是说不出口，也说不得。

女友乙——

“陈半觉，你记住！我珍惜你时，请你也珍惜我！我能惯着你也能换了你！别等我走了才讲你爱我！我要是走了，那就后会无期！”她很气愤，那原本散发着香气的柔软长发，现在看起来也觉得生硬而酸涩。

“……”陈半觉依旧沉默，憋缓了呼吸，压制心中的抽搐。

其实，我真的很想和你一起吃饭，一起休息，随时黏糊着你。人心里想的是什么，我比任何人都清楚，如何将你哄服帖，我非常明白。——但是花有重开日，人无再少年，我不敢误了你的岁月，分手实在说不出口，我只能沉默与“无作为”。你生气，你死心，就对了。——这是半觉心底的秘密，他绝不会告诉她的。

女友丙——

“呵呵，我想要的是安全感，我还是比较喜欢成熟的男人，人总要过得现实点，我一会儿有约，先走了，拜拜！”今天她看起来特别漂亮，打扮得特别精致，笑得也格外勾人。

“也是，应该如此，那你先去吧。”陈半觉忍住了故作风度的微笑，面容依旧木讷。

“其实，我只是日子过得清贫，我有房，还不止一间，想要车，随时便有。”半觉很想这么说——去！这么幼稚的争辩，才不会说出来哩……

只有她吧……

半觉自己开了一间书店做稻粱谋，书店里的仓库，便是白天练习桩功和打熬筋骨的地方，那日练完出来，一姑娘来到柜台前买书付账，见半觉满头大汗，随即递上纸巾，从那时起，便相熟起来。从递上纸巾到直接给半觉擦汗，再到时常一起吃饭过夜。

半觉一直感到有些歉疚，因为每日里，有大量的时间要花在练武上，甚少有机会陪她玩耍，直到一天夜里，半觉盘算了练功时间，决定第二日带她出门旅行。

“明天……”

“半觉……”

二人同时出口，半觉示意她先说，她爬到半觉身上，搂住他的腰，脸贴在半觉胸口。

“下个月，我要回家结婚了。”

半觉心头一凉，睁开了眼，望着天花板，良久。

“对方人好吗？”半觉把自己的心撕成两半儿，剖出这么一句话，她哭出来，时间很长。

半觉知道，“下个月，我要回家结婚了”的意思是“你快跟我求婚吧，我立即就答应”，可半觉依旧将此事憋在了心底。在那一夜的十多天后，将姑娘送到了机场。

借我半生戎马，许你共话桑麻——这是一场赌注太大、太残忍的赌博，半觉没胆子开这个局，做这个庄。

半觉蜷缩成一团，双臂紧紧抱胸，两眼紧闭，呼吸越发困难。当那些说不出的话、憋在心中的情感化为激流，将要把半觉吞噬的一刹那，半觉全身一颤，从狂躁中猛醒过来，身上满是冷汗。

“武道和情感两全，哪里有这般便宜事？有的人聪明、有的人富有、有的人走运，他们飞得轻快、高远。有时候真会羡慕那些像是长着翅膀的人，我没有羽翼，只有一双强壮的腿，要拼命地向上跳。”半觉努力平复着心事，脱下了湿衣，用塑料袋包好，换了一件干净的，撩开货车尾箱的帘子，吹风提神。

耳边风声呼啸，心中郁结难开，半觉朗诵着一段话——

三清道祖、真武大帝，及诸天众神在上，弟子陈半觉当天立誓：我愿以自身能力所及，遵守誓言。凡教授我武术之人，我当如尊重自己父母一般尊重他们，作为终身尊重的对象及朋友。授我技艺的恩师一旦发生危急之事，我一定出手相助，将他们的儿女，当作我的兄弟姐妹。若恩师儿女愿意习武，我将无条件传授我所知、所会的本领。不论何时，都不自满，不断学习能补我之不足的武术以及其他武人的经验。对于我所懂得的武技与练习方法，不论是能口头表达，还是可以书写的，都将传授给能够勤奋修炼、不离武道、为人正直与发誓遵守同样誓言之人，不论贫富，不论美丑，不论地位高低。

我愿在我知识范围内，做对武术有利之事，绝不以武术行不义之事，不得教人错误的练法，更不答应他人以武害人的要求。我愿以此纯净、刚直之心研习、传授武道，坦然迎接一切的挑战，以平和的求知之心对待所有的胜负，绝不因比武胜负之事怨恨他人。若遇不适合修炼我所懂得的武术之人，我当尽力为他介绍我所了解的名师。

我遵守以上誓言之时，盼三清道祖、真武大帝，以及诸天众神赐予我的生命及武艺无上荣光，我若背誓，将身受诸天之罚。

这是陈半觉二十七岁那年，于山西云梦山昊天观，三清祖师像前立下的大愿。

正是：云云大千逐红尘，闻听修行笑煞人。惜得二三乖觉者，常省电光火石身。

近来时常觉得，尘世间众人追逐的各种快乐，极是浅薄。半觉怀中抱棍，随手摩挲，有这简单而朴素的寄托，够了。

三　雎　虎

两日后的清晨，半觉回到了自己的小窝，他住在南方鹊山城城郊的自建房，便宜而宽敞；门前不远处，江水东流；左右两边，住了两个好邻居，都是热心肠的大厨，一个叫洪枫，一个叫王楚，这俩人在同一间酒店工作。

此二人性情迥异，那洪枫外号“花厨”，是个帅帅的中年大叔，不知有多少阿姨惦记着他。每日下了工，“花厨”把自己洗刷干净，打扮利索，化身为花丛中的勤劳小蜜蜂，跨上自己心爱的摩托车——“北欧女神”，发动机轰鸣，长啸一声：“喝酒去喽！”，当晚就没了踪影。

王楚则是个奇人，每日从酒店回来，便坐下，饮茶定心，片刻之后，即开始练字，已经写了近三十年的楷书。王楚的字极是方正，一丝不苟，铿锵有力——若人见其字，心中自生浩然正气。有人告诉陈半觉，王楚写的是正经的“士大夫字”，有刚健雄浑的骨力。

眼前，二人正晨练，洪枫站的是养生桩功，王楚练的是武当拳三十六式，都是半觉教下的。

“洪叔，王叔，我回来了。”

“哎！陈师父回来啦！呦！你这可瘦了不少啊！”二人迎上，上下打量，那王楚心细，透过半觉的白色T恤，隐约见里面有绷带包扎。

“我饿。”半觉说出这话时，眼泪都快掉了，他经历过许多幽程险滩，可这趟西北行，毫无疑问是吃食最难的一次。

“等着！我给你烤羊腿去。”洪枫方要回屋，被王楚拉住。

“他现在不宜火燥之物，你在这儿练着，我给他弄。小陈，你回去先歇会儿，好了我叫你。”二人皆知半觉是个武道修行人，没少见他受伤，洪枫随即会意。

半觉点头答应,交情到了,也不必多客气,因为有这二位与那屋前山水,他对居住环境心满意足。

一碟烫干丝,还有白果瑶柱粥,吃得半觉热泪盈眶。

“这娃遭了多大罪啊?”洪枫看着半觉,不住摇头。

当夜,“花厨”从酒店给半觉带了不少美味。饱餐一顿,略加休息,半觉的生活再次回归正轨。

门口的江流,有近两公里的江岸线,每天夜晚,半觉都在这儿行拳,一步一式,走两个来回,也就临近子时了。

这段江上,有一两户时常往来的渔民,春去秋来,看惯了这江岸上的练武人。半觉有时会给他们带上一两包好烟,而他们从水里得了好鱼虾,会取上些,拿个网兜挂在靠岸边儿的一棵隐蔽小树上,半觉便将这些新鲜水产交给两位大厨烹饪,而半觉不在的时候,二位大厨也知道来这儿取。

“呦!小陈!好久不见啊!”

“阿土伯,好久不见,给你带了几包西北烟,试试抽不抽得惯。”半觉把烟递给打渔老伯。

“这趟出去得长啊?”

“是,快一个半月了。”

“那我干活儿了!你练吧!加油!”捕鱼老伯把些新鲜的小鱼小虾挂在树上,撑开了竹筏,没几下就到了江心。

膀子上的伤还未全好,只能苦练步法。

半觉最擅长的武艺,是五行通背拳和戴家心意拳,这如今走的步法,是戴家心意的“串子步”,蹲猴儿起势,双手从下往上,从前往后划着立圆,同手同脚,顺拐着走,手法领着身子腿脚。快起来时,听着鞋与地面“蹭蹭蹭”的摩擦快响,两脚只能看见模糊的影子,快行一会儿,慢行一会儿,中间还突然提膝倒退,或快行之中急停、转身,毫无滞怠,身法步法甚是精湛。

当今时代,武道衰微,如陈半觉这等武痴,越发难寻。

大城铁不如,小城万丈余。

连云列战格,飞鸟不能逾。

胡来但自守,岂复忧西都。

艰难奋长戟，万古用一夫。

半觉时常用杜甫的《潼关吏》来激励自己，他有时练完休息，坐在江岸边，看见日月星辰、山川河流，偶尔会想起师父的话。师父常说，三师弟灵气，像天空，像飞鸟，风流云散，万事自如；说二师弟像火焰，温和，有些冲动，动起手来，如火机而待发……至于自己，木讷得厉害，但好在结实、敦厚，像是脚下那总是被人遗忘的土地一般。戴家心意门历代祖先，多精于五行拳或十大形中的功夫，而陈半觉却是精于入门时的四步丹田功与四步丹田功所演化的变式，纯属苦心得来，久操久练，熟能生巧之后，竟然成就出了自己所独有的打法，却也和拳法要旨相符，算是个小小的异数。这世上，还真没有谁比谁精，谁比谁傻，大自然中，万物有用，人也一样。

过得几日，伤已平复，又回到了平常的日子。

入夜，半觉正在江岸行拳，忽闻细微脚步声，立即停手回望。

这江岸上没有灯，待人走近了，才看见来人外貌——此人手脚粗大，头上剃个板寸，国字脸，满面青春痘。

“您好，请问……是陈师父吗？”来人手上提着大包小包的礼品，客气中，带着一丝怯意。

“我是陈半觉，你是？”

“噢，我是刘京，北方石碣城人，来找您学习武术的，希望您能教我。”

近两年，陈半觉多有与外人比武切磋，于武术界已有了不小声名，又因胜负分明之际，善后妥帖，口碑甚好。只是平日好静，不喜人多热闹，更不涉及武行中的是非，所以外人易将其遗忘。

而这刘京在网络上遇见一位半觉在武术界的相识，那人并不知道半觉如今何在，只能给刘京说了一些关于半觉的事。

刘京试试在网上搜半觉的名字，却搜到了半觉开的书店，不远千里来到此地，跟书店服务员软泡硬磨，终是得知了半觉的联系方式和住处，为表自己心诚，直接找上门儿来。

“为何求武？”半觉听完刘京来历，不假思索地问道。

“我想强身健体！”刘京答得极快。

“不信。”半觉不相信从石碣城到此三千多公里，只为一个强身健体。

“……那……”

“说实话。”半觉淡淡道。

“我这些日子对传统文化很感兴趣……”

“找别人学吧。”半觉起身要走。

“等等！等等！我听说了你很多事儿！知道你是个好师父……”

“我不认为你是个好徒弟。”

“这……您为什么这么武断呢？我是很能吃苦的！”

“因为你还没开始学，就不说实话。”

“我怕……我怕说出真实原因，你不相信。”

“我自会分辨，你先说。”

刘京请陈半觉坐下，将来龙去脉娓娓道来，听得半觉不住皱眉。直到此时，半觉依旧不知，刘京求师所牵出的这份因缘，影响了自己一生。

刘京在小餐馆里做墩子，每月工资两千元，餐馆对面，是当地消费最高的酒吧。

夜幕降临，餐厅打烊，刘京袋里钱少，心中无挂，还不想回去睡觉，却也不知能去哪儿，便在餐厅冰箱里拿了瓶啤酒，坐在店门口，点支烟，看看来来往往的大腿、乳沟，晚上回去要是能做个春梦，也是不赖。

还不到九点，附近的车位几乎已停满，便在此时，一辆白色的“JEEP 指南者”停在刘京面前仅剩的车位上，驾驶座里下来一年轻男人，唇若涂朱，睛如点漆，仪表天然磊落、禀赋聪明，定是那玲珑剔透、占排场风月第一人。

“衣冠禽兽！”刘京心里暗暗骂道，脑洞大开，心想不知多少痴心女子受此人毒害，简直就是社会的毒瘤！寄生虫！阿米巴原虫！

年轻人若是有条件，怎肯孤身一人虚度春秋，那刘京便想，倘若自己是他，那就会顺理成章地遇见大美人，定然好生呵护伺候……想得多了，越发烦躁难耐。

正幻想呢，对面街吼了起来，刘京心中一喜，今儿还有热闹可看！

原来，那英俊男人刚要进入夜总会，附近一高壮大汉把一颗烟头弹在他裤腿上，烧出个小洞，英俊男人也没发作，只是皱皱眉头，抬头看着始作俑者。

谁知那汉子当即发作,便呼朋引伴的,要打人。英俊男人也不着忙,眼观六路,对方人数,大概七八人,随即示意没关系,转身退回自己车上。

“哼,怂货。”刘京轻声骂着。

谁知事儿却没完,约莫过了一盏茶的功夫,一辆“保时捷 911”跟一辆“陆地巡洋舰”伴随着刺耳的刹车声,停在了英俊男人的“指南者”旁,从“陆地巡洋舰”里下来两个壮汉,英俊男人也从“指南者”下来,跟那两壮汉相视点头。

这时,“保时捷 911”的车门开了,下来一女子。

“天哪!”刘京使劲儿捂住胸口,心中软肉仿似被铁索紧紧绞住,张开大口,狠狠喘息。

那女子生得何等相貌——眼中秋水荡漾,烟波浩渺;玉肌雪肤,海棠模样;身姿挺拔,如七尺长枪立于当场;下车后环视一周,看清周遭状况,便向对面走去,杀气直腾胸腋。

那刘京万不敢与这女子对视,立时低头看脚,待女子走开,方才起身望去,又急忙点一支烟,狠吸一口,缓解情绪。

对面街上,适才与英俊男人发生冲突的汉子们,也觉察到了异常。只见那大美人儿,一边走,一边踢掉了脚上的高跟鞋,赤脚快步上前,玉手扬起,抓向当头一人的脸面,那人刚仰头避开,大美人便一脚弹向对方裆下,这昂扬大汉,当场便昏死过去……那刘京一支烟未完,七人尽数被打翻。

跟着大美人的三个男人,只站在场边儿,不知是要掠阵,抑或看热闹,从始至终也未出过手。

“再看见你们一次,就切一根手指。”那大美人落下句话,穿上高跟鞋,夜场里走出一个漂亮少妇,招来内保,将围观人群驱散,也不知跟那英姿飒爽的大美人说了些什么,将其引入夜场之中,那大美人的随从也跟了进去。

刘京越发激动,直说得手舞足蹈,半觉盯着他,不知思索些什么。

“这与你来找我学武有什么关系?”刘京说完,冷场许久,正觉紧张,陈半觉口中终于吐了这么句话。

刘京摸出烟给陈半觉递上,陈半觉摇摇手,他虽偶尔也会抽,只是不接受陌生人的烟酒食物。刘京也不多劝,自家点上,沉默了一会儿,似乎整个人变得轻松了些。

“我自从那时起，无时无刻不想着那一幕。”刘京说。

“就为这个，便要学拳？怕是学不长。”半觉深知习武动机不纯，是绝不可能长年累月坚持下去的。

“我确实很向往他们，不过我后来想了更多的事。我是从农村出来打工的穷小子，在我很小的时候，家里就给我订了亲，说实在的，我并不喜欢家里给我订的对象，可那时在村子里，并没有这种感觉，只是觉得不管怎么过都是一辈子。可来到城里之后，见到的人和东西多了，尤其是见到那场打架后，我就不甘心，不甘心往后几十年，就浑浑噩噩地过去……我知道，那女人肯定是练了些什么武术，才会这么厉害，这段日子，我就一直在网上看，看各种武术资料，也包括一些描写武术的小说，尽可能地了解武术格斗。我读书少，想努力往上走，也没有机会，可是我真觉得，如果练好功夫，我的命运会改变……当时我真的很想冲上去拜师求学，可我不敢。”

“哼，你不敢拜她，却敢来拜我？你怎知道我没她可怕？”陈半觉冷笑。

“啊！我不是这意思……只是人家都说，你下手重，但是人很好，所以我才……”刘京着了忙，连连挥手。

“女人，一打七，完胜？那技巧定是非常高明，关键是……”半觉打断刘京的话，不禁低头沉思。

“她……真那么好看？”半觉眼睛一斜，有些怀疑刘京的审美眼光。

“真的，我对天发誓。”刘京找到了突破口，瞪大了眼睛，满脸堆笑。

“美不美，一盆水，化妆的吧？”半觉就是不信。

半觉讨厌武侠小说，主要是情节太坑人，武功高强的女侠，定是大美人，啊呸！习武至今快二十年，武行中模样标致的姑娘凤毛麟角，倒是裘千尺、灭绝师太、千蛛万毒手大成后的蛛儿之辈，有如过江之鲫，比比皆是。日久天长，但凡听到练武的女人，立即心如死灰。可刘京说的这位美人，不论是武技还是外观，都让半觉心中小鹿乱撞。

“我还是有些怀疑，这样吧，那一幕你应该在心中回忆了无数遍吧？”

“是的！”刘京对此事极有自信。

“那女人的动作你记得多少？大致做给我看看。”半觉想以此鉴定刘京说话的可信度。

“可我不会功夫!”

“不,你只要大致比划一下,一边讲给我听,我能理会得。”半觉挥挥手,示意开始。

“嗯,他在这儿,那些人好像是在这……在那……然后她这么反手甩了一巴掌……然后转身,托住那人下巴……然后这么对人脸一指,突然就跑到那人后面了,怎么能这样我也不知道,然后便对那人后脑一下……”刘京边讲边比划,动作生硬,极是别扭,可半觉却越发确定,这女子真是个高手。

“你把事发现场的具体地址给我。”半觉已不须再看,止住了刘京的动作,这些动作绝不是一个不会武术的人可以编造的。

“嘿嘿,那你得教我!”

“挺势利嘛,这点我倒不讨厌。”

“师……”刘京喜出望外,便要下拜,这是他在网上学得的办法,若遇良师,一个头磕下,对方无论如何也会传几手本领。

那陈半觉立刻一步跨出,脚踏中门,挤住刘京裆胯,整个人贴靠上去,刘京跪不下去,反跌了个屁墩儿。

“给你机会,成功与否得靠自己争取,我教你一项基本功,你练。”半觉走到一处有灯光的地方,拉开架势。

此刻,刘京却不知,这看似简单至极的动作,竟是陈半觉的生平绝艺之一,以为只是对自己是否吃苦耐劳的简单考验。

半觉扎开马步,双臂下垂,置于身前,双掌相合,快速搓动起来,正值三伏天,片刻间汗水浸湿全身。

此法有大来历。半觉曾于上海游历修行,因缘际会,巧遇一位大拳师,老人年近八十,体型瘦小,年轻时曾任教于霍元甲创办的精武体操会。半觉与其过手,被老爷子一捶击得两脚离地,又见老人游刃有余之态,心下明白老人已容让许多,更是震惊。老人见半觉刻苦好学,更兼勇悍善战,至此武学末世,还有此等年轻人实属难得,遂将这拳劲修炼的秘诀,传与半觉,而半觉本身所练戴家心意,专精短打,又得老爷子传授拳捶短劲儿的功法,实是如虎添翼。每日里花大量时间打熬此功,几年下来,那年轻一辈武人中,若论短打寸劲儿,说半觉是此道魁首,亦当之无愧!

不出所料，刘京开始练习后，在双掌快速搓动的情况下，许多肌肉都开始绷紧，难以动弹，随着时间延长，刘京越发痛苦。

“放松肩膀，手臂也放松，这些地方不需要用力。”半觉不住提醒着各种身体要领。

整个练习过程中，刘京的目光一直镇定，并没有刻意做出任何痛苦的表情，确是个踏实人，这让半觉颇为满意。

将近一小时后，刘京几近虚脱，半觉便让其停下休息。

半觉告诉刘京，说要离开些日子，回来后检查刘京的功力。

“你要去石碣城？”刘京问。

“是。”

“就为了那姑娘？”刘京小心翼翼地问到。

“读万卷书，行万里路……别问了，你不懂。”半觉面颊微红，背对刘京，凝望着滚滚江水。

北方，石碣城外，长明山，正是国土北疆，每逢寒冬之时，此处混茫冰天，银海瑶光，景色尤为壮阔。今日长明山北坡下，一个人迹罕至的隐蔽之处，两部迷彩色越野车在此停靠，车中并无一人，空空如也。

静谧的森林中，一个野性十足的身影如豹如狼，于古树怪石间穿梭疾行，此人奔行片刻，忽然停下，却是一名容貌俏丽的女子，身着迷彩服与作战背心，腰间悬挂短匕与弩，囊中配备十余支毒箭，手中提着一个塞满现金的皮包。

此女名唤赫舍里灵菲，竟是刘京口中那在酒吧门口赤手空拳完胜七名大汉的女人。灵菲打个唿哨，如山中鸟儿相似，远处的一个山坡上，也传来了同样的回应。

灵菲缓步走向山坡，山坡上一行五人，荷枪实弹，全是蓝眼白肤的俄罗斯人，领头人约莫四十来岁，眼神锐利，满面络腮胡，名唤列昂尼德，瞧见灵菲孤身一人出现时，不禁苦笑连连，四下张望。

“谨慎到这地步，有必要吗？咱们都做了好几年生意了。”列昂尼德知道，灵菲的队伍一行七人，其余六人不见，定是埋伏在附近，六把张弦待发的强弩，装载着见血封喉的毒箭，瞄准了自己与随身的保镖。

果不其然，以两人见面为中心，半径大约五十米处，早有埋伏，六人皆身穿野战服，头带丛林软帽，匍匐在不显眼的地方。六人的眼窝、耳窝、眉心等凹陷部位，都涂上了较浅颜色，鼻尖、前额、下颚等凸出部位则抹上深色，又在眼睛周围涂上了不规则的白点，打破了双眼眼白的对称，远看就像阳光照在叶子上形成的反光。对方纵然知晓周遭有人埋伏，在这完美的隐蔽下，一时半会儿也不能发现这些潜伏者的具体方位。

“我这种做法，的确不会让人愉快，所以赶紧把货拿出来，鉴定过后，尽快交易，各走各路。”灵菲以俄语应答，语调平平，冰冷如北极圈的冬季。

列昂尼德打个手势，保镖将铝镁合金的密码箱交予灵菲，灵菲开箱验货，箱内竟是八册《永乐大典》，硬裱书面，黄布包裹，典雅庄重。

灵菲珍而重之地将书捧起，细细鉴定观看。那边厢，列昂尼德的手下数着现金，慢慢地皱起眉头，数了几遍，竟比早前约定的价格少了十万元，赶忙附在列昂尼德耳边，轻声汇报。

“谢谢你给我机会，老规矩么？”列昂尼德看上去相当开心，从怀里摸出铁酒壶，喝了一大口伏特加——他曾与灵菲有过多次古董交易，不知不觉间，爱上了这个身手利落、英姿飒爽的女人。灵菲若要压价，便跟列昂尼德的手下打一场，胜了，列昂尼德便在价格上做出让步，输了，那便由列昂尼德处置。

列昂尼德盼着灵菲败阵，就可让她成为自己的女人，这样一个如花似玉且武艺高强的老婆，在俄罗斯黑道中，那可是独一份，面子十足。

“挑个人吧。”灵菲将八册《永乐大典》鉴定完毕，随口答道。

“加夫里拉，你去跟大小姐比试一下，若是弄坏了她的脸蛋，我可不饶你。”列昂尼德笑意更浓，人群里走出一个壮汉，卸下肩上的半自动步枪，交与同伴，来到灵菲跟前。

“你真好意思。”灵菲看着眼前高出自己一个半头，如北极熊般的高大对手，撇嘴冷笑。

“我忠于老板，而且我听说你厉害得不像话。”加夫里拉摇摇头，否定了灵菲的嘲讽，可心底却满是疑惑、憋屈，无法想象在这纤细的女体中，到底能藏住何种不可思议之物。

灵菲从腰间抽出尺余长短的双刃长匕，冷冷地瞅着加夫里拉，加夫里拉愣了，转头看向列昂尼德，列昂尼德没想到灵菲玩得这般大，摇头叹气，挥挥手，闭上双眼，惋惜而痛苦。

见列昂尼德下了狠心，加夫里拉从腰间抽出军用刺刀，弓步站立，右手持刀预备刺杀，左手空手准备牵制擒拿，欲以雷霆之势放倒面前这不知天高地厚的女人。

灵菲从容缓步，向前走去，轻巧随意，全无预备架势，随着二人距离逐渐接近，加夫里拉心弦越发紧绷，直到二人相距不足两步之时，加夫里拉再也按捺不住，猛地扑上，一刀直刺灵菲胸膛。这一刺，乃是逼对手做出格挡，左手随后便要抓出，牵制拉扯对手，让对方不由自主，成我顺人背之势，右手军刀再连环削刺——这是加夫里拉的得意技巧，每每使出，无有不应，死伤在此招之下者不计其数。

利刃临喉，加夫里拉的左手犹如偷袭猎食的饿兽，环伺在侧，灵菲忽然纤腰一扭，双腿如蛇相盘，躲过了刀刺手捉，同时一刀撩上，削向加夫里拉手腕！

加夫里拉慌忙缩手避过，灵菲猛然窜起，长匕直刺对手眼珠，加夫里拉赶紧挡架，灵菲突然将匕首回拖，割开了加夫里拉手腕，加夫里拉刺刀脱手落地，还未来得及认输，灵菲的长匕再次袭来，刺破了加夫里拉面颊，加夫里拉求生本能，正要抓住灵菲手中长匕，撕心裂肺的剧痛再次袭来，手腕被灵菲再割一刀。

赫舍里氏家传剑诀——“点睛号脉”！

跟随加夫里拉战斗半生的右掌，离开了他的手臂，这北极熊般健壮的汉子，连掉落在地的手掌也不及捡回，放声哭号，没命地奔逃，躲回了列昂尼德一行人身后。

列昂尼德全没想到这女子用上兵刃竟凶残如斯，恨得咬牙切齿，脸上肌肉犹如揉捏橡皮泥般，不住蠕动，弹指间便揉出了一张笑脸，让人捡回加夫里拉的右手，拎起装钱的皮包。

“交易很愉快，没想到一个女人能强大到这个地步。”列昂尼德上前握手，灵菲却并不搭理，提起密码箱转身离去。

“老板，就这么放了她？”列昂尼德身边的佣兵满腹不忿，欲为加夫里拉报仇。

“走！”列昂尼德拦住满腔怒火的手下，左右张望一会，鼻腔重重地哼着，带上众人原路返回。

待双方走远，森林又恢复了平时的优美、静谧，忽然间，五个身影从团团落叶堆、灌木丛、野草地中，全无预兆地现身，沿着灵菲离去的方向谨慎撤离，仿佛山精地魅。

这五人，乃是赫舍里家收养的孤儿，对灵菲忠心耿耿。五人中的老大名唤巍子，老二法师，老三神将，老四陵川，老五弹簧，皆身怀不凡艺业，各有所长，五人年岁都较灵菲大，却都唤她做“大姐”。

归程之时，巍子、神将与灵菲共乘一车，灵菲独自在后座，打开镁铝密码箱，默默端详着八册《永乐大典》，嘴角渐渐泛起微笑，看上去既欣慰又悲伤。前排二人见状，不敢多话。

灵菲取出笔和纸，写了一些什么，随即交予巍子，嘱咐他尽快办好。巍子拿起纸条看时，面色微变，纸条上竟是一条在不暴露身份的情况下，将这八册《永乐大典》交予国家博物馆的渠道，刚要询问，却被灵菲挥手止住。

“不缺这点儿钱。”灵菲说。

每次做完交易，灵菲都会带手下兄弟出去好好乐乐，五人都是老江湖，袋中多金，泡妞、搭讪毫不为难，包厢中，各自搂了新认识的姑娘饮酒作乐。灵菲却独自坐在吧台前，要了金朗姆酒，加上冰块，欣赏着杯中艳丽的酒液，自斟自饮。

每当这个时候，心细如发的巍子，不管灵菲是否需要人陪，都会在她身旁跟她说会儿话，直到灵菲将其赶走。

“大姐，我总觉得缺人手，想找个负责殿后策应的人才。”巍子说。

“这是你个人的意思，还是兄弟们的意思？”灵菲放下酒杯，盯着巍子。

“是我的主意。”

“有好的人选么？”

“还没有。”

“以后说话，想好了再说。”灵菲白了巍子一眼。

“是。”

“玩去吧。”灵菲嫌巍子搅了清静，挥手赶人，巍子没走几步，又被灵菲叫住。

“若有好汉，赚上山来。”灵菲似乎认可了巍子的建议。

“是。”巍子得令，不再多言，与弟兄们一同寻欢作乐去了。

那边厢，漂亮大方的夜店老板娘款款而来，坐在灵菲身边。

“兰姐。”灵菲这般呼唤。

灵菲一家，在当地颇有名声，但凡经营娱乐场所或别的偏门行当，都会给灵菲上贡，不求这家子人照顾，只求他们中立。两年前，这间夜店老板得罪了猛龙过江的外来商人，受到了来自多方面的打击制裁，兰姐实在没了主意，便去求灵菲出手，私下约见，彻夜长谈，也不知说了些啥，灵菲竟欣然相助，只用不到一星期，便将那外地商人赶出了石碣城。

兰姐说话巧、能来事、会疼人，正是灵菲身边一众粗野汉子所缺，于是兰姐成了这混世女魔王的唯一闺蜜。

“啧啧，瞧瞧，这都什么呀！”兰姐捏起灵菲身穿的迷彩服轻声责怪，又从包里取了吸油纸，给灵菲把脸擦拭干净。

“姑娘家，要漂漂亮亮的，就算不给谁看，也得对得起自个儿不是？”兰姐边说边让服务生从吧台下取出个盒子，里边儿装着十余个精致的小玻璃瓶罐。

“我给你订了一套保养手脚皮肤的乳液，每星期用一次，编了号，你要按顺序一层层抹上。”

“我擦脸只用大宝。”灵菲皱眉，有些惭愧。

“走，到我家去，我教你保养手法。”听灵菲这般说，兰姐心疼不已，牵起灵菲的手便向外走，灵菲老实跟着，甚是听话。

自记事起，练功、争斗便充盈了绝大多数的回忆，作为一个女子，虽在武力上达到了众多男子所不可企及的境界，却是天性不可夺，灵菲十分享受与兰姐待在一块儿的时间，她能真切地感觉到，自己是一个女人。

四　痴儿无明　良莠武林

每当半觉为求艺访道而远行，到站下车，寻找出站口的那一刻，心中都会涌起无助与孤独，那时节，心中便连连默念“真武大愿”以振作身心，便可渡过第一个难关。而为寻得自己所要找寻的拳师，四处向人问询，没头苍蝇似的乱撞，便是第二个难关——这一回，尤为困难。

半觉来到刘京所说的地方，站在霓虹闪烁的大门口，踌躇不决。他知道何为夜总会，却是从未踏足。里面看起来闪亮华丽，像是一举一动都要花许多钱的地方，而每一个在这儿进出的人，穿着新潮考究，都像是高高在上的有钱人。里边儿一定有很多自己不知道的规矩，一个不好，随时被人嘲笑。半觉不断地思考，以平息自己心中的不安——只有趾高气昂的家伙，才会招人讨厌，我并不明白一切，不懂就问，想必不会招人厌倦；若要花很多钱，我便说是进去看看，不使用和饮食任何东西……不行！我的心乱了，我远行求学，遵纪守法，哪里去不得？

想到这里，半觉把心一横，大步走进。

“先生，请存衣物。”门内穿着整齐的侍应伸手为半觉解下外套。

“啊，不用。”半觉本能道，拂开侍应的手。

侍应见半觉如此，并未出现半觉所想的嘲笑，依旧彬彬有礼地躬身，并告之场中很热，将衣服寄存于柜台，出来时可凭手牌领取。

“免费存么？”半觉从未受过这般周到的招待，惊奇不已。

“免费的，先生。”侍应回答得十分认真，仪容得体，半觉为自己的多疑而感到惭愧，也许社会早就进步了许多，变得人性化，只是自己并不知道。

直到坐在吧台前，酒保送上五十块一杯的啤酒，半觉方叹人心不古。

所有人都在饮酒或跟着沉重而震撼的音乐节奏，发狂般跳着不知名的舞。他从未见过这样欢乐、兴奋的人群，不知从何下手，沉思片刻，决定从身边酒保下手。

“您好，我想问问，前些日子门口是不是有个姑娘打架，一人揍了好些壮汉？”半觉问道。那酒保上下打量半觉，只是摇头摆手，转身走开。

不多时，一个浓妆艳抹的姑娘坐在半觉身旁，胸大，领子低，皮肤粉嫩，半觉不禁偷偷多瞅几眼，没想姑娘突然转过头来，跟半觉打了个照面，半觉羞涩难当，赶紧低下头。

“帅哥，请我喝杯酒呗？”姑娘眨动着美目贴、美瞳与假睫毛建造而成的大眼，闪得半觉不敢直视。

“噢……好。”半觉应道，那姑娘要了一杯龙舌兰加冰。

钱不能白花，半觉又问起前些日子酒吧门口的打架事件。

“大叔，您是公安吧？”那姑娘很是警惕，小心问道。

“不是。”半觉苦笑。

“切，公安才不会说自己是公安呢！”

“咳……那么你到底知道么？”半觉再刨根问底时，那姑娘仅剩的一点可爱也灰飞烟灭，拉长了脸，将那杯龙舌兰酒一饮而尽，道了声谢，借尿遁溜了。

问得俩人，半觉开了胆子，但凡见到有人坐在身边，便细细询问，有的推说不知，有的打量半觉良久后扭头便走，更有骂半觉神经病者。

“呵呵，遇着个山炮！”一个时髦的削瘦男孩儿看了半觉一眼，扭着姑娘般的小翘臀走开了。

“兄弟，啥是山炮？”半觉问吧台里的酒保。

“好朋友的意思。”酒保看着半觉，憋着笑。

“哎？看来还是好人多！”半觉也跟着傻乐。

守株待兔终归收获甚小，半觉打算在这儿四处走走，于是开始在拥挤的狂欢人群中穿梭，这一系列的怪异举动却早被夜场安保盯上。

“咦？这是？”半觉上了楼梯，见身边有门，莫不是老板或管理办公室之类？那倒是值得一问！敲了两下，见无人应答，发现门只是虚掩，随手推开，内里是个宽阔的房间，装修豪华大气，十余个大汉或举杯子，或搂着姑娘，愣愣地盯着半觉这不速之客。

“呃……我走错了，各位山炮别见怪！”半觉话音没落，房间沙发上便站起一个大汉，快步向半觉走来。

“莫不是要请我喝酒？”正愣神间，那大汉一把抓住半觉衣领便往屋里拖，半觉不防，被拖得往前跑了两步，可他毕竟不是傻子，这动作，这力气，哪里是请人？猛然坐胯，使劲一沉，生生刹住。那汉子用力再拖，像是拉扯一个深埋地里的木桩相似，再也动不得半觉分毫，众大汉轰然起身，移步上前，将半觉围住。

“你狗日的骂谁？”一个满是文身的大汉向半觉质问，半觉正摸不着头脑，忽然想起适才那酒保脸白唇薄、脸鼻少肉、又眼神闪烁，一副损贼相，料定是“山炮”二字出了问题，便诚恳解释，听得一众大汉啼笑皆非，直骂半觉山炮，半觉也不恼，连连致歉。解了误会，半觉正要离去，有一文身汉子，像是领头的，斟了杯酒，来请半觉喝。

“哥们儿，听你口音，不像北方人？”那汉子问，半觉一饮而尽，道明自己籍贯。

“来这做生意？”汉子又问，半觉这才想起自己的来意，看这些人，却像是这间场子的熟客，便问起前些日子的“美人儿打架事件”。

发生了什么？怎么这包间儿里静得可怕？

“你跟那女人是什么关系？”座中一位大汉面色阴郁，沉声问道。

半觉见有了头绪，心中大喜，便说自己在南方得知有这么一位巾帼英雄，不远千里来此寻访，只希望交个朋友，多长见识。

“我×！”座中有人低声咒骂。

“你在侮辱我的智商。”领头的汉子脸色越发难看。

“不，我说的是实话，练武人外出访友换艺，是常有的……”

“练武人！呸！”那领头的汉子似乎恨极了这个身份，拍了个酒瓶，轰然起身，其余众人或空手，或捡起烟灰缸、酒瓶等一切能打人的物事，起身逼近，恍若群狼环伺，择肥而噬。

“大家斯文人，别动手，有话好说！”半觉赶忙劝阻，可哪里有用，领头那汉子持半截酒瓶，锋利的玻璃碴子直扎半觉腹部！

半觉炸了毛，脚下闪展步，让开半个身位避过，一手格住那汉子持酒瓶的手，另一手使个通背穿掌，照着那汉子双目插下，那汉子一声惨叫，没待众人反应过来，半觉又起个撩阴腿一脚钉在另一人裆下，抢过那人手中烟灰缸，也不讲究准头，随手甩出，扔向其余众人。玻璃烟灰缸沉重，若被砸中，不死也残，众人赶忙抱头躲避，半觉哪肯放过这等机会？脚下追风赶月，又照准一人后颈，呼地挥出个通背拍掌，多年铁砂掌功夫岂同寻常，打得那人两眼发黑，当场晕死过去。这房中毕竟狭窄，半觉逼近众人，遂使出短打功夫，更是精妙，捶肘多变，拳脚到处，神鬼难测，不到一支烟的工夫，众大汉或口鼻冒血，或不省人事，或跪地呕吐，惨不忍睹。

半觉拧起那领头汉子，扔在沙发上，一脚踏住。

"爹！亲爹！别打了！我就是个屁！放了我吧！"半觉一双铁砂掌左右开弓，一通乱抽。

"我一个外乡人，没招你没惹你，干吗欺负我！"半觉气不打一处来，大声怒吼，歇得两息，又是一顿猛抽，虽没使通背拳劲，也打得那人脸面肿得像泡芙似的。

"我……我哪敢欺负您啊！"那汉子心中委屈得不行，竟抽泣起来。

"还敢顶嘴！老子穷得叮当响，就这一件外套，都被你等扯烂啦，你说咋办！"半觉脱下外衣，众汉子被这练武人的神威吓破了胆，有乖觉者，赶忙忍痛爬起，将自己的名牌外套叠好，给半觉恭敬奉上，半觉换了衣服，抓过瓶啤酒，咬开瓶盖，灌了两口，方才消了火气。

"那女人是谁？在哪儿？联系方式？说！"半觉随手一挥，将衣袖抖得似鞭梢一般，啪啪作响，常人哪里见过这个，只是两脚发软，涕泪横流，眼中这貌不惊人的土佬好似怪兽，生人勿近。

被半觉踏在沙发上的汉子，向半觉说起缘由，原来他们便是被那美人儿高手揍得一败涂地的主儿，被女人收拾，是可忍孰不可忍？这几日多叫了几人，在此等候，指望着再次撞见那姑娘，也好报仇出气，他们只知道那女人是这间场子的常客，却不知她的来历。

"别报复了，咱们的世界里，你们谁也惹不起。"半觉摇摇头，迅速离去。

一众倒霉蛋各自垂头丧气，领头的汉子抓了把冻酒的冰块，敷在脸上，默然无语。

身旁忽然有人递来一块儿带着女人香气的手帕，大汉转头一看，却是位美得冒泡的少妇。

“对不住,今晚的消费都算我的,刚才发生了什么?”那少妇问道。那大汉正不耐烦,张口要骂,抬头一看,少妇身旁站着仨内保,各自手持防爆盾与甩棍,立马泄了脾气,将所有因果和盘托出。

少妇微笑着听完,唤来侍应,让他将这包间招呼好,便自去找了个安静地方,拨通了电话。

既知那武艺高强的大美人儿是这里的常客,半觉也不怕人报复,次日又于此地守株待兔,在吧台前坐到夜晚十一点,四处观察,又询问了不少人,依旧不得要领。

“这位兄弟,你好。”一个身着休闲西服的壮实男人,坐在半觉身边。半觉细看此人相貌,朴实的平头,国字脸,面带微笑,一团和气。半觉正要说话,那人却招呼酒保,要了瓶上好的洋酒,半觉不识,只知价格不菲。

“我叫巍子,兄弟哪儿人?”国字脸男人为半觉斟了杯酒,随口问道,半觉如实回答,再次问起美人儿高手的下落,巍子眉毛微微挑动,只推说不知,随即又问为何寻找此女。难得见人如此热心,半觉更不隐瞒,随即道明原委。

“失敬,这年头练武人可是稀罕物啊!”巍子与半觉碰杯,一饮而尽,煞是痛快。

“您也是练武人么?”半觉问。

“算不得,学了些搏击术强身健体,稀松得很,比不得你这么执着。”巍子笑答。

“您太谦虚了。”

酒气上眉头,愁绪上心头。见半觉闷闷不乐,巍子表示愿意给半觉做向导,明天便开始在当地武馆找找,晚上再来此处饮酒守候。既是到此寻艺,增长见识,就算找不到想要见的人,也不至于空手而归。半觉见巍子如此热心,喜不自胜,连连道谢。巍子又问起半觉住处,半觉指向夜场对面,是一家简陋便宜的旅馆,巍子拉起半觉便往外走,要给半觉另选住处,让半觉去拿行李。

“我们初次见面,你已经请我喝了好酒,再让你破费,我心不安。”半觉无论如何也不答应,巍子只好作罢。

清晨，巍子驱车来接半觉，见旅馆用的公用卫生间条件极差，那气味熏得刺眼，房中也隐约有股怪味，连连责怪，退了房，将半觉的行李抢下，扔到车上。

二人用罢早餐，巍子拿出一幅石碣城地图，上面用红笔圈点出了所有武馆、武校，乃至公园里聚众练武的把式场，半觉没想到巍子做事精细到此等地步，心中大为感激。二人合计路线，时逢周末，公园把式场通常是早上练习，又是民间拳师自发，自由度较大，便决定先到几处公园转转。

公园把式场中搜寻高手，是一个非常有意思的事情，半觉曾与好友讨论，将这项活动用四个字概括——粪里淘金。公园把式场的拳师，参差不齐，鱼龙混杂，普遍水准不高，只要家中有足够的场地，或在某些避人的清净处寻得惯用场地，正门真出的高手从来不愿意在大庭广众之下练拳。可是在一些寸土寸金的大城市中，有些极为高明的大拳师，没有很好的场地条件，只能在公园挑个宽敞清净处练习。

今日，二人便没有淘出金子的运气。

在一处把式场中，二人询问是否有武艺高强的女弟子，场中练家毫不犹豫地说从没见过。入宝山不可空手而归，半觉见把式场的拳师尚未到来，便问起把式场的拳师是何传承，练的哪家功夫。

"咱师父啊！太极、八卦、形意，样样精通！最厉害的是他的南拳！从来没在我们面前露过！"场中弟子如是说，半觉和巍子听了，运气强忍，赶紧找了个没人的地方，捧腹大笑。

"奇葩！奇葩！"半觉不断抹着笑出的眼泪。

"得个乐子，也算收获！"巍子摸出支烟抽，呛得几乎把肺都咳出来。

"算了，下家，下家！"半觉挥挥手，虽没什么收获，却是个开心的早晨。

另一座公园的把式场中，半觉眼睛一亮，却是太极拳的地盘儿，把式场的拳师约莫五十岁，自顾自地行拳，背后约莫十数人，跟着比划。

"太极，没啥看头。"巍子说。

"嘿，你这是经验主义错误，这拳师的功力不俗啊。"半觉细细看那拳师，行拳走劲极为内敛，一路拳走下来，沙土地面留下的足迹，犹如蛇行，显然是丹田内转带出的身法步法，不同凡响。

俩人来到把式场中，等那拳师带众人打完一路太极拳，便上前询问其门下是否有善战的大姑娘,那拳师微笑摇头。

“大师,我能否试试您的功夫?”巍子向来对太极拳不屑一顾,心中怀疑半觉乃言过其实,想亲身试试。

“推推手吧?”那拳师说。

“我不会推手,只会搏击。”巍子咄咄逼人,拳师笑笑,示意巍子可以动手,巍子毫不客气,左手直拳击出,以做试探,右直拳便要重拳击敌。

那拳师身子微微让过,双手托住巍子腋下,将巍子推得两脚离地,倒退两三丈远方才站住。

“你身上缺东西。”拳师笑笑,却转头看向半觉,两眼放光。

“搭搭手?”拳师问,半觉微笑点头,上前提起双手,与那拳师的两臂搭在一起。

当年袁师传授半觉五行通背拳时,也让半觉练习杨氏太极,说是对他的功夫会有极大裨益,以致半觉对太极拳亦是熟稔。

二人推手成圈,来去不见胜负,约莫一盏茶的工夫,半觉顺着太极拳师收手的机会,向前进一步,那拳师便随之退步,再过得几个回合,那太极拳师退步越发频繁,只是架子始终不散,未露败象。待得一刻钟时,半觉依旧举重若轻,开合吞吐,缓慢流畅,如痴如醉,那太极拳师却是大汗淋漓,两臂酸胀,苦不堪言,快退两步,从推手中脱离。

“功夫真好,多谢。”拳师向半觉抱拳行礼。

“见笑。”半觉回了一礼,向那拳师告别,领着巍子,离开把式场。

“你胜了?”巍子满腹狐疑。

“我功底扎得比他深些,他熬不住了。”半觉说。

“为何不放翻他?”

“是个好拳师,有功夫,最难得的是推手虽落下风,却不偷奸耍滑下黑手,这样的人很难得,让他好好教下去吧。”半觉笑道。

逛完四五个把式场后,已过正午,巍子多次唆使半觉与人动手,皆被各把式场的拳师拒绝,甚是不甘。

“你很坏。”半觉笑眯眯地啃着卤羊蹄说。

“想看你的本事,你这种人很稀罕。”巍子脸皮厚,被半觉说破心事,也只是嘿嘿坏笑。

“有所为，有所不为，值得打、该打的，自然要打，听他的。”半觉指向窗外晴空。

入夜，二人再到酒吧守候，依然是毫无所获，待饮至微醺，已近午夜。巍子为半觉安排了干净舒适的酒店房间，说再让半觉住在那狗窝里，于心不安，半觉也不再推辞，欣然入住。

次日，是武馆之行，巍子带半觉来到一间跆拳道馆，向馆主询问美人儿高手的下落，依旧毫无头绪，巍子再次提出比武切磋，馆主却不答应，被巍子缠得烦了，便要拿电话报警，半觉只得将骂骂咧咧的巍子拖走。

又寻到一间教授长拳的武术馆，馆主甚是热情，可一听并非来学拳的，便让徒弟撤了茶海，挥手送客，巍子又问是否可以切磋比试，那馆主双眼圆睁，凶神恶煞。

“你是练什么的?”馆主问。

“五行通背，心意六合。”半觉如实说。

“你师父是谁?”馆主问。

“五行通背师承袁辰阳，心意六合师承是一位道人，想必您也没听过。”半觉说。

“哦，你五行通背的师爷是谁？当年我曾与‘臂圣’有一面之缘，也称其一声张大哥，论起来，你怕是要唤我一声太师伯……”馆主说着，不自觉地昂起了下巴。

“我×。”巍子翻翻白眼。

“你骂谁！啊!”那馆主听见巍子嘀咕，转头便跟巍子较上了劲儿。

“抱歉抱歉，我朋友性子急，又不是武行人，不太清楚规矩。”半觉话语温和，出声劝架。

“要不是看在这小兄弟份上，打死你啊!”那馆主顺坡下驴，依旧不依不饶。

“谢谢，请出手吧。”半觉突然把脸一板，那馆主却是一愣。

“请出手。”半觉缓步迈向馆主，渐成压迫之势。

那馆主登时紧张起来，平日所操所练全忘在脑后，把心一横，硬着头皮迎上半觉，挥拳便打。

这等盲拳瞎脚岂能奈何半觉，武馆场地甚是宽阔，半觉时而走着通背的闪展步，时而趟出龙行步，保持着距离观察、戏耍对方。

不多时，那馆主气喘吁吁，脸色发白，半觉心知如此耗下去，毫无收获，将双臂微微抬起，待那馆主再挥拳时，便一劈掌砸在馆主手臂上。半觉曾苦操“纺车式”多年，又常打“狗皮桩”，双臂下堕之力奇重，一击之后，那馆主痛得眼泪直流，又惊又怖，再也抬不起手臂。半觉突然向着那馆主大步跨上，双手皆使穿掌，直插脸面，那馆主方仰身躲避，谁知半觉身子一低，一肘砸在馆主的大腿根上，却是通背妙招“猿猴抱旗”。那馆主一屁股坐在地上，闭目咬牙忍痛，过得片刻，方才开口呻吟，再也起身不得，一众弟子这才醒过神来，赶忙上前搀扶。

“不问问那姑娘的下落？”巍子见半觉转身便走，赶忙问道。

“这等拳混子，哪里教得出人才。”半觉摇摇头，领着巍子大步离去。

午后，二人又访了几处颇负盛名的现代搏击馆，馆中教练倒是态度极好，只是要求半觉戴上拳套，才可交流比试，半觉望着被拳套紧缚的双手，摇头苦笑。

“上！上！”巍子兴致倒是极高。

“你丫就坑我吧！”半觉笑骂。

所谓牛不嫌包蹄，虎须露爪牙，半觉戴上拳套后，一双巴掌再也发挥不出原本的威力，拳捶短劲儿也不好使，亏得打法精妙，步法灵活，功底深厚，距离感也是极好，未明显落下风。馆中的拳击教练与 MMA 综合格斗教练，双臂也被半觉磕得疼痛难当，认为半觉功夫极为独到，确有可取之处，并征求半觉意见，录制了切磋交流的视频，以供将来参考。待问及美人儿高手下落时，虽是毫无头绪，可是与现代搏击的比试，收益良多，半觉依然欢天喜地，巍子见半觉如此，亦是愉快非常。

用罢晚饭，稍事休息，征战整日的疲惫方才发作，巍子倒是非常贴心，将半觉带到一间洗浴中心，找了手法老练的搓背师父，让半觉放松身体。

“都光着腚哪！别老盯着我笑，恶心死啦！”半觉见巍子捡到金元宝似的看着自己傻乐，浑身发毛，不禁大声抗议。

劳累过度，半觉这一夜睡得极沉，直到日上三竿方醒。

“我打听过，咱们这儿有一家武校，在全国都有些名气，学生不少，要是这儿再找不到那姑娘，可就没戏了。”午饭时，巍子告知半觉下午的行程，略带歉意。

“找不找得到，没那么重要啦，为了参观一处名胜，出来旅行，虽没能到达我的目的地，这一路上却多看了十几处风景，这都多亏了你呀，我就算立即回家，也是满载而归。”半觉笑道。

“咱尽力而为吧，敞开吃，下午还想看你打。”巍子嘿嘿坏笑。

“你丫太坏！”

武校的练习场地分为传统馆、摔跤馆与搏击馆，二人在传统馆看了片刻，一众学生却是练的国家规定套路，动作花哨好看，却上阵无用，遂来到搏击馆。

馆中学生正各自练习，有练力量训练器械的、打沙包的、喂拳靶的，不一而足。巍子上前询问美人儿高手，那学生甚是冷漠，只是摇摇头，待问起是否可以切磋比试，脚步声与放下器械的金属撞击声，凌乱响起，馆中众人立刻将二人围住。

“干吗！想踢馆吗？”一个身体最为高壮的拳手沉声问道。

“没有这个意思，只是平常的切磋武艺。”半觉说。

“你俩哪个上？”那高壮拳手问。

“我。”半觉轻声回答。

“呵，就你？”高壮拳手咧嘴冷笑。

“可以不带拳套打么？”巍子征求对方意见，引来一阵嘘声与喝骂。

“裸拳？”

“打死你，咱不负责！”

“真特么没死过！”

一时间威胁之声四起。

“可以么？”半觉皱眉，轻声问道。

“上台。”那高壮拳手径自跳上齐胸高的擂台，翻过围绳，身手甚是灵活，半觉也不多说，随后爬上擂台。

高壮拳手提起双拳，摆出架势，半觉却只是平常站立，如临深渊般，小心翼翼地走向对方。

“呵，外行。”高壮拳手心里想着，上前，前手刺拳，眼看便要击中，半觉忽然消失了！

半觉打从一开始，便走入对方拳头的攻击范围之内，便是要引他出拳，在他出拳的一瞬间，半觉双腿一盘，极快地缩到对方裆腹之前，一捶砸在对方脚背上，正是戴家心意拳之“堕地炮”。那拳手还未来得及叫痛，低头看时，半觉身子一挺，肘尖朝上顶出，正撞在拳手面门上，那拳手鼻血迸出，晕倒在地！

拳谱有云：“束展二字一命亡。”古人诚不我欺。

“漂亮！”巍子正大声喝彩，馆中俩学生突然冲向馆外。

“有人踢馆啦！有人踢馆啦！”那俩学生声嘶力竭地大喊，顿时，整个学校里如沉雷滚滚，又如万千奔牛过境，地动山摇。

“风紧！扯呼！”巍子大喊，半觉赶忙跳下擂台，二人撒腿便向校门奔逃。

“我靠！这么多人！”半觉边跑边回头看。

“别特么回头看！专心跑！前面左拐！”巍子大声吼着。

“我看见了！这不是武校么？怎么还有那么多人拿着开山刀！”

“我早说了！这武校在全国都有名声！”

“这哪儿是武校啊，这就是黑社会啊！”

离校门越来越近，眼看就要成功逃亡，斜里忽然冲出三人，堵住了门口，俩人持开山刀，一人持装了不锈钢枪头的白蜡杆！

半觉善战自不必说，巍子也被逼出了潜力，俩人边跑边脱下外衣，缠在左手，以做防护。

半觉左臂磕开刺来的长枪，回手砸开另一人的砍刀，一脚“车轮步”挂起，脚尖狠狠钉在刀手的胫骨上，那人杀猪似地叫起来，想必是断了。

回头时，巍子不知使了什么本事，已把另一个刀手打晕在地，此时此刻哪容人多想，身子一晃，逼近持长枪者，使个扑跌将其放翻，巍子赶上来，对着头便是一脚踩下。

二人初次并肩作战，却是默契非常，巍子捡了长枪，半觉拾起两把砍刀，站在并不宽阔的校门前，神色淡然，威凛莫犯。

“上！”半觉双手一搓，将双刀刃背翻转，快速移动起来，两把开山刀一先一后呼啸而出，一把劈上路，一把砸下盘，巍子随后，但见有人威胁半觉，挺枪便刺，那枪头虽不锋利，可巍子力大，杀伤依旧可观。

莫看半觉刀法单一，却是极为有效，反复使用，虽是用得刀背，下手却是极重，片刻间便劈折了七八条腿，众人皆怕下盘被劈，又有巍子的精确阻击，竟是连连退却。

半觉忽尔纵声大吼，势如燎原之火，左冲右突，恍如牧马圈羊，声威大振！巍子也渐渐熟悉了手中白蜡杆的枪性，手腕一拧，抖出枪花，或拦、或拿、或扎，如蛇吐信，变化无方。

殊不知，但凡呼朋引伴，聚众围殴他人者，其心不坚，其智必弱，气势稍挫，极易溃败。而冷兵群战，阵形最为重要，这武校学生一拥而上，相互遮挡，战力大减，虽是经过武术训练，却缺乏古代战场上作为一个士兵的基本素质。不多时，前排面对巍子和半觉者，越发胆怯，直向后退，可后边的人不知形势，还在向前拥挤，乱作一团。

也不知劈翻了多少人，半觉与巍子双手酸软，停步休息，一众武校学生却是犹豫不决，一时间双方对峙，不敢轻举妄动。

“他们不行了，打！”人群中有人喊道，一众武校学生气势立涨，正要冲上，半觉突然舌绽春雷，再次纵声大吼，双手一搓，刃背翻转，再不留情！

“杀！”半觉大吼，巍子挺枪便冲，众武校学生见性命难保，撒腿便跑，半觉与巍子追得百十步便停了，二人相视，开怀大笑。

俩人取了车，仍旧双目发红，斗气未消，一路高歌大闹，找了间私人诊所，包扎伤口。巍子不似半觉短兵相接，只有五六处浅伤，先去买了好酒好菜，待半觉处理妥当，便一同驱车来到江边，选了块好地，铺上酒菜，不醉不归。

凯旋，又逢皓月清风，身边有佳肴美酒和并肩死战的伙伴，半斤“闷倒驴”下肚，半觉难得敞开心扉，说起自己的过往。

巍子全没想到，半觉竟是生于书香门第、诗礼之族。

五　苦水流年

半觉父母，都是大学教师，而家中学问最大的，却是半觉那自学成才的爷爷。爷爷嗜书如命，即便在最艰苦、危险的岁月中，亦从未间断学习，半世薪资，换了万卷藏书。

父母工作繁忙，又因爷爷家离就读的小学近，半觉自小学时便跟着爷爷奶奶。

爷爷每日早起，练完太极拳后，便挑上本书给半觉，自己于书桌前读书写字直到日暮，待到半觉读完小学四年级时，腹中墨水已然不浅。

童年半觉，遍身书卷之气，小小年纪，已现老成，颇得校内教师喜爱，只是奶奶虽用心给半觉做许多好吃的，半觉依然瘦弱多病，爷爷也没少带他进出医院。

半觉慢慢长大，每日学习读书之余，爷爷奶奶也不禁其出门玩耍。党同伐异，乃人之本性，大院里多有拉帮结派的孩子，其中有一群最凶最横，据小伙伴们说，他们或多或少都经过武术训练。

半觉也没逃出童党们的魔掌，自从被揍了第一次后，便被童党们盯上，时常提心吊胆，吃啥都不香了。

离家不远处，有一湖心公园，每日早晚都有人在这儿锻炼，最开始只有练太极拳的，后来又有了各种叫不出名目的拳打脚踢。

书读多了，心中记住了许许多多的古代英雄，半觉最爱看李元霸的段子，爷爷那本《隋唐演义》，凡是有李元霸的书页，都已翻烂，还时常光着膀子照镜子，想李元霸"形如瘦鬼"，跟自己可像了。而后每日清晨，半觉便开始喜欢上在湖心公园看人拳打脚踢，为这个，上学没少迟到。一个星期日的下午，半觉来到公园里，见有人开了摔跤场，场上的壮汉能把人硬生生地从头顶扔出去，真把半觉给看得痴了。

授艺的跤师身材不高，但是宽且厚，脑袋大，地包天的嘴，长了张京巴儿脸，看起来又犟又凶。半觉找到他，说要学跤，跤师把半觉拉到面前，上下打量，捏捏他的胳膊腿儿，吓得半觉没敢动弹，跤师问："你多重?"

"六十二斤。"

跤师说半觉太瘦了，没法练摔跤，跟着玩可以，不要正经练了。

半觉伤心，可也没办法，就只得在旁瞧着，瞧多了，知道受身挨摔是重要基本功，等练跤的汉子们散了，就依样画葫芦，在跤场泥地上扑街，只因不得其法，摔得内脏几乎移位，吐个不停，这一幕，被跤师远远看见，放在心上。

早上在公园练武的人中，有一个是在半觉居住的大院里开小卖部的老伯，姓袁，他总是自己练，不教人，也不跟其他练武的人聊天，但是他的练习地盘儿，却是整个公园里最大的。半觉也看过他的拳脚，像面条一样，软了吧唧的，打得非常随便，不如摔跤好看。

那跤师找到袁老伯说了半觉的事，老伯每天早上便会在半觉附近练，其实是来看这孩子的，但一直不说话。

陈氏家风，一向朴素惜福，半觉的书包都是奶奶一针一线缝制的，一日在上学路上撞见童党，嘲笑半觉寒酸，抢走了书包。俩人把半觉按住，其他人对着袋子里吐口水，待童党们玩得尽兴，方才放过半觉。抓过袋子看，里面的文具书籍，尽已肮脏不堪，想想回家要是给奶奶说了实情，老人家必然伤心，只提着袋子发愣，心中抑郁，无明业火烧上心尖，鼻梁上怒纹暴现，咬牙欲碎，全不顾邋遢恶心，伸手入袋，摸出支笔，一声不吭地撒腿狂奔，追上欺负自己的童党，抓着尖锐的细字圆珠笔，对着几人一顿猛扎，挨着拳打脚踢，却也不觉疼痛，盯死了童党的头头，便要拼命。

半觉比对方矮了一个半头，手脚不如人长，力气小，跑得也慢，还没扎上就被蹬开，可半觉扎红了眼，那气势上来了，也逼得这班童党心中犯怵。

"你等着!"好容易把狂化的半觉踹翻，童党们抓着机会便跑。

半觉无奈，走到附近的小吃店，怯怯地向老板要了些卫生纸，擦拭书本，抬头看看，幸好是艳阳高照，找了水管，把书包冲洗干净，找个不惹眼的向阳处晾晒。

好容易熬到放学，腹中饥饿，奶奶是大院的食堂经理，一手饭菜做得极是漂亮，半觉想着吃的，把晾干的书包收回，撒腿便往家里奔。没曾想，早上的打架，种祸不浅，路上没人的地方被童党们堵住，这回童党们带了三个牛高马大的年轻人，每个人还拎了根棒子。

完了，半觉的心凉了个透，腿上发软，泄了胆气，想逃都迈不动腿，更别提拿笔护身了。

“打死这狗贼!”那童党一声令下，仨年轻人，大跨步上来，一棒便把陈半觉打翻在地。

“真的要打死我……”生平第一次受这般重击，尽管双手抱住了脑袋，没被送去见阎王，也打垮半觉仅存的意志。

三根棒子轮流落下，半觉护得住这儿护不住那，三个年轻人却也恶毒，专挑半觉护不住的地方打，每次脑袋被打中，都是眼前一黑，剧痛难当，几欲昏厥，只得放声嚎哭，但盼有个好心的过路人听见，来救自己小命，可哪有这么巧的事儿，几棍上头，半觉意识渐渐模糊。

“哎？打完了?”过了一会儿，半觉缓过神来，胸中停不住的抽搐，头上血流不止，壮起胆子，抬眼看看，这张脸好熟啊。

“真巧啊!”这人开口说话，眼中尽是担忧，查看半觉的伤口。

“袁……袁大伯……哇!”眼见熟人来了，半觉又嚎了起来。

“好啦好啦，走，先到我家，给你上点儿药!”袁大伯转身蹲下，示意要背着半觉，半觉也不客气，爬上了袁大伯的肩头。

这时半觉才想起，刚才那些坏人呢？回头一看，童党们缩在角落，浑身发抖，挤作一团，那三个年轻人一个捂着裆，缩在地上抽搐，一个摆了“大”字瘫在地上，还有一个靠坐在墙角，两眼发直，歪着下巴，满口是血。

半觉什么都明白了，心中莫名地烧起了一团火，很快，他明白了这团火是什么。

“嗯？抓我干吗?”老袁忽然觉得肩膀上被抓紧了，这孩子瘦瘦的，手指怎么这么大力？

“大伯……大伯……”半觉抽泣着，讲不出下面的话。

“别急，慢慢说。”袁大伯的身体顺着半觉的呼吸轻轻起伏，半觉忽然觉得心中堵住的那口气，被大伯这么一颠，给颠顺了，随即便可讲话。

“我……我要跟你学本事！”半觉本来只是念叨着，越念心中越急，只得咬着牙吼了出来。

袁大伯答应了，但是开出的条件是，不能半途而废，否则会亲自动手揍人。

“谢谢大伯。”

“叫师父。”

听到这儿，巍子给半觉递支烟，半觉想想，也接下了。

巍子打量半觉，虽然身子不高，这么宽的背，这么厚实的身体，还有两条充满爆炸力的大粗腿，怎么都想象不出瘦弱的样子。

“武艺能改命。”半觉仿似看出了巍子的疑惑。

“这位前辈，是练什么拳法的？”巍子问。

“五行通背拳，津门真传。”半觉浅浅地吸了口烟，好些日子没抽了。

“可你的短打功夫又从哪里学来，那些打法太诡异。”

“呵呵，福兮祸兮，祸兮福兮。”半觉双手捂脸，使劲儿搓两把，鼻头微酸，情容发苦。

巍子脸上现出歉意，他知道，可能问到了半觉不愿说的秘密，谁知半觉忽然仿似毫不在意，提坛与巍子碰碰，饮了一大口，继续诉说。

半觉被袁师父送回家，说明了详情，奶奶少不得一阵心疼，爷爷平日里不温不火，可毕竟是老革命的性子，却是动了真怒，要找上门去跟人算账，半觉求爷爷，让他自己解决。爷爷虽是不甚甘心，却为半觉的坚强独立而心底暗喜。

数日后，奶奶将一个信封交给半觉，里面是三百元大钞，爷爷指导半觉写下拜师帖，一同装进信封里，交给了袁师父。

从那一天起，袁师父不再慈祥，再没将半觉背着哄着，他变了，如寒夜冰峰般的严厉、肃杀。

佑神通背最为高，

劈扇挑打毒手操。

仙人拂袖两翼起，

五行护身传英豪！

一首拳歌，将半觉迎上了武道生涯的起点。

半觉自“三七桩”练起，每日里苦熬苦耗，三个月后，定下了通背拳的基本架势。

接着，便是五行通背最基本和最重要的“纺车式”，那是站好了“三七桩”后，两条胳膊或向前向后抡成个圆……然后呢？每日里还是抡，不知天地岁月地抡。

天可怜见，亏得半觉自幼读书，养出无双定性，却也无法忍受这日积月累的枯燥，终于有一天，肩膀练坠了，胳膊摇松了，脾气也见长了的半觉疯了。

“我不抡啦！”半觉大吼一声，一屁股坐下。

袁师父却没生气，半觉在他脸上看见了久违的微笑。

“啪——”

袁师父依旧回到石凳上坐下，半觉脸上多了一个巴掌印，继续抡。

三年过去了，半觉上了初中，身高长到了一米六，除语文独占鳌头外，其他成绩中等，相貌平平，嘴馋好吃，肩膀斜溜，手长近膝。

旁边的跤场，每日里依旧摔得热闹，直到这一天，跤场里来了个不懂事的新人，讥笑半觉练的是王八拳。“纺车式”三年，虽已习惯每日里的枯燥练习，心中还是郁闷难消，吵了几句，便和那人打起来。

跤术上手快，那年轻小伙子刚学三个月，抢把和“拧子”已练得不赖，半觉被摔得一佛出世、二佛涅槃，那小伙子玩敌之心更盛，又去抓半觉左臂，要试试新学的“牵别”。半觉正头昏眼花，身子无力，糊涂间，腰胯一晃，破风之声大作，右臂抡了起来，斩在对方的小臂上，随着一连串的惨叫哀嚎，小伙子前臂垂下，臂骨已断。

跤场上的人慌了，赶忙把二位师父找来，审明了事情原委，却是跤师门下犯了武行大忌，对半觉指斥嘲笑，二人又是公平动手，怪不得半觉。跤师长叹口气，说自己疏忽教训，门户不严，再看看半觉和袁师父，苦笑着点点头，送徒弟去了医院。

“啪——”

“师父！我没错！”半觉又挨了一巴掌，很不服气。

“打伤了人总是不好，以后自制一点。”袁师父皱着眉头，神色复杂。

第二日，半觉的练习项目，多了一手，叫“悠荡捶式”，待到这一年的年尾，半觉已经学完了基础招式的五行掌——摔、拍、穿、劈、攒。

岁月苦短，不知不觉间，半觉长大了。

十八岁生日那天，从来节约的奶奶，给半觉塞了些钱，又把家里存的两瓶年纪比半觉还大的茅台拿出来，让他请师父好好吃一顿。

半觉去请师父，师父看了一眼半觉手中拧着的茅台。

袁师父说：“我不喝酒。”

半觉说：“我不能拿去还给奶奶。”

袁师父咽了下口水，道：“这么着，把你梁师和曾师都找来，好酒一起喝。”

这俩人都是袁师的至交好友，曾师便是那从小看着半觉长大的跤师，而梁师是沙家拳的高手，又精通无极劈挂，那年头大家节约，喜欢给皮鞋钉铁掌，梁师父的无极劈挂，脚下暗腿刮地而起，晚上打拳，脚下能趟出一路的火星飞溅，这些年在打法上没少点拨半觉。

只是半觉纳闷儿，这俩人都是袁师过命的兄弟，一说请来喝酒吃饭，却都皱眉，好说歹说，着实难请。

席间，袁师喝多了，搂着半觉肩膀，看起来很伤心。

“半觉，十二单操手你熟了吧？”

“嗯，您不是总说我的‘砸钉’、‘劈山反背’，还有‘窝心炮’练得好吗？”

“通背十二连环炮和十二连环掌你学了吧……”

“学了。”

“三大扇法呢？”

“师父，这三大扇法你让我操了一整年呢。”

“那……拆拳我给你都说明了吗？”

“是的，去年师父跟我拆了整整一个月。”

“噢！我忘了！还有个很重要的八大式子！”

“师父，那是我高一时学的，只是东西多了练不完，以后还要多下苦功。”

“对了！那五行通背刀呢？”

“嗯，也练熟了，就是没实际用过，总不能当真去砍人吧。”

“呜……”袁师父哭了。

“师父！你怎么啦？”

只见袁师父忽然举杯，将大半杯白酒一饮而尽，梁师和曾师对望一眼——“坏了”。

“哈哈哈哈！我自横刀向天笑！笑完我就去睡觉！嗝！醒来我又拿起刀！我又横刀向天笑！哈哈哈哈！”袁师父将杯子在桌上狠狠一顿，放声大吼，几个“闪展步”，从座位上闪到了饭馆中央，呼地一个引手打出，身法一展，在饭店里便舞开了醉通背！

“生人回避！”二位师叔大呼，那曾师为免袁师父公共场合出手伤人，便要上去抱住，却被袁师父一个“鸡步连环穿心腿”蹬了出去，倒是那梁师精明，悄悄绕到袁师背后，脚尖一摆一趟，使出龙行步，随着袁师后背走，矮身抱住袁师小腿一抽，袁师摔了个嘴啃泥，曾师立马扑上去，使擒拿手将袁师锁住，二人拿出早准备好的绳子将袁师捆个结实，叫半觉一块儿帮忙，拖出了饭馆。

这事儿过去好几日，曾师、梁师一见袁酒疯就戳脊梁骨，嘴里啧啧啧地摇头，袁师知丑，红着脸不讲话。

半觉的学习，一向不好不坏，大约这样不起眼的学生，不会有什么大起大落的心态，再加上高考前努力一把，竟然稳稳地渡过了高考，被所填报志愿的学校录取。那一天，爷爷奶奶高兴，只有小学文化的袁师父，更是喜得哭了，他跟梁师、曾师吹牛：“看，我教出个大学生！”非要去喝酒不可，耐不住袁师嚷嚷，半觉只得拿了钱钞，曾师和梁师悄悄揣上条绳子，跟了出去。

半觉走了，一去四年，没有假期，没有回来。

那是大学军训完后大概一个月，夜晚找个没人的地方练功，练完后，自由自在地于校园中漫步，这种感觉足够让半觉迷恋很长时间，总是很晚才回宿舍。

可是那个晚上，他该早些回去的。

那是一对情侣吧？女孩儿也不知道做错什么事，说错什么话，把男友惹急眼了，一顿好打，哭叫声响彻夜空。

“好漂亮啊！”半觉目力甚好，借着昏黄的路灯光，也能看清女孩子的容貌，胸中热血汹涌，大吼一声，制止住男生的暴力举动。可那男生亦非良善之人，见有人打抱不平，上来便抡拳打——这等拳脚，半觉连接都懒得接，这时半觉是右脚在前，左脚在后，那左手如蛇吐信，五指直穿对方双眼，对方一惊，攻势立时瓦解。半觉左手一收，右拳如大枪般捅出，凸起中指关节，一拳捅在对方胸口，正是五行通背拳的“窝心炮”，打得顺了，左手抡起来，又一掌砸在对方脑后。

莫说常人，就是高手中了这么一下也够呛，那男生仆倒在地，没了声息。

半觉回头看那姑娘，姑娘双手捂脸，热泪盈眶。

“你猜，那姑娘后来说什么？”半觉递出酒坛，与巍子干一口。

“说谢谢你？”巍子知道自己一定猜得不对，因为这时他看见半觉脸上的欢快全都不翼而飞。

“她说，杀人啦！杀人啦！”半觉模仿着女人的声音，尖声嘶叫，那叫喊中所喷吐的怨怒与悲愤，吓得巍子寒毛立起，手中酒坛差点儿摔碎。

“我×……”巍子知道，半觉要遭殃了。

“我当时愣了，不知道怎么办，没见过这样的……那女人的尖叫，招来了巡警，那男生伤得挺重，我被拘留，然后送上了法庭，最后宣判，故意伤人，四年。”

巍子愤愤不平，跳脚骂操。

“其实，福祸相依，真的很难讲。”半觉摇摇头，望着天水相接处，细细回忆。

自此，半觉开始了牢狱生涯，当父母为半觉的所做所为悲痛不已，要全家去狱中探望，那最疼爱半觉的爷爷，却没有一同前去，只精心挑选了近三百部书，并且编号，写明阅读这些书的先后顺序，让儿子、媳妇将这些书籍送进监狱，交予半觉。

“这也是一个机会。”爷爷说的话，有些莫名其妙。

幸亏半觉身手甚好，监狱犯人里，没人敢为难他，可半觉仍旧害怕，一直都认为进了监狱，便毁了一生，直到爷爷的书，送到自己面前时，半觉那跟牢房一样昏暗的心中，才透入一丝希望的曙光。

调理好心情，半觉想起武林中众人皆知的故事，形意门有一代宗师郭云深，因打死人而入狱三年，每日里勤练不辍，三年后出狱，号称半步崩拳打天下。

半觉在没事的时候，除了读书，便是练功，原本因年龄所限，五行通背拳虽是得了真传，可火候尚欠，现今只觉牢里的夜晚特别长，大把时间练。

很多时候，半觉还是心中难受，爷爷奶奶和爸妈对自己有多么失望？师父为何一直没来看望自己？是不是要将我这不肖弟子逐出门墙了？将来出去后，我能做什么？……许许多多的问题，让半觉烦躁不安。

可是读书和练武那实实在在的进步，却是消除不安的良药，每当半觉能理解、背诵更多的篇章，并且有所领悟，或功力上有所突破，就会有“这一天我没白过”的满足，那是一种无愧于心的充实感。

在不断的进步中，时间并不那么难熬，半觉亦在修习学问的过程中，变得更为平和深沉。狱警也知此人身手了得，除了刚入狱时被人欺负，为了平安度日而出手立威外，从不惹事。每日清晨，那阴霾昏暗的监狱中，所传出的朗朗读书声，并不让人讨厌，不论犯人还是狱警，对待半觉的态度一向不坏。

春去秋来，几回寒暑，对出狱的向往，再也不会让半觉生出焦虑，这一日，铁窗外的阳光，洒落在书本上，他正品味宋代词人贺铸的一首《鹧鸪天》：“重过阊门万事非，同来何事不同归……”眉头微皱，心中涌起一阵不安，正思索间，监狱的内勤人员通知半觉，案卷已到，准备出狱。

“警官，可以将这些书送给他吗？求您了。”半觉指向对面的一间牢房。半年前，那儿来了一个刚满二十岁的年轻人，因父母嗜赌，负债累累而进入一家小卖店中偷窃，没想到店中有人，被捉住后以抢劫论处，满腔的悲观绝望。放风时，半觉与他聊过，发觉此人确是愚昧天真，尚可救得。

重见天日的时候，来接半觉的是爷爷，他从来不知道爷爷有这么大的力气，老人的手，紧紧抓着半觉的衣袖，却不说话，慈祥地笑着，像是抓住了自己苍老的生命与这人世间的最后羁绊，而等待着半觉的，没有任何一句责怪和教训，只有自由的生活与家中可口的饭菜。

四年特殊的学习，半觉见惯了各种暴露于人前的负面情绪，听闻了无数的犯罪手段和犯人们的非常经历，将爷爷送来的书籍尽数背诵，并融会贯通，通背拳功力也几乎炉火纯青，打法变化，亦尽数领悟，了然于胸。可这场牢狱之灾，让半觉在人前，总是带着挥之不去的自卑，而这自卑感与半觉所掌握的知识、本领，形成了一个微妙的循环。

《易 · 坤》卦:“六五,黄裳元吉。”

六五,以柔处尊,不过分表现自己,以大地之本色为衣裳之色,保持谦逊之德,以获元吉。

矢志修炼真武术者,必然凶多吉少。而半觉的这一点卑微之心,却像是命运之神为他披上了护身“黄裳”,就像古来圣贤的破旧皮袭与粗布衣装。

回家当夜,半觉跪在了爷爷面前。

爷爷轻抚半觉的头,询问为何如此,那跪着的半觉,还跟小学时一样高。

“爷爷,我错了。”

“你错在哪儿了?”

“不该打架。”

“哼,学虚伪了,你不知道自己哪儿错。”

“我……”

爷爷示意半觉坐到自己对面的沙发,决定给半觉解开最后的心结。

“至今我仍旧认为,你是优秀的孩子,人生经验不丰富,导致行事鲁莽,犯下的过错,不能全怪你。你也不要埋怨爸妈,他们是学校教师,是现代人,没经历过多少风浪,但你爷爷我是老革命,坐牢、批斗、特务的暗杀,哪一样没经受过?你坐这几年牢,在他们看,那是天塌了,在我看,就是一场人生历练。”

爷爷端起茶杯,抿了一口,继续说着。

“你说你错了,那么,你会放弃武术吗?”

“我……不知道。”半觉痛苦地捂着脸。

“那你说说,武术除了这场牢狱之灾,还给你带来了什么?”爷爷裂开嘴角,慈祥微笑。

“身体好,还有让我更加坚忍,在我最无助的时候支持我,这……”半觉仔细想着,除了这次伤人入狱外,并无一件坏事!

听到这里,看着半觉那不知所措的脸,爷爷抚掌大笑。

“你应该知道的,1967 年前后,那时我整天挂着两个小黑板,前面这个写着‘翻案大右派’,背后那个写着‘死不悔改的走资派’,近一两年我的耳朵也开始有些不中用,想是那时被人用棍子殴了几顿脑袋,落下的后遗症。我们这代人,为国为民,抛头颅、洒热血,经历了很多事情,几次都想不开,可后来我想明白一件事。”

爷爷深吸口气，昂起头，充满了对人生的骄傲。

“社会变革，必然有阵痛，我是老党员，也曾是地下党干部，这些阵痛不正应该让我们这些人带头领受吗？当我想明白这个简单的问题后，我浑身充满了面对一切困难的勇气，我对党和国家的热爱，一如往昔，因为那是我当初所选择的信仰！半觉啊，莫要为了一时的苦难，就放弃自己的理想！把你的武术练好，学好前人的本事，总结自己的经验，将来，再把这门本领流传后世，你就是传统文化的功臣！没有勋章，没有头衔，没有奖金，可是祖先有灵，后世有名！我始终认为，一个能艰苦朴素、粗茶淡饭的理想主义者，比那些追求高品质生活、追求权势享乐的家伙们，更像我的孙子！”

那一晚，半觉哭得很厉害，父母闻声跑进书房，只见老爷子的笑容，和半觉的狼狈，全不知其所以然。

次日清晨，天还没亮，半觉便在师父日常练功之地等待。

“一会见师父，要先认错还是先问师父这几年好不好……”半觉一直在纠结许多见到师父后的情景，心中既害怕又激动。

“还是老样子，师父总是来迟的。”半觉远远看到曾师和梁师来了，心中激动不已。

“二位师叔，我回来了。”俩人正聊着些什么，听得呼唤，抬头看时，愣住了，三步并作两步冲上来，那曾师只说：“半觉！是半觉！是半觉！”抓着半觉的肩膀使劲儿摇晃。

那梁师举起手来，摸着半觉那在牢中剃的光头，只说：“长高了！长高了！长高了！”

慢慢地，半觉感到不对了，曾师一边抓着自己不住摇晃，一边慢慢咬紧了嘴唇，眉头深锁，那梁师亦放下了手，不说话，站在一边低着头，半觉看见这些，害怕极了，

“你怎么不早点回来呢……”一旁梁师喃喃道。

“老袁过世了。”曾师能扛事儿，说了实话，半觉感到眩晕，两腿一软，便往地上倒去。

说起来，那袁师父一世童子身练功，晚年无伴，甚是孤独，人生并不圆满。

幸得将全部心血寄托于武道之上，又收得半觉这徒儿，大慰老怀。半觉入狱后，袁师父曾数次去到半觉家中询问情况，却遭半觉母亲冷言冷语，说是习武害了半觉。袁师父不知所措，许久没能想通，愧疚自责之心越发沉重，也不再练拳了，每日里不是在麻将馆打牌，就是在小饭店里喝酒，终于在一次连续三个通宵的麻将鏖战后猝死。

师父死了——那个少年心中无法战胜的人，就这么死了。

失魂落魄的半觉，引来过往行人不断侧目，他的右手，一直向斜上高举，口中自言自语。

“你还要多用腰胯的力。”

“嗯……师父，我什么时候可以操铁砂掌？”

“现在不行，你炁血还耗不起，长大些吧。”

“师父，你说给我做狗皮桩的，这都说了三个月了！”

“这时节，狗皮带毛刺，用不得，再过些日子。”

“师父，你今儿打我可疼了。”

“废话！让你在我身上试个‘猿猴抱旗’，你下手那么狠干吗？我也痛啊！”

“师父，好热！干吗人家都光膀子练，就我们穿长袖？”

“少啰嗦，练通背拳必须穿长袖！”

“师父，明天我生日。”

“你师父是穷光蛋……”

“真好意思……”

“……明天放你一天假，带你吃早茶。”

“不要！不要！”

……

曾师和梁师害怕半觉出事，远远地跟着，起先二人摸不着头脑，只怕这孩子疯魔了，那梁师较曾师聪慧几分，虚空中，自己那相交多年的老兄弟，显现出了背影，还是那身粗布褂子，乱发当风，令人胆寒的铁砂掌，轻柔地牵着孩子的手，一同走在回家的路上。

曾师忍不住，要上前安慰，被梁师扯住。

“拉我干吗？”

“老袁今天头七。”

跟巍子聊到这儿，半觉举坛痛饮，那原本六十五度的“闷倒驴”，这会儿喝在嘴里只嫌尚不够烈！

“后来我出去找工作，四处碰壁，练武又到了瓶颈，非常郁闷难堪。”陈半觉苦笑着。

那时候，半觉还亮着那出狱不久、未及长出头发的光头，尽管街上剃光头的人并不止他一个，他仍然觉得这就是作为囚犯的标志，总是低着头。

终于找到了一份在码头搬货的工作，收入不坏，每吨货四十元，半觉玩命地卖着力气，存了一个星期的钱，才有了昂首挺胸下馆子点菜的勇气。那天半觉买了一包中华烟，拍在桌上，又要了瓶不错的汾酒，让服务员收了杯子，换碗来喝。

酒怎么样？全不记得，只是从这次痛饮开始，半觉的心才从狱中走出来，确实自由了。

在码头一同搬货的工人中，有个山东汉子，三十出头，豪爽，力气大，嘴还特别能说，竟娶个美得冒泡的平面模特做老婆，这女人不仅好看还贤惠，每天都来给这山东老哥送午饭。老哥看半觉搬得拼命，特别老实，就让老婆多做些，请半觉一块吃。

有一日，正吃着饭，半觉忽然抬头说：“老哥，您力气这么大，要是练武术，肯定有不小成就。”

那老哥愣了一下，咧嘴乐了：“练武？练武有馒头吃啊？”

这话把半觉噎狠了，又熬了两天，虽然知道这老哥并无恶意，无奈看到他心里就难受，便辞了工，再去寻摸下一份生计。

可这回，辗转许久都未能找到合适的活儿，最后，爷爷说理想主义者也得吃饭，全家商量了几天，爷爷出钱开了一间很漂亮的小书店，半觉白天除了收钱和偶尔进货，便不停地看书，终于在书中看到一个人物，从此，再也忘不了他。

半觉忽然抬起头望着巍子，眼中神光逼人。

巍子眼珠一转，谁啊？问是不是潘金莲、李瓶儿？还是春梅，哎，你说她们仨哪个最骚？半觉听了，喷着唾沫星子骂娘。

“那人，是个和尚，名叫法显。”半觉坐正身子，收敛情绪。巍子满眼疑惑，却不知法显何许人也。半觉告诉巍子，法显跟唐三藏一样，是取经人，只不过法显比唐三藏的时代更早，他孤身一人，没有仙佛神魔护持，而且出发的时候，比唐三藏要老了许多，据说那个时代，人均寿命不过四十出头，而他却在六十九岁时，翻越了帕米尔高原。

一个强壮的年轻人，在阳光明媚的好时候，都难以翻越的帕米尔高原，却被一个土埋脖子的老学者，在寒冬腊月时征服了。

在法显和尚的记载中，有这么一段话：“沙漠中多热风恶鬼，遇者皆死，无一全者，上无飞鸟，下无走兽……唯以死人枯骨为标记耳。”

“那一路的枯骨，都是什么人？什么人，会无故来走这条路？他们都是取经人与送经人吗？死的时候，未偿所愿，执念不散，留下尸骸，指点后来之人前进？我脑子里经常会想象法显和尚在冰天雪地、滚滚黄沙里，艰苦攀援徒步的样子，但是我想象不出他的眼睛和面容……不过，这已经够了，心中有了法显的身影和这些枯骨，我已无所畏惧！这些年来，做梦都想有一个理由，为人间文明，走上这么一遭！”

说得入巷，陈半觉眼中竟热泪盈眶。

“我第一次遇见你这种人……兄弟，我永远忘不了你的话！可是……你那些短打的功夫呢？”

“天行健，《易经》说得一点也没错，当我把爷爷的教诲和法显和尚的身影，刻在骨子里，并且践行——从那天起，老天就不再与我为难了。”半觉笑得极是骄傲，恍若日出东海，天光破云。

“生当为人杰，死亦为鬼雄，吾师有灵，见我将武艺放弃，九泉之下，势必含恨，而愧疚之念亦无从宣泄，我当效法法显和尚，踏遍山河，再寻绝技，成就武道！”半觉终于从师父过世的悲伤及内疚中走出，随即开始查阅各种资料，遍寻武道胜地。

习拳多年，半觉眼光已非同小可，资料上介绍的一切都看不上，只能先走进那些武术胜地的圈子，再顺藤摸瓜，找出后面的高人，这要有极大的耐心。

譬如朝露，去日苦多，国术有案在录的流派，便有数百种，千头万绪，各有所长，总不能逮着哪家都练，当从何处着手？半觉望着眼前小山一般的书籍、资料，甚是为难，百无聊赖之下，翻开师父赠与的五行通背拳谱，那头先第一页，叙述了五行通背渊源："本门奉张三丰老师为祖……"

佑神通背……佑神即真武……张三丰？武当！

吾心慕道兮何时可去，

蕴成羽翼兮苍天以及。

终于，在二十三岁那年，半觉来到武当山，自山下武馆开始，先看，再动手切磋交流。初习武之时，便操三年纯功，经过师父几年的精心教导，将五行通背拳精要尽数嚼透。又于牢狱之中，效仿"半步崩拳打天下"的大宗师郭云深，再加三年纯功，半觉两条臂膀，已如钢鞭铁锏，重不可挡，如蛇信卷舒、火焰燎烧，冷烈莫测。身法上，除通背拳的闪展步，梁师的龙行步亦有心得，平日练起来，是行气如虹，走云连风。当今正逢武学末世，寻常武馆、市井把式中，能寻何人与其匹敌？半觉连战多日，虽在相互交流中有些收获，并未找到能降住自己的人，四处问询高手行踪，也不得要领。

此山盛名，必有仙灵，半觉毫不怀疑山中有厉害人物居住、修行，只是那武当山地界苍茫，宫殿房屋不计其数，当从何处找寻？已过去好些日子，如今囊中羞涩，心头极是焦虑，又逢天气火燥，辗转难眠，便起身到浴室冲冷水。几日劳累，再加外寒内热相煎，当晚便害了病，发起烧来。睁眼疲惫不堪，闭眼天旋地转，半边脑袋阵痛，每一下都似受刀劈斧斫。时间久了，强忍不住，只得张口呻吟。此时夜深，药房早已关门，半觉扶着墙，凭一股硬气撑到服务台，央求招待所的服务员到厨下找来老姜、红糖，东歪西倒地撞回客房。鼻中出气火烫，眼现虚空花，再顾不得细细洗刷，老姜放桌上，一巴掌拍烂，用热水壶浓浓地煮了姜糖水，尽数灌下，卷着被子捂汗，咬紧牙关熬到天亮。

当汗水将被褥彻底浸透，半觉挣扎着起来，只觉得身子似木棒一样沉重笨拙。

自习武强身起，再没有像今日这般病过，焦虑导致自己做出冲冷水这种蠢事，又在这最不应当的时间、地点生病，自己有太多需要检讨的地方，只是这样下去不是办法。

想到这里，半觉深吸口气，操控着软弱无力的脚踢开棉被——半觉的钱已经养不起“惰性”这没用的宠物了。

“武当……”半觉轻声念叨，这座圣山如此不卑不亢，世人无论如何动静，都不能将真武之神惊醒，那自己呢？几近丧失斗志的人，又怎能得到它的眷顾？

半觉从通背拳的基础“纺车式”开始，尽力将动作做标准，头痛得像是搁置在打铁铺的铁砧上。

烝血活开后，身体依旧虚弱乏力，只是精神略微清醒。不能再耽误了，用烫烫的水，给自己擦了个澡，去楼下的小饭馆，要了两份蛋炒饭，紧紧地压在饭盒里，背上行囊，便向山上进发。

酷暑，半觉带上遮阳帽还是刺眼，低头看着眼前的台阶走，不能亦不允许自己思考，一思考说不定就会计较利弊，贪恋舒适，而无法继续向上攀登。

虽是高温天气，半觉仍然选择穿长袖，一会儿到了高处，山风定然不小，自己已经受不住风吹了。

勉强再支撑一段路，每走一步，都要全身拔起，提神奋意，困倦昏沉包裹全身。

路过几处道观，半觉只是抬头看一眼，不似练武之地，便低头继续行走。终于，眼前的台阶再次到了尽头，昂首望去，竟到了紫霄宫，整个人豁然开朗起来。此地庄严肃穆，虽说不出是否真有神明，却能清晰觉察到神性。

当一阵较大的山风，拂过半觉的身体，半觉突然像座雕塑般一动不动，体内若烈焰焚烧，皮肉却如盖冰霜，终于失去知觉，一头栽倒在紫霄宫前。

半觉知道自己鲁莽上山，会吃苦头，却没想到这般严重。幸得那紫霄宫中，有道童司职，远远望见，急去找人救助。

待半觉醒来时，竟在一山洞之中，卧于木榻之上，揉揉眼，见四处有蜜蜂飞舞，一片嗡声，忽远忽近，甚是害怕，正要挥手驱赶，忽听一醇厚人声：“醒啦？莫动莫动，不蜇人。”

半觉抬眼看时，洞口进来一老道人，头带五岳冠，道袍百纳，甚是陈旧，白须白眉显示其年纪定在古稀之上，只颧骨、下巴、鼻头，却是肉多而饱满，光泽红润，眼藏精光，有非凡之相。

“出来出来。”那道爷歪歪头，半觉以为是让自己出去，立时起身，却见那道爷耳中飞出一只蜜蜂，不由得看呆了。

道爷端来一碗小米粥与一小碟腌渍姜丝请半觉饮食，半觉谢过，正要端起服用，忽然发现自己身体已恢复了些，道爷笑道：“适才你昏厥在紫霄宫前，我给你把脉，是寒热未愈，疲劳过度，又兼中暑，不好再拖，便自作主张，为你针灸疏导，还望莫怪。”

半觉赶忙向道爷致谢，道爷不多言，回到蒲团上坐下，叩齿数次，吞津抚胸，闭目存神。

良久，半觉头痛稍减，只是虚弱乏力。

“您会武术吗？”半觉问道。

“不会，你来学武？这到处都是练武之人，挑花眼了吗？”道爷笑笑。

“不，不是这样的。”半觉捂着脸，使劲摇头，头又疼了起来。

“小伙子，你从哪儿来啊？”道爷问。

“南方，鹊山城，来此寻找更好的武术，可是却……哎……”

“把武当走一遍再说吧，一山还有一山高。”道爷轻声细语，半觉听着只觉话中有话，甚是好奇，可是往下道爷没再说话。

半觉见旅行包就在榻旁，便拎起，重新负在背上，拖着沉重的脚步，走出了山洞，才发觉此处便是紫霄宫的背后，向上遥望，高不可见，云深无极。

适才道爷那简单的话，却让半觉消除了所有的疑虑，没什么别的选择，向上走吧。心中没了焦虑，那放慢的脚步，悠然了许多，偏偏这不急不躁的态度，却是为半觉省了许多力气。

尽管身子依旧沉重，年轻的武人身体拙如苍老，每一步的节拍虽慢，却平和稳当，仿佛天上有一股引力，将他慢慢往上拉，就这么一步步，总会到的。

可当半觉深呼吸时，却发觉沉闷抑郁，难道身体又出了什么问题吗？当察觉到并非自己的问题时，赶紧抬眼望天，见乌云滚滚，凶殃难言，仿佛黑色的潮头大浪自海门涌来。

半觉哪里见过这等不祥之兆，心中害怕，手足无措间，偌大的雨点已砸了下来，幸得准备周全，赶紧将包放下，从包里掏出雨衣，放在一旁，再将包背上。方要穿雨衣时，风也来了，狂得邪门，搅着雨点，不知从何方卷起一根尺来长的树枝，仿若一个大耳刮子抽在半觉脸上，半觉本能转头躲避间，雨衣已被邪风带走，刮下了万丈悬崖。仿佛在警告一心寻武的年轻人，再往上走，这雨衣便是榜样。

开始一会儿，半觉还试着四肢着地，像螃蟹一般往上爬，可那风雨却变本加厉，渐成撼岳摧山之势，半觉感到身外飞沙走石，天地色变，口鼻也似被人捂住，无法呼吸，阵阵强风几乎卷走他的身体。半觉只得暂时闭眼，手脚并用抠住阶石，一动也不敢动。

传说，仓颉造字而鬼夜哭，凡人欲窥得天地之理，往往困难重重，受尽鬼神所阻，难得成就。半觉永远不会知道，此时，紫霄宫后，太子洞中，那神游八极的老道人睁开双眼，轻声言语："此人堪受大任"，遂取出朱砂黄纸，拜了三清，执笔画符，口中念念有辞：

五岳山河，
为汝桥梁。
元斗玄精，
为汝衣裳。
升龙参天，
四道开张。
左掷奔雷，
右迅电光。
七元之内，
流火之乡。
光耀十方，
照鬼妖形。
太上有命，
诛戮无亲。
……

书罢符箓，诵完咒语，遂将符于烛火上燃了，化于一碗水中，道爷端碗来到洞口，将水望天泼洒，舌绽春雷，发一声“神兵火急如律令”，诸事已了，便回蒲团上坐下。

那半觉正伏于山道阶梯上，风雨依旧狂莽，只是不害怕了，觉得趴着挺舒坦，耳中的山呼海啸似乎也慢慢止息，渐渐地放松四肢，便要睡过去。

天可怜见，轰隆一个炸雷，打在不远处的山林里，半觉被吓得毛发乍起，浑身紧绷，却是清醒过来，见四周都是山林，此地怕是招雷引电之所。说也奇怪，那电闪雷轰是越发密集，而风雨却是小了些。

不能入林躲藏，只得向上再走，两腿却已酸软打颤，不听使唤，定下心意觉察，已是饿得前胸贴后背，难怪迈不动脚。无可奈何间，半觉胸中逆劲儿翻涌，脑后反骨发作，仰天骂娘。骂舒坦了，从包中取出饭盒，背对风雨，蹲在石阶上，于那九霄狂雷、疾风骤雨中，抓起盒中冷饭便往嘴里塞，渴了便仰头接口雨水，吃得狼吞虎咽，甚是香甜。

不多时，吃饱了的半觉，再次向上奋进，一百步——两百步——三百步……半觉的身影在这被风雨雷电撕扯得支离破碎的山路上越来越小，不多时，便与这混沌天地，融为一体。

在石阶上手脚并用，前进许久，忽然站直了身子，昂首仰望，心中奏起凯歌。半觉看见了一望无垠的天空与武当金顶的大岳太和宫。

雷电远走，已不可闻，风亦不再癫狂，轻轻将半觉的衣角拂起，仿似卑微的太监，为高傲的帝王托起低垂的衣衫。可半觉却全然没有征服的快感，他正试图破开心中无明，明白自己当下的想法。

是啊，辛苦地攀登，却并没找到自己想要的，都干了些什么呢？一时间心中甚是难过。

大量的体力消耗，使得半觉喘息未定，胸中忽然如扯风箱一般，猛地咳出一大口浓痰，吐纳清爽畅快，鼻塞也消失了，感冒发烧几近痊愈，身体突如其来的改变，半觉竟然呆了。

鼻翼轻轻抽动，这澄净的天界，居然混杂着自己身体的汗味，这时，半觉心中涌起莫名的快感，当踏入大岳太和宫之时，半觉轻言：“天下能难倒我的事，又少了”，他怀着至诚之心，感念这座神山，叩拜于真武大帝塑像之前。

人在痛苦之中，俯仰之间，皆是财富，我当得到什么，天道早已注定，我的计较安排，太过任性。

半觉拂衣而起，将要无怨无悔地归去，走出大殿时，薄雾未散，云层之间，破开缺口，一缕阳光射出，恍如天柱，蔚为奇观。

得见奇景壮阔，半觉心满意足地驻足欣赏，猛然想起什么，随即定睛四望。

半觉也曾研习风水之学，虽无人点拨，不甚精纯，但也是个明白之人。那阳光照射的所在，不远处即有流水，朝怀卫身，聚会融潴，荡胸拱背，水势皆为大吉之象；此地近处，还有小山，可称案山，似贵人办公之书桌，山势似对此地朝揖，对水源又成逼水逆势，使其湾环缠绕，生旺之气千百年不泄，乃是少有的好风水——此时正是下午四点半左右，远看此处，似有炊烟，在这道教胜地中，何人寓居于此？

话说上山容易下山难，半觉疯了，连滚带爬地奔向此处，那山上石阶高低不匀，一路上跌了不知几回，搞得既狼狈又危险，终是到了此地的水源之前。半觉双手掬一捧水饮用，其水冷冽甘甜，毫无异味，越发确信自己没有看错，径直向附近唯一的那间房屋走去。

方到院门口，便见院中一道人正教孩子学拳。

“虎禅！不好好练功！师父要打人啦！”

“不练了……今天没吃肉……没有力气……”那孩童正有气无力地装死。

“今儿没了！明天再买！”

吵闹间，那孩子对肉食的欲念越发深重，闹起脾气来，道人从桌上拿过戒尺便要抽打，抬头见门口有人呆呆望着自己。

陈半觉盯着道人的身板，心潮澎湃：“此人当是高手。”

记得袁师父在世时曾说过，各种武术，其力多练在脊，脊为大龙，育化大龙有三步，一者要活龙，也就是脊椎能走劲儿，龙若练活者，两脚左右平行开立，与肩同宽，用力推其额头，其人亦能不退半步；次者，需成龙性，龙者，其性刚也，其德暴也，取碗口粗细一棵树，全身绷直，两脚并拢，以额头抵树，全身成四十五度斜倚树上，尾闾猛地一缩，力道自然贯上头部，整棵树如受大风，剧烈摇晃，龙性遂成；再者，养龙，此乃日久天长的活，但凡绝顶高手，晃眼望去，背似微驼，再细看，身姿却是中正，为何？高手脊柱，往往较普通人要长出些许，又较为强壮，所以乍一看，好似微有驼背。那道人全身上下，举手投足，无一不合拳理，脚步亦是稳迅兼备，气度庄重，必是高手无疑。

半觉微一沉吟，不再犹豫，上前拜倒，叩首三声，口称师尊。

那道人初时眉心紧蹙，待半觉叩首毕，细细端详，眉心慢慢展开，便问起半觉来历，半觉自是说尽自己的缘法因由，道人甚是欢喜，便让半觉写下拜师帖，次日清晨拜师。

“我门下皆以岁数排行大小，如一家人般，为师赐你道号，无名子。”道人给了半觉一个新的名字，半觉欢喜难言，礼毕起身，那名叫岳虎禅的孩童，也向半觉拱手道喜，口称师兄。

“我的……师父，字号……通玄道人，出家前，便是戴家心意拳传人，出家后，再精研道家武学，功夫……极大，他说我贴身短打……不足，便将心意门的本事传与我，与我原本的武技互补。”

“原来……如此。”巍子跟半觉都喝多了，这时已是凌晨，吹过几阵冷风，酒劲上来，说话早已大了舌头。

捧起坛子，未及多饮几口，酒已告罄，二人相扶，东歪西倒地上街买酒。

当半觉乘坐归家的飞机，降落在鹊山城机场时，巍子敲开了灵菲的练功房，门开了不到一半，灵菲从门内侧身而出，随即掩上，仍未能及时阻断房内传出的阵阵血腥之气。巍子将一支录音笔，交到灵菲手中，那是他与半觉饮酒时的全部对话。

日月流转三轮，梳妆精致的灵菲光彩照人，连巍子在内，一众五人跟在她身后，提着行李，踏上旅程。根据巍子的描述，这个男人身材不高，古板木讷，穿着朴素，仔细看，背似乎微微有些弓，像是老天爷赏给了他一副无形的重担，又兼相貌平平无奇，为什么？我会想见他？

她无法理解录音中，那个叫陈半觉的男人所说的一切，可为何又充满了向往？贵人出门招风雨，乌云盖顶，天色昏暗，仿佛自己阴晦、辛苦的人生。在灵菲心底，有个她自己都不曾察觉的念头——陈半觉，这个言带古意、像是活了几百年的男人，是不是泥地灰天中的一抹圣光？

六　老公　师父

当下的姑娘们，脑子聪颖，口舌刁毒，半觉多时没管书店的事儿，刚一回来，便被雇来做管理员的小张好一通训斥。

“现在是暑假，人这么多，你知道我一个人在这儿多辛苦吗？啊？”

“对不起，小张，这个月给你加五……加一千块，你看？”

“不是这个问题，你是老板，我本来不该说你，你有没有点事业心？”

“这……我这段时间是有些事想弄明白，出门时间长了，抱歉，辛苦你啦。”

“呵呵，明白？说真的，你这书店收入真的不算什么，为了给你打工，人家请我五千块一个月我都没去！你呢？除了穷旅游，穷玩，还会什么？这个社会是很现实的！买车买房什么的，你就不用想了，至少……”小张最近越发烦躁，陈老板虽是厚道人，却有太多让人受不了的毛病，甩手掌柜、突然消失、整天大汗淋漓，爱在店里播放些俄罗斯老歌，嘴里还跟着哼哼，比出土文物还土。

正说着，有顾客捧了两本书来结账。

“一共一百四十三元，谢谢。”半觉赶忙接过书，开始干活儿。

“啧……钱没带够，只能买一本。”顾客开始出现选择困难症状，两本书翻了好一会儿，无法决定。

半觉定睛看看这两本书，乃是吕澂的《中国佛学源流略讲》和汤用彤的《汉魏两晋南北朝佛教史》，眼中顿现神采——武人出手，便知高低，看人选书，也知其学问品位，遂将书从顾客手中接过，翻开扉页，随口笑言：“你倒是挑出对冤家，吕澂是内学院欧阳竟无的嫡传、熊十力的师兄，一辈子精于因明学，不著泛泛之书。这本书是当初他给社科院上课的讲稿。至于汤用彤，则是佛学中显学的一把手。而这书，又是他用力最多、最负盛名的一本。不过恰是这本书，当年吕澂做过审评，挑出若干错误后总评，说是取材博而不精，论断泛而寡当，仅叙次有绪，可资参考而已，予以三等奖励尚无不合。结果其他审查者面子上挨不过去，还是给了汤用彤第一名。至此吕澂就不问学术事宜了。所以，一个内学，不名于世，一个则是显学，两人正好也就这件事交过手。"

半觉一边说着，一边恭敬地捧起这两本书，轻轻摩挲。

"先生，都是好书，换我也是爱不释手，你有多少钱，先放这儿，剩下的你下次来补给我吧。"半觉相信读书人的胸怀。

"真的吗？这……那么谢谢啦！"顾客听半觉说话，听得入神，又见老板肯赊账，实是喜出望外。

"哼，败家子。"那边厢微微传来一声冷笑，确是小张的表态，顾客捧着两本书，却是愣住了。

"没关系，尽快来补上就行，您慢走。"半觉赶忙送客。

"陈老板，不要总是不学无术，好好琢磨下你的生意吧！月底工资加一千，记住了！"

陈半觉不善斗嘴，只点头称是，寻常刀子嘴却是伤不了陈半觉，这小张胜在做事勤快利索，账目出入一丝不苟，再要找个这样的员工却也不易，只得听之任之。

在鹊山城中，有一所著名大学，学校里有个精于学术的教授，在陈半觉的师父通玄道人的介绍下，与陈半觉这三十出头的后生，结成忘年之交，半觉教老教授养生功夫，老教授给半觉讲课。

老教授认为陈半觉很有天赋，一直想将其引入学界，可还是忍住了，只将中西方各哲学体系脉络，搭配着各种有意思的故事，向半觉讲述。

曾有人问老教授，为何让这么一个有才能的人埋没，老教授却捶胸顿足，摇头叹气："我看到他那厚实的身板，心里就疼，搞学术的还能把自己的痛给人看，再勾出别人的痛来，可他呢？把自己的痛掖得深深的，明明会抽烟，却尽可能不抽，明明有海量，却极少饮酒，还要保持着良好的身体状态，进行大量的训练，保持清醒的头脑，去跟人比武拼命，再让他入学界挣扎崩溃，还活不活了？"

说起来，半觉也是活该赚不了几个钱，难得有大学里的关系，不学些经济学之类的实用知识,却把时间投向这赚不来米肉钱银的勾当,市井人看来,确是不着四六。

今天教授讲到朱熹的道问学和陆九渊的尊德性,朱熹强调学问次第必须由大学至孔子至孟子至中庸,不断格物致知以至平天下。而陆九渊认为这样太支离破碎,上来就应该直指本心,起手处就应该四书贯通无碍,朱熹又认为陆九渊这样太虚浮。之后陆九渊诗曰“简易功夫终久大,支离事业竟浮沉”,朱熹大怒,拂袖而去。

后来二人继续写信争论,最后这个学问次第问题,也就是方法论的问题,居然上升到了本体论,开始争论太极之上是否有无极。朱熹认为太极是用,无极是体,也就是道者极也,无形而至上,无极就是无形无器,就是形而上者谓之道。陆九渊则认为太极是心,不是所谓的道,心性无所谓有形无形,无上即可……俩人掐了好些日子,只得绝交。

半觉琢磨品味,想想量小非君子,朋友嘛,吵过就吵过了,算个屁,但是转念一想,往大了说,又是学术中的话语权问题,可这样做学问如何做得彻底?求道理又如何求得究竟?

正想得入巷,面前走来一女学生,背上背着个学美术用的画板儿,带个熊猫帽子,帽檐压得低,虽看不真切脸面,还是很可爱。

“师兄,您好。请问办公楼往哪儿走?”女孩儿微微躬身,其状极是亲和。

半觉本就不是个开窍之人,现下回忆课程,正品出滋味儿,哪里管得可爱可恨,懵懵懂懂地随手指了办公楼方位,女孩儿道了声谢,向办公楼走去。

正是夕阳西下时,半觉低着头,看着自己的身影思考,那寂寥的影子拉得长长的,身旁猛地多了个影子,动作极不寻常!半觉牙一咬,登时炸了毛,把腰猛地一闪,转身退步,手臂抡起,打了个“倒步翻身劈斩”,破风之声大作,却是劈了个空,好在这手败中求胜的打法,让半觉躲过一劫。见刚才那带着熊猫帽子的姑娘,手中握半尺短匕,正收手回刀,放低身姿,再次扑来,刀尖直刺半觉面门。

半觉也不着忙,所谓“拳假功夫真,力大强十分”,抓起手中文件包呼地拍开刀子,一脚暗腿钉在女子胫骨上,女子疼痛弯腰,半觉一掌对后颈砸下,女子双手抱头护身,虽不至重创,却扑跌在地,半觉乘机退开。

那女子韧力极强,嗖地爬起,也不进攻了,迅速将匕首藏起,蹲在道旁,竟抽抽泣泣地哭起来。傍晚时候，校园里往来之人极多，没谁见着这女子使刀，倒是见着陈半觉打人的挺多，当下路过的，又见一大男人站那儿，一女子蹲那儿哭泣，都围了上来，戳半觉脊梁骨。

“喂……你，你哭什么！你拿刀捅我哎！”没见过这样的，半觉着忙了，那女子不答话，只一味地哭，周遭人群已经开始议论纷纷，有想英雄救美的，已经给女子递纸巾，还对半觉骂开了。

半觉自出狱后，做人一向小心，纵是比武切磋打了人，也都谨慎善后，并未结下仇怨，很想搞明白这女人跟自己有何深仇大恨，须动刀子，可看这环境怕是说不清了，遂疾走忙逃，竟还有闲人拉扯半觉：“别走！说清楚！”半觉脚步连闪，左右不断换膀躲避，这些浑人哪里拉得着，半觉臊得不行，只是低头狂奔，直骂晦气。

消停了些日子，细心照顾店里生意，夜里教刘京练拳，又是闲暇人生，日前被那女子行刺之事，想不出头绪，便也没放在心上。

这日，又是到教授那儿听讲的日子，半觉方要出门，又想起那日事情来，有些脸嫩，怕被人认出，找来一顶曾经打工时留下的 KFC 鸭舌帽，压低帽檐，这才骑了自行车向学校去。

手拉着手儿把长江下
到了长江也不把手撒
咱二人就死在一处吧
免得思思念念常牵挂
转世为人还是咱俩
长大时你不娶来我不嫁
那时节儿才称咱俩心中话儿
……

那以短匕行刺半觉的女子，今日细心装扮，着一青色长裙，长发柔顺披肩，细长的耳坠修饰，明艳妩媚，穿高跟鞋还不老实，踢着地上石子儿。正在半觉下课归家的必经之路上等待，唱着不知从哪学来的曲儿，声音倒是甜美清丽，只是男人们若细听其中深意，不免落荒而逃。

半觉出了校门，骑着车，哼着歌，心情不坏。

几日前，电话里跟巍子聊天，巍子说过些天要来鹊山城看望半觉，半觉平日深居简出，安静，也孤独，得知有朋自远方来，甚是兴奋，正琢磨菜谱，要尽心招待一番。

“戴帽子的小哥，等等。”一声娇唤，半觉转过头去望时，身子当时便酥了半边，见这女子高挑妖冶，眼波粼粼，风流天成，心里琢磨的虾蟹鱼肉、青菜豆腐，早抛到爪哇国去了。

半觉暗自吞口唾沫，镇住心猿意马，询问何事，那女子说此地偏僻，拦不着出租，央求半觉送她一程，半觉忙不迭地应了，只为胯下那凤凰牌自行车臊得慌。女子却不介意，也不怕生，坐上自行车后架，伸手便揽了半觉熊腰，半觉大气不敢出，裆下支起了帐篷，又怕唐突佳人，一路骑得又慢又稳，要找些话题来说，又不知从何说起，憋得四脖子汗流。那女子也不嫌湿汗，胸侧不松不紧地蹭着男人的腰背，搞得半觉腰肌紧绷，浑身僵硬，只得想着，此乃学习雷锋、助人为乐之举，又念及孟老夫子之浩然正气，顿时便清凉些许。

心头邪火方灭，便想起些事儿来，适才意乱情迷，还没问这姑娘要去哪里，这姑娘也不告诉自己，真奇怪死了。转头询问之时，却看见美人一头厚密细软、黑丝璎珞般的长发，好似在哪儿见过。半觉略一思索，猛然醒过来，如被马蜂蜇了，汗毛乍起，正要翻身跳车，腰间一紧，腹部一痛，那女子不知何时取出匕首，刀尖正顶着半觉小腹。

半觉骑虎难下，只得先拖延时间，弄明白事情因由，再找机会脱身，遂定下心神，如叙家常般和背后的女子聊起天儿来。

“姑娘，我今年三十岁了，惭愧内疚之事不少，却从未有过害人之心，更无损人利己之事，不太可能与人结下冤仇，你是想要我为你做些什么吗？”

“这把刀是新的，好看么？”姑娘的声音像塞壬海妖一样好听。

“好看，可我从前没见过，这是什么刀？”半觉尽可能地让自己的语气充满了虔诚、认真的求知心。

“FOX 赌徒刀，与棒球棍、汤姆逊冲锋枪，并称为黑手党的三大经典装备，再加上林肯轿车与黑色小西装，就是阿尔卡彭鼎盛时代的标志。”姑娘声线甜美，就像寻常女儿家炫耀着美衣裳、高跟鞋、化妆品、名包包、泰迪熊一样。

“长知识了。”

“向右，走小路去你家，不要动什么心思，这刀的穿刺力相当不错。”姑娘刀尖往半觉腹部抵得更紧了些，半觉稍有异动，便是开膛破肚之祸，只得慢慢往家去，路上行人不知就里，向半觉投来艳羡的目光。适才经过一辆悍马，开车的大叔瞅见自行车后座上的姑娘，随即拿出手机拍了张照，发朋友圈里，标注了“草根逆袭”的字样。

城郊人迹罕至，窄路两旁，是细密的灌木丛，正是夕阳余晖映照时，对经历过牢狱之灾的半觉来说，这般归家的景象永远看不够，想到此处，不由得深深叹息，却无意中发现，抵在腹部上的刀子，不知何时已松开了。

姑娘跳下车来，看起来兴致甚高，自顾自地哼唱着，蹦蹦跳跳地迈步，半觉转身看时，姑娘正歪着脑袋细细打量自己，大眼睛闪闪发亮，高深莫测，不禁瞧得痴了。

“我叫灵菲，不许忘了。”姑娘美得惊心动魄。

“嗯，我记得的，一定不忘。”半觉使劲儿点头，颇有一诺千金之气象，姑娘笑得欣慰而温暖。

莫不是千里姻缘一线牵？姻缘不知，线倒是有的，飘飘荡荡，环成一个慢腾腾的圈儿，轻轻落在了半觉身上。

“这是何物?”半觉眉头一皱，正四下望去，那线圈儿猛然一紧，死死勒住半觉颈项！灌木丛中如狼钻熊闯，响起稀里哗啦的枝叶声，四个人影迅捷、强健，陡然现身!

半觉惊怒不已，死死抓住脖子上紧勒的绳线，发劲拉扯，不仅没崩断，倒把手心蹭得皮开肉绽！仔细看时，这四人两两一组，左右手各操一条绳线，总共四根，欲将半觉放翻捆缚。半觉哪里肯就范，丢下自行车，奋力稳住身形，感受到绳线的纠缠方向，身子一柔一顺，终是脱了绞杀之险。

这时另一根绳线迎面缚来，半觉低头避过，却脚下一紧，被绊了一跤，双膝跪地，煞是疼痛。那四人忽然靠近，双手抖动，绳线划出无数圈儿，落在半觉身上。半觉待要起身跑时，四人忽然散开，绳线拉紧，将其扯翻在地，半觉大怒，抬头正要看那姑娘，被一麻袋兜头套住，四人又七手八脚地将半觉捆成粽子似的，抬上一辆汽车。

半觉知道挣扎无用，干脆定了心，休养力气，这伙人费这般大力气擒拿自己，一时间还不至于下毒手，想想那漂亮姑娘，不由得心中黯然。

汽车开动，求生之心使得半觉格外清醒，细细感应着周遭一切动静，路上的汽车鸣笛、铁路桥上的动车过往、转弯次数、上坡下坡……初时还能大致猜测当下所在，可渐渐地，车外的杂音变得十分稀少，而左右往来的车辆，速度很快，想是已经出了城，再也无法估计地点。

半觉被抛下车，取掉套头麻袋，眼前昏暗，空气阴冷而潮湿，倒像是在一间地下室中。眼前四人皆佩戴军用面罩，堪堪露出双眼，凶光毕现，如恶狼野兽、魑魅魍魉。最近的二人上前对半觉便是一顿拳打脚踢，半觉两腿夹紧，团身闭气，展筋腾膜，身体结实如橡皮轮胎。毕竟是血肉之躯，挨得片刻，只觉两眼发黑，几欲昏厥，对方终是停了拳脚。

“说，袁辰阳的坟，安在哪?”一人抓起半觉的头发，语调阴沉而冰冷，竟是向半觉逼问已逝师尊的坟冢所在。

“莫不是袁师的仇家?”半觉心知，作为武人，经历过纷扰岁月，与人结仇不足为奇，可杀人不过头点地，逝者已矣，莫非还要挖坟掘墓? 想到师父一世孤苦，临终还不得安宁，半觉饮恨吞声，气愤难填，只说不知。

四人又将半觉一顿痛打，再次盘问，依旧无果，便拿出块棉布，蒙在半觉脸上，提来桶水，慢慢浇在棉布上，一时没憋住气，水从口鼻呛入，如同溺水相似，待要挣扎，又被捆缚了手脚，痛苦难当。

“龙王拜寿，苦也!”半觉知晓，此乃经典的逼供水刑，没曾想，自己也有亲身体验的一天。

四人将棉布掀开，再次盘问。

“×你娘。”半觉撇嘴笑道，又被棉布蒙了脸，一通狠灌。渐渐地，气管吸入的大量水分阻碍了呼吸，喉头剧烈抽搐，呼吸道亦随之关闭，半觉渐渐平静了身子，不再动弹。

四人顿时慌了，连忙探呼吸，摸脉搏，其中一人拉下面罩，便给半觉做起人工呼吸。

突然间，看似昏迷的半觉诈了尸，如挣命的蜈蚣般弹起，一口咬住对方的颈动脉！另外三人大惊，赶忙上前解围，其中一人抓过一根木棒，猛地夯在半觉头上！半觉两眼一黑，晕死过去。

也不知过了多久，半觉渐渐有了意识，只感到头痛欲裂，所躺之处，云朵般干净柔软，这是天国么？恍惚间，想起曾经有个算命先生，说半觉是童子命，诸事不顺，易早逝，果然应劫了么？

“师父……”半觉沙哑的嗓音，轻声呼唤。

“兄弟！兄弟！”有人摇晃着半觉，半觉睁眼看时，竟是巍子！

“你也死啦？”半觉正懵懂，四下看时，房间宽敞，柔和温暖，美轮美奂，人间哪有这等所在，没想到还能撞见熟人。

巍子冷汗直冒，取了杯水让半觉饮下，又取来毛巾伺候他擦脸。

“你救的我？”半觉问，巍子摇头。

“你害的我？”半觉又问，巍子点头。

“跟我师父有仇？”半觉再问，巍子摇头。

“想要书去我店里拿，想要功夫我教你，伤天害理之事不干。”半觉说着，巍子恭恭敬敬地递上香烟，为半觉点燃后，便出了门。

一支烟燃尽，巍子带回来个姑娘，半觉看时，竟是那拦路坐车，拿刀逼住自己的女子，本能地炸了毛，猴儿般窜下床来，咬牙切齿。

“逼问吾师坟冢所在，揍了我好几通，水刑逼供，你们要干什么！”半觉愤怒不已。

“兄弟，你当初去北方是为啥？”巍子问。

“寻访那位女性高手！”

“为了寻找此人，你打了不少人吧？”巍子再问。

“不错，你也与我并肩作战，我很感激。”半觉神色稍缓。

“你若是找到她，会动手试试她的功夫吧？”巍子憨笑，暗藏阴险。

“我不想打女人，只是好奇。”

“会不会？”巍子咬定青山不松口。

“若是对方同意，十有八九……”半觉脑子开始转不过弯。

“试了功夫后，你会如何？”

“我……交个朋友，相互学习……”半觉开始招架不住。

“只是交个朋友，便要跟女人动手，而这女人现在要跟你拜师学艺，这等终身大事怎能不验明你的人品与本领。”巍子双手一摊，半觉呆滞，哑口无言。

“是她？”半觉指指站在巍子身边的祸水红颜。

“嗯，她叫灵菲，是咱家大姐。”巍子重重点头，那女子竟盈盈跪倒，口称师父，便要磕头行礼。

“不收！”半觉气愤难平，闪过二人，夺门而出。

灵菲小尾巴般跟在半觉身后，看似乖巧，却让半觉如芒在背，唯恐再遭暗算，疾走忙逃，可跑得几步，头上被棍棒猛击处震得生疼，只得慢下，稳步而行。

半觉气鼓鼓地往人群多处走，只想尽快甩掉这惹祸精，那姑娘尾随，穿着高跟鞋的双脚，追得甚是辛苦。不多时，走入一条商业街，半觉四处张望，寻找那些九曲羊肠的巷子或人多热闹之处，可供藏身，没想到一回头，灵菲不知何时已站在自己身后，眼中晶莹，嘴角一瘪，竟是说哭便哭。半觉大惊，正要转身奔逃，灵菲突然扑向半觉下盘，半觉一时间少了防备，被灵菲双手抱住右腿，一手拦住大腿根，一手拿住脚踝，控制了重心，再走便要跌倒。半觉要下手拆解，哪知灵菲竟将脸面、胸腹死死贴住半觉双腿，动弹不得，半觉深知此女难缠，将手按住她头顶，正要发劲挣开，灵菲居然放声哭嚎。这不还没发劲么？咋就哭得这般七情上脸？一时间半觉大感不妙，抬头看时，周遭早已围满了人——二人身处闹市，此等热闹可不是天天都有，逛街的闲人怎能放过，立即围观。

“你收不收我？”灵菲抬头小声问道。

“不收！”半觉犯了牛脾气，不肯就范，却见灵菲凄然一笑。

“老公！你不要走！那女人年纪大得都能做你娘了，你何苦委屈自己！你要钱，我可以出去赚！可我肚子的孩子不能一出生就没了爹啊！”灵菲恸哭，大声哀求，把半觉吓得魂飞魄散。

“你……怎能如此污我！”半觉也要哭了，一时间不知如何辩解。

“收不收？”灵菲一边哭着，一边小声再问。

“不！”半觉怒吼。

“我才刚怀上！还没大肚子，我还可以出去干活！我可以做兼职！一定能赚够给你买跑车的钱！只求你不要丢下孩子啊！”灵菲见半觉不松口，加料大放送。

半觉将重心沉于左腿，提膝，脚尖画个圈，脱开了灵菲抓住脚踝的手，正要逃窜，忽尔一大巴掌，抽得半觉两眼昏花，定睛看时，一个满脸正气的汉子，怒不可遏地站在身边。

“人渣!”那汉子骂道。

“揍他!”人群中也不知谁喊了一声，周遭群众受了鼓动，冲出来几位大妈，脱下鞋子，朝着半觉头脸一通胖揍，半觉不能还手，只得遮了头脸忍受。

“不！你们别打他！我不能没有他啊!”灵菲紧紧搂住半觉，挡住了围观群众的攻击，半觉欲将灵菲推开，见得此景，众人更是义愤填膺。

“收不收?”灵菲抱紧半觉，在他耳边轻轻问道。

“回家再说。”半觉抹把眼泪。

“看什么看！多管闲事!”灵菲转身便对围观群众嚷道，适才出手给了半觉一巴掌的大汉，手中正抓着一块不知从哪儿捡来的板砖，举在半空中愣神，灵菲抓了半觉的手，快步挤出人群。

二人逃窜到一条无人窄巷，半觉委屈至极，请求灵菲不要再跟着自己。

“老公。”灵菲嫣然一笑，轻声唤道。

“我教。”半觉吓得汗毛倒竖。

“谢谢老公!”

“叫师父!”

七 逆 鳞

自此，半觉家中再添一位住客。刘京仿似天生处于食物链下端，对灵菲有着骨子里的卑微与敬畏，每日里跟“大师姐”的小跟班似的，鞍前马后伺候着。家里多了些人气，也多了女人味和烟味。半觉数次提出让灵菲戒烟，灵菲看起来倒也听话，直到有一日半觉见灵菲起得晚，入房掀被子，发现灵菲竟躲在被子里抽，半觉从此闭嘴，没再提过戒烟之事。

灵菲的恶作剧依旧层出不穷，有时半觉午睡，灵菲会拿来剃须泡沫在半觉的手掌上挤出一大坨，再用纸条或者羽毛撩拨半觉鼻孔，半觉便会一把将泡沫糊在自己脸上。偶尔半觉接到前女友的电话，想要出门，刚穿上鞋，便感到脚趾间湿滑，脱鞋看时，全是牙膏。

一日，灵菲在白天收到快递包裹，晚上便请师父吃宵夜并喝许多啤酒，美其名曰感念师恩。半觉凌晨尿急起夜，便在客厅里见到鬼娃娃花子，吓得汗毛倒竖，惨叫连连，大呼无量天尊，硬起头皮冲上去飞起一脚，才发现是灵菲网购的诡异玩具。

种种恶搞，每天都有，时时更新。

几日来，被灵菲闹腾得晚，睡眠不足，半觉将千余册书搬入仓库，已是大汗淋漓，稍歇一会儿，心情方定，便已上下眼皮打架，服务员小张在柜台里抄手看着老板干活儿，十分满意。

“我困得厉害，回去睡会儿。”半觉向柜台里打个招呼。

骑自行车回家得半个小时，赶路时竟然还在自行车上睡着了几秒钟，猛醒过来，有些后怕，买瓶冰水擦脸，待得远远看到自家房子，想到自己那张睡惯的床，都要笑出声来时，却被人叫住，是邻居大厨王楚。

“半觉啊，你电话不通，我在这道上等你半天了。你家门口，来了五人等你，都长得可壮了，凶神恶煞的样子，你是不是出啥事儿啦？要不要报警？我看你先别回去了，到我那酒楼里先住几日，等弄清啥事儿了再回来？”王楚边说话，边把半觉往隐蔽处拽。

半觉眉心深蹙，想来想去，自己一向深居简出，与人为善，比武较技，亦妥帖善后，并未当真结下什么仇家。

“叔，我没做什么坏事儿，得先回去弄明白，你们别出来，麻烦替我把自行车推回你家。”半觉说着，便径直向家中走去。

那堵在家门口的五人，望着陈半觉，面若寒霜，目露凶光。

“找我吗？何事？”半觉离那些人丈余远处便已停下，做好了动手准备。

“陈半觉，省武协让你明早去开会，若是不到，后果自负。”当头的汉子说话甚是无礼，半觉面无表情，也不想开口，只想这帮人快些走。

早年，半觉曾想过凭武术赚钱谋生，考了武术段位，加入了武术协会，结果却发现不光对赚钱养家没什么帮助，对功夫长进也并未有任何进益。协会中鱼龙混杂，功夫精的少，讲手吹牛的多，拿些江湖门子，哄着徒子徒孙，便有烟酒钞票入账，全然教不出好汉。倒是某前辈生日，大家吃饭庆祝，或者某某弘扬武术精神的表演活动，又或一些不知所谓的研讨会、茶话会极多。

但凡修道人，平生最怕一个“烦”字，事事求个干净利索。半觉见这武协会员的身份可有可无，每次开会就像放了个长屁，实在不想去，十次里缺席九次，想想也是自己不守规矩，这回怕是要被批评，道个歉也该。

“有什么事儿吗？”半觉还是多问一声。

“明天去了就知道，总之你必须到会。”传话的人也没多说，就这么走了，半觉向邻居二位大厨报个平安，便开门进家，灵菲正坐于厅中，看着电视，拿着瓶二锅头，家中没什么零食，她便就着杯白开水下酒。

“师父师父！我给你争光啦！”灵菲一通小碎步迎上来。

“哦，捡到钱包交警察还是扶老婆婆过马路？”半觉正眼困，什么兴趣也没有。

“我跟人比武，连胜五场，给你长脸啦！”

“啊？”

“今天早上，在鹊山公园！真是危机四伏啊，车轮战，我一人连战五位高手……”

“啊……知道了，真厉害，好好加油练。”半觉随口敷衍，边走边脱衣服。

公园里人来人往的，哪有什么厉害的高手，这丫头一定是找了些软柿子捏。说起来，近两年这么干的人可真不少，公园里找个打几路把式、吹牛消遣的大叔揍一顿，就说打赢了某派传人或某门高手，此等兴趣实在无聊，明儿回来真得好好教育她，万不可以欺人为乐。半觉定了闹钟，转过背鼾声便起。

次日，灵菲宿醉未醒，半觉已经神采奕奕地出门了，一会儿到武术协会接受完批评，要到超市去买许多食材，家里冰箱已空空如也，自从灵菲住了进来，也没给她做顿好吃的，实在有些说不过去。

路上遇见了武协会员，练弹腿的李师傅，半觉上前打招呼，李师傅只应了一声，狠狠一拧电动车油门，一溜烟地把半觉远远甩开。

这李师傅往常很是热情啊，遇到了不顺心的事儿吗？

嗯？那边是教散打的张师傅，正在路边和几个学员聊着，毕竟是要挨批评，半觉心中确也微有不安，待要上前打探今天会议内容，那张老头一看半觉过来，忙招呼学员们快步离开。

路上陆续与几位相熟的武师打招呼，不是装没看见，便是望风而走，煞是奇怪。

平日里，众武师在会议厅中相聚，气氛融洽，纪律散漫，今日却是严谨肃杀，众人正襟危坐，四米来长的会议桌，辈份高的拳师坐桌边，小辈则坐在靠墙的椅子上。往常会议，半觉虽武艺过人，毕竟年轻，总是谦让，又因为可以随时尿遁开溜，总是自坐于靠墙近门的不惹眼之处。而今日发觉靠墙之处都坐满了，只在会议桌正对主座的另一头，设有一张无靠背的板凳，只得就位。坐上去才发现，这凳子似乎刻意换过，比众人的椅子都高出一截，弄得很是尴尬，想也不是什么大事，大家开心就好，若这也是批评的一环，未免有些过火。

“会议开始！我想问问，陈半觉，你师承何处？”主座上，一位大奔头梳得贼亮、肤黄胖壮的武师首先发问，此人正是武协主席，姓王。

“明知故问。这孙子上次找我搭手，下手太狠，不得已跌了他一跤，丢了脸面，今日定是借题发挥，跟我找麻烦，也罢，多一事不如少一事，忍了吧。”半觉心里盘算，只想早点结束，好去买吃的，青菜肉食、鱼虾面粉，比这些老梆子可爱多了。当下也不顶撞，便将自家师承、武术源流当着众人叙述一遍。

“五行通背，戴家心意，正门真出啊！”王主席长叹一声。

“不敢，您过誉了。”半觉连忙拱手行礼，作谦下之态。

王主席打开桌上一封文件袋，取出几页 A4 纸打印件。

“我托人查了你的档案，呵呵，陈半觉，高中毕业，因故意伤人，判处有期徒刑四年。”王主席嘴角冷笑，煞是得意，将手中档案抖得哗哗作响，众拳师看半觉平日和善谦卑，待人总是小心翼翼、如履薄冰，没想到还有这般劣迹，不禁面面相觑。

听到此处，半觉已是牙关紧扣，额上青筋冒起。

“那时候不懂事，年少轻狂，可不管好坏，过去了都回不来，不知王师傅查访晚辈的过往，是何用意？”半觉不敢抬头，话音细不可闻。

“叫他们进来。”王主席对靠墙坐的小辈吩咐一声，不一会儿，那小辈便从后边儿将五人带了出来。

半觉抬头看时，这五人受伤非轻，头上、肩胸包绷带的，耳朵捂纱布的……都是武协中老拳师的徒弟，最惨的俩人，却是王主席的弟子，一个小臂上夹板，一个拄拐，脚上打石膏。

“他们怎么……”半觉刚要询问，忽然想起昨日回家，灵菲说在鹊山公园连胜五场，难道……

砰的一声大响，那王主席狠狠拍桌子，指向陈半觉！

“不是一种人，不进一家门！你正门真出的功夫，收个邪门外道的妖女为徒！上梁不正下梁歪，你今天不交代清楚，我们鹊山城武术界，跟你没完！”王主席中气十足，大声怒吼，半觉越发不知所措。

王主席大马金刀地坐下，眼若铜铃，瞪着陈半觉，命俩徒弟把事情过往细说。

原来，这几日灵菲练功之余，在网上寻找居住于鹊山城的练武人，要作为试招与实战的对象，在聊天室中找到王主席的弟子，见其说话最是张狂，而大家却都捧着他，便言带讥讽，发出挑战要求。当聊天室里的武人知道这挑战者是个女子，更是不屑一顾，此等做派使得灵菲战意更狂，杀性更重，提出要打个连环擂，车轮战三场，当下便约好时间、场地。

到了约定地点，三人见灵菲貌美，对其更是不以为然。头一个上场的，正要跟这大美人卖弄技巧，却被美人刹那间放翻，灵菲心头火气正旺，将人放翻后，一脚对人头颅踏下。

另外俩人又怒又惊，现代武术界，哪儿还有这般下毒手的人？疑是前者轻敌，故有此败，遂轮番挑战，一被撕裂耳朵，一遭击伤肋骨，皆大败。

三人哪里丢得起这等脸面，匆匆裹了伤，便约齐好手，当日下午再向灵菲挑战，要比兵刃功夫。

灵菲问："可否用暗器？"

对方哑然失笑，总觉暗器即飞刀、飞针之流，早已被掩埋在历史的尘埃里，或许偶有现世，亦不成大器。而勇悍之人，纵为这些许小物件所伤，也能硬闯硬进，干掉对手。遂应允。

谁知比武之时，灵菲持一齐眉棍与人对阵，还未开打，便掏出一铁管，七寸来长拇指粗细，砰的一声，如炸炮仗，射出十来根针，针上还带倒刺，大半射入肉中，对方未及喊疼，灵菲便抡棍砸下，一声闷响，将人手臂打断。

"哪里是暗器，简直就是霰弹火铳！"王主席那断臂弟子抹把眼泪，两脚哆嗦，心惊胆战。

随后见灵菲扔了铁铳，原来只是个一次性物品，另一人见伙伴痛极呻吟，已是怒发冲冠，提木刀便要扑上，谁知灵菲甩出几个物件，对手格挡不及。其中一个狠狠砸在额头上，随即爆开，眼睛里顿入异物，痛不可当，乱挥木刀护身，可这一动，皮肤犹如刀割蜂蜇。慌乱间，闻得风雷之声大作，灵菲又挥棍将其胫骨打断。

那断腿弟子说完，将拐杖靠在一旁，脱下衣服，赤裸上身，众人看时，胸背上不知被何物刮出丝丝血痕。

"这女人临走时，说她师承五行通背与戴家心意拳的陈半觉。"断腿弟子说。

"请描述一下这女人的相貌！"半觉额头冒汗，仍旧不敢相信。

"长发，扎马尾辫，鹅蛋脸……"

"明明是她……不可能，我只教了她不到一个月，就算用暗器，毕竟也动了真实功夫，她哪有这般厉害！"半觉听着伤者对灵菲的描述，陷入了混乱之中，面前几位伤者，半觉虽未与他们交过手，可是多有看过他们练习，功底都不坏，若能这样轻易将他们收拾，那么灵菲功夫当与自己相差不远，但是……这怎么可能！

“姓陈的！你今天必须给个交代！否则我们鹊山城武术界跟你没完！”王主席拍案而起，大声怒斥。

“待我回去问明真相，一定给大家个交代。”半觉起身便要离开，找个清净的所在，理清思绪。

“站住！事实摆在眼前！不须多问！你今天必须给大家一个交代！”王主席生怕半觉溜走，一去不回，当下喝止。

慢慢地，堂上众人也纷纷议论，不知是谁，忽然喊道：“对！必须有个交代！”

“心肠狠毒啊！”

“是啊！武德败坏！”

“吃过牢饭的师父，能教出什么徒弟！”

……

半觉紧闭双眼，不再听众人言论，良久，长叹一声。

“主席，您说，怎么交代？”半觉站起来，低着头，鼓起勇气问道。

“赔偿，五人，共二十万！”

“我哪来这么多钱！”半觉震惊，自己每月不过四五千元收益，如何赔得起？

“拿不出，把你的那间书店抵押了！”

半觉眼中含泪，钱财乃流动之物，本不长久，只是这书店是爷爷半生积蓄所换，如今要将其抵押，便是将自己半条命交了出去，之后又怎向老人交代？

“只是这样吗？”半觉牙关紧扣，还是做出了决定。

“你要请桌酒，斟茶认错！”

“无妨，还有吗？”

“对教武不教德的风气，必须做出反省、警示！你要挂个牌子，写上‘武德败坏，深刻反省’，在咱武协的练武场中罚站一天！”

坐中诸位武师，摇头的，皱眉的，叹气的，冷笑的，翻白眼的……窗外还有一只八哥呱呱呱地笑，不一而足，唯独半觉低着头，一声不吭。

“没话说？那就这么定了，半个月内，把钱筹齐，明早来武协练武场报道！”

王主席起身整整西服，点上根烟，今日春风得意，特地买了一包九十九元香烟，嘶，好烟哪，正欲扬长而去，却未发现，祸事近在眉睫。

《韩非子·说难》有云：夫龙之为虫也，柔可扰狎而骑也。然其喉下有逆鳞径尺，人有撄之，则必杀人。人主亦有逆鳞，说之者能无撄人主之逆鳞，则几矣。

"腐朽之人……"事后有人说，曾听到半觉如此这般轻声言语，他为何这般说话？他一定认为真正的武人要向他那样，倔强！善战！愤怒！凶猛！这怎么可以？他应当维护协会团结！应当尊敬长辈！应当低头认罚！应当服从安排！

可是，他就那么干了。

乾坤无地草孤篰，且幸人凶拳亦凶！

我，一介武夫，草野之民，叫天不应，叫地不灵；我的身手，百炼千锤，经年困守；两只拳头，不离不弃，刚柔嘶吼；我的根骨，秽土长成，硬过石头！

这样，痛快吧？

那陈半觉飞身跳上会议桌，坐在桌边的武师们，来不及反应发生了什么，本能地躲闪。愤怒的男人三步窜出，向王主席扑去，王主席功底倒也不差，弓步扎开，双臂前挡，如铁索横江。那陈半觉跃出，不出拳也不出脚，只一拧腰，腾挪至王主席背后，双手把住王主席头颅，拇指抠入耳孔，余下四指抠入下巴软肉，猛地往后拗！

"要死！"场上有些眼明心快的武师反应过来，众人登时炸庙！

过于残酷的惩罚，深深地刺中了半觉心底的不平，他被逼得逆性大作，以迅雷不及掩耳之势使出这等杀技，真是始料不及。

王主席年近五十，平日虽不苦练，好在一直没疏懒，脚下用力，立刻顺着半觉的劲儿向后靠，多拖延了两秒，等到了几位跟他交好的拳师上前制止，才没被这愤怒的年轻人拗断了脊梁骨。

混乱中，一位武师向半觉脑袋猛挥一拳，没击中要害，却也打得半觉头颅里钟鼓齐鸣，霎时红了眼，左右晃膀，身法忽起忽落，又横冲直撞，贴身短打，两肘翻飞，拳臂如铁锤钢鞭，凡有人近身，逢着便打。而这些要上前制服半觉的，人虽不少，却相互影响，实力发挥反倒不如平常，缺牙破脸的，捂胸捂腹的，一个接一个退下来。看半觉这架势，是要与众武师大战一场，谁也没想到，一向老实巴交的软柿子，亮出爪牙时，竟凶猛如斯。

半觉边打边往门口硬闯，无论如何也不放过王主席，却没顾上后边儿，终是被人死死抱住，随后左右又来俩人抱住半觉双臂，不料半觉大怒之下，全身筋骨全力撑拔，劲力凶暴，沛然莫之能御，倒把三人扯跌在地，拖着便往门外追来。王主席双手发麻，两脚筛糠，武人的硬气虽有，身子却力不由心，撒腿狂奔，门口一条野狗受了惊吓，蹦开时不及看路，在道旁老树上撞了个筋斗。

厅中依旧乱作一团，半觉衣衫撕烂，挨了几个拳头，鼻血长流，面泛青肿，还有指甲抓伤，犹做困兽之斗，难以制服。已有人持出兵器，棍棒、判官笔、九节鞭……又有人持起椅子，跃跃欲试，要上前抡砸。

人群中，有一老人，始终坐在角落，岿然不动，闻得兵刃鸣响，觉察有杀机萌发，不急不缓地起身，或挤或靠，或闪或钻，分开疯狂的人群，举重若轻。

半觉正使出个鸡形头打，将一拳师撞个满面花开，刚要回口气，再动手打人，人群里忽然窜出一臂，时机、方位掐得妙到毫巅，一掌搓在半觉下巴上，半觉眼中所映之物只是一晃，便已晕厥。众人看时，击昏半觉的，正是适才坐于角落的老人，老人一击得手，随即俯身抱住半觉，将半觉脑袋搂在怀中护住，用后背挨着盲拳瞎脚，众人渐渐停了手。

这老人姓韩，名顺，乃“白猿通背拳”的高手，与半觉所习“五行通背拳”，多有相通之处，常与半觉交流心得。“袢子行”中有句话：“老要颠狂少要稳”，半觉虽年轻，却稳重敦厚，而韩顺虽年过花甲，也非古板之人，这一老一少，相处融洽，平日里多有往来，堪称莫逆。

“韩顺！你要保他？”人群中挤出一武师，戟指喝问。

“神经病。”韩顺瘪瘪嘴，极是不屑。

“你骂谁！这小子打伤这么多人，绝不能放过他！”那武师大声呼喝，引得群情激愤，众人多有附和。

“老子不保他又怎样？朗朗乾坤，你们还真敢杀了他？傻×，丢死人。”韩顺嘴角冷笑，慢慢将半觉扛在肩上，向外走去。

“老韩！我告诉你，今天的事没完！”

韩顺停下脚步，默不作声。

“哼，知道怕就好！”那武师还道。韩顺怯了，正欲蹬鼻子上脸。

“半觉的本事,你们是清楚了,正门真出的,谁也不是石头里蹦出的野孩子。”

“咱们那么多人,还怕他师门报复?”

“听说过真武书院吗?”韩顺转头,盯着那带头的武师。

“听说过,那又怎样?”带头武师仍然硬气。

“真武书院的大当家,是这孩子的三师弟,听说他们的师父,这两年来,也坐镇真武书院,你们要是有什么不满,告上他师门呗。”韩顺忽然背过身去,眼珠滴溜转,揉揉嘴,满脸坏笑。

“好! 我们就联名告上他师门,一定要讨个公道!”

韩顺没再理会众人,只扛着半觉扬长而去,唏嘘之余,哼起谁也听不明白的调调来。

“告吧,告吧,一群傻×,等人来了……呵呵,扫除一切害人虫,全无敌。”

八 弃 徒

脑震荡的人，要卧床休息。韩顺走到附近的公园，将半觉撂到一张长椅上，也不把手脚摆放好，似个醉倒路旁的酒鬼，自己蹲在一旁抽烟。

“给我来根。”半觉的手突然伸到老韩面前，诈尸一般。

“啥时醒的？”老韩递过支烟，给半觉点了火。

“有一会儿了。”

“你丫咋不说？”

“打了那么久，累，你也不知道背我，倒要扛着，难受死了。”半觉扭扭身子，动动脖子，脑袋疼痛昏沉，要把许多破事理清头绪，脑子却像个占用百分百的CPU，动弹不得，又摸摸脸上的肿块，新鲜热辣。

“知道疼啦？”

“心里舒畅。”

“你恨这群傻×不？”

“不恨。”

“不信。”

“我心里不装这些人，只是师父讲过，以一打多，须如牧马圈羊，我还差太远……咳……老韩，你个厅级退休干部，不能比我寒碜吧，四块钱的烟你也拿得出手？”

“叫花子嫌米糙，你不报复了？”

“报复什么？都是戏论，我还要往前跑，真的没时间理他们。”

“这事儿没完。”老韩转过脸，憋住笑。

“人不死，哪有完事的一天，有一块零钱不，我坐公交。”

“去哪?”

“买菜。”

走街过巷,半觉回头率甚高,走过路边铺面的展示窗,看了一眼,脸肿得与猪头相似,几道爪痕里,还有血滴流下的干涸痕迹。半觉照着玻璃擦拭,店内的人看着,惊悚莫名。幸好今日还穿了件带着大帽子的卫衣,为免围观,遮住头脸,且做个掩面过闹市的蓬蒿之人。

菜场里,卖虾蟹的“海鲜西施”最是白皙漂亮,单酒窝儿,身段勾人,蹲下做事时,那H级的事业线一览无余,难得是还有长腿细腰,卖的鱼虾也新鲜。早前半觉在这摊子买,就是为了看“海鲜西施”笑得甜,后来成了熟客,老板娘总给半觉便宜些。

“呦,你脸咋啦?”“海鲜西施”伸出满是鲜腥味儿的小手,摸摸半觉的脸,这男人长得不帅,却线条刚毅,神情冷峻,老实木讷,不太讲价,不似别人抠门还要口花花,颇有好感。

“没事儿,几天就好。”半觉脑袋几乎埋到裤裆里。

“小伙子啊,受伤了还吃鱼虾,可真照顾生意啊,是看鱼虾呢,还是看老板娘哪?”旁边卖青菜的大婶调笑。

“没……没……”半觉咕哝着。

“不来看老娘,难道去看你哪?”“海鲜西施”泼辣,对青菜大婶反唇相讥。

“嗨!小伙子啊,伤了吃清淡点儿,看看我这青菜,早上才摘下来的,多漂亮啊!看!多漂亮!”

听得“漂亮”二字,半觉莫名地联想到灵菲那妩媚之容,心中大感烦闷,张嘴便吼:“漂亮有屁用!我又不娶她!”

一时间,半个菜场都静了,摆摊的、买菜的,全都愣了,张着嘴,直勾勾地望着半觉。

猛地,周遭涌起哄堂大笑,那“海鲜西施”怕是会错意,瘪瘪嘴,看着要哭了,陡然无明火起,抓只螃蟹狠狠摔在半觉脸上,半觉不及避过,被砸得一屁股坐地上,染了满裤子污水,遂用帽子遮了脸,带着最后的尊严,掩面狂奔。

“说到底,是我门户不严,一定要把事情弄清!”半觉脑子里不断地过电影,上演各种凶神恶煞的审判开场。

可当扎起马尾、穿着围裙的大美妞，将红烧肉、麻婆豆腐、肉末蒸蛋一一端上时，半觉如何开得了口？

“嘶……好烫。”在灵菲端来了醇香的鸡汤，缩回被烫的手捏耳朵时，半觉看着灵菲脑门上沁出的汗珠，蓄谋已久的审问，彻底崩盘。

“你的脸怎么了？居然还有抓伤！是不是耍流氓被人打了？一定是！好啊，平时看着老实，原来也是一肚子的男盗女娼啊！有这样的师父真是命苦……都是命啊……”灵菲说着，嘴一撇，竟然真的要哭。

“别……别瞎扯！”半觉委屈得不行，正要开骂，灵菲却嘻嘻一笑。

“好啦，不逗你了，先喝汤吧，我加了几味中药材，给你补身体。”

“祸水……”半觉的脸，苦过黄连，偶尔抬头看看，眼前这眨巴着一泓秋水、语笑嫣然地监督自己吃饭的姑娘，越发觉得来路诡异。几度思量，半觉心里终是有了计较，待得饭罢，也不让灵菲收拾，说是给她喂手，将她领到练武房中。

平日里，半觉照顾灵菲，也不与她较气力，只点到为止。可今日却不对劲，二人各站一处，半觉抻拔脊椎，提神奋意，提膝跨步，既轻且疾，如猫虎之行。灵菲只觉压迫感逼面而来，一脚暗腿踩向半觉胫骨，半觉反使一个暗腿，刮地踢出，恰好踢在灵菲脚底，灵菲连退几步方才站稳。灵菲见半觉出脚快脆，竟是动了真本领，登时发了狠，待要反攻，却被半觉抢了个先机，左掌掸出，竟是直奔灵菲裆下。虽说比武较技讲究手毒、眼毒、心毒，可这平日里腼腆有礼、出入避嫌的男人今日痞性大发，大异寻常。灵菲如受惊的猫儿，转胯避过，堪堪藏住了阴私之处，脸面上又受了右掌、左掌各一记“拍掌”，正是五行通背拳之“撩阴拍掌”之单式，甚为精妙。这“撩阴拍掌”纵是平日与人教学讲手，慢慢使出，观者亦要中招，此时半觉下手老辣，却是把灵菲打得炸了毛，或撕扯抠爪，或连环暗腿，或头打膝撞……再没顾忌，全力反击。那半觉忽然退后，又使了个“摞带穿心炮”，一掌击在灵菲胸上。

这些日子，半觉早已为灵菲讲解过打法精要，这“摞带穿心炮”，最后当胸一击，本该是四指聚拢的攒掌或突出中指骨节的钻拳，可半觉全是正面一掌直按胸前，打完不收回，反往前推进，确是“咸猪手”无疑。灵菲既羞且怒，“穿掌”直戳向半觉双眼，可半觉却似早已算计好般，竟猛地缩身坐低，使出个太极拳的“雀地龙”腿，灵菲“穿掌”打空，半觉一脚插入灵菲两腿间的中门，头脸贴靠于灵菲怀中，温香满怀。

灵菲大怒，提肘便要向半觉天灵盖砸下，脚下一空，被半觉绊倒在地，半觉如色中饿鬼，向上便爬，骑在灵菲身上，双腿夹住灵菲腰胯，伸出禄山之爪。

生于世间二十六年，何曾受过这般欺辱？灵菲怒极反静，心中暗道“罢了”，一抓直抠半觉裆下，半觉赶忙低头护住，灵菲另一手早已直奔半觉咽喉，半觉勉力后仰避过。灵菲抠向半觉裆下的一手早已收回，捏了个凤眼捶，击向半觉。

灵菲这一击，不靠腰胯，仰卧出手，更谈不上“力从地起”，全凭腕臂抖搂，肩胛推送，打出的穿劲儿竟如流星锤般，冷、弹、快、脆，钉在半觉肋下。

半觉想必是伤了肋骨，立马缩身忍痛，滚翻在地，灵菲起身便拳脚相加，这一顿好揍，直打得一佛出世、二佛升天。踢打半晌，又要将半觉拧起来捶，双手去提时，哪里提得动。原来是气力用尽，手脚酥软，又在半觉小腿上狠狠补了一脚，余怒未消，正要去找些物事来接着打，忽尔闻得半觉喃喃赞道：“好功夫，好功夫……”其声温和，其意哀凉。

灵菲呆立当场，略一思索，无明业火立马全消，忐忑不安。

半觉撑起身子，瘸脚走到一旁，倚着墙角坐下，捂着肋下痛处。他了解了一切——武术并非是淡出世间的技术，那些曾经披荆斩棘的人，那些已经死去、却对后世种下永恒因果的人，他们的灵魂全都寄托在武艺当中。灵菲这等功底，岂能是无源之水，无根之树？岂是在外学几下散手，光凭喜好便能练就？一切水落石出，灵菲的功力是真的，王主席门徒身上的火器创伤自然也是真的。

歇息良久，缓过气儿来，半觉自昨日被武协传讯说起，到今日批斗会上大打出手，又被老韩击晕救出，来龙去脉尽数讲明，灵菲仿似霜打的茄子、晒蔫的牡丹，没了半点脾气。

灵菲不敢看半觉嘴角的苦笑和那失落的目光，解了马尾辫，披散长发，遮了半边脸，摸出支烟点上，深深吸着，口中苦涩。

“说吧，功夫从不骗人。”半觉嗓门嘶哑，轻声问道。

“我没骗你，只是没跟你说实话。”灵菲家学渊源，自打懂事起，刁钻蛮横，兼之胆大包天，从未这般毫无底气的狡辩，心下亦是懊恼。

“我家祖先名叫赫舍里洛空，是雍正皇帝的潜龙禁卫，专一祸害江湖武人，我怕跟你说了你看不起我……我一直想落个正门真出的名声，也去寻过些门派，可他们看不上女子，最后的那点儿精要，从来不说，可是只要给够钱，总有办法学到。每次学完我就在门中大闹一场，揍其满门……你不一样，你对我极好，什么都为我想，什么都教我，我是绝不会害你的！”

“对不起。”半觉摇摇头，打断了灵菲的话，愁眉苦脸地思索自己该如何陈述心中所想。只是伤者开口致歉，说得灵菲心中遍地霜雪，手足无措。

“老实说，我功夫比你深些，但还不到能做你师父的程度。”半觉扬起肿脸，形容坦荡。

“你这是什么意思？要把我逐出师门么？”灵菲心中的寒意，再也掩盖不住，由内而发，满面冰霜。

“我不是这个意思，只是以我现今的修为，教导你这样的好手，这个担子我当真挑不起。”半觉确是说的心里话，可听在灵菲耳中，便不是这个意思。

半觉还要说下去，灵菲摆手摇头，快步回屋，反锁房门。半觉周身疼痛，行走不快，没能跟上。等待良久，了无回应。

“你刚才对我无礼，是真？还是假？”开门后，灵菲劈头盖脸地问出这么一句。

“我真没别的想法，只是想试出你的真本领。”半觉正色道。

“这是学费和住宿费，再见。”灵菲背起行李，扔下一叠钞票，目不斜视，大步向外走去。

“你拿回去，我不要……”半觉追出门去，但见灵菲三步并作两步来到大门前，回过头来，看着半觉，忽尔惨然一笑，半觉好似被人打了一闷棍，痴痴地站在原地。

南朝陆厥《中山王孺子妾歌》有云：一笑倾城，一顾倾市。

当年读到时，只有对“一笑”、“一顾”的向往，却不知“倾城”与“倾市”。

美人一笑，飞祸横殃。

有一种百折不挠的人，每次跌倒了都会再接再厉、迅速爬起，王主席就是拥有这种大无畏精神的人。

逃跑算什么？曹操都跑过，咱这是战略性撤退！

那真武书院开门做生意，联系方法好找。王主席在电话里通报了身份，找了真武书院大当家,连讲理带威胁,狠狠地告了一状,真武书院答应派人到鹊山城商讨赔偿事宜。

王主席心满意足地挂了电话。

“师父,你说他们真能赔二十万吗?”断手弟子问王主席。

“我查过他们的底,二十万不是事儿,到时他们要压价,我喊高点儿,二十五万!”

“师父,那这钱……”断脚弟子轻声询问。

“不是我,你们要得来?我不要多,我只抽你们一人一万,其他的你们平分!”

“啊哈,谢谢师父!”那天残地缺二弟子感恩戴德。

五日后,真武书院派来协商赔偿事宜的办事人驾临,双方见面时,王主席带上十数个身着黑色紧身T恤的青壮年武师,只盼以气势压得对方难以喘气儿,获得丰厚赔偿。

可是,来的这人……

白皙消瘦,金丝边眼镜,叼着烟,时尚、利落的短发,身穿阿玛尼的西服,身边还带着一漂亮秘书,为他提着文件袋——这?不像武人啊!

“您好,我叫李晨,我受真武书院大当家的委托,来此协商赔偿事宜。”来者礼貌微笑。

“赔偿的事,你做得了主?”

“大当家主管武事,而公司财政和运作,则由我管理,如何做不得?”

“啊,那太好了,请!看茶!”王主席顿悟,此乃真正的财神爷,不可失了礼数,大手一挥,请人入座。

那漂亮女秘书,赶紧将王主席手下送来的茶端到一旁,从包里取出一瓶依云矿泉水,拧开瓶盖,放在李晨手边,王主席眉心紧皱,浑身不自在。

“我在电话里,已跟你们大当家谈过赔偿事宜,你把钱付了,咱们两清!”王主席坐正身姿,使劲儿释放武人气场。

“对!赔钱!赔钱!”十来个绷着紧身衣的狗腿子跟着起哄,李晨却微笑不语,拿起矿泉水漱漱口。王主席大手一举,众人息声,为了营造这气氛,王主席事先排练了好一会儿。

“你勒索我？我不怕。”李晨波澜不惊。

“陈半觉打伤了我们的人！就该赔偿！怎么是我勒索你！”王主席有一种不好的预感，来者不善。

“事情嘛，我的人通过明察暗访，已经非常清晰，取证工作，也已完成了，我核算过，你们应当给予陈半觉五万元赔偿，否则……”

“你说什么！”王主席猛地站起，周遭黑衣狗腿们面面相觑，只见李晨打了个响指，女秘书掀开公文包，取出一叠文件，交到李晨面前。

“我已经对当时发生的事，做了详细评估，真武书院也委派我，作为陈半觉的私人律师。我的当事人为了道义上的责任，来到武术协会与你们协商各项事宜，岂料你们三十余人将我的当事人团团围住，并出言威胁。我的当事人无法走动，你们便要求我的当事人支付所谓的‘赔偿金’，我的当事人在你们的威胁下发现无法协商，便要离开，却受到你们的阻止。其中二十余人对当事人进行拳打脚踢，为了逃跑，我的当事人推开阻挡在他面前的十余人。这已经不是单纯的民事赔偿案件，而是一起恶性的抢劫事件！我会将此事上诉法院，并提请法院将这起案件提交公安部门，我的当事人陈半觉，作为受害人，将提起刑事附带民事诉讼！”

砰的一声，李晨将一叠文件狠狠摔在桌上，突如其来的声响，将这群法律意识淡薄的武人吓得一缩。

谁说书生百无一用？

“我……我家里有事，回头帮我说一声。”一个靠门近的武师，跟身边的人轻轻小声交代一句，三步并作两步，闪了出去，这一有人带头，这些充人场的武师接二连三地溜走。

“这……武林有武林的规矩！你不能这样！”王主席哀声怒号。

“我不是什么武林中人！我是个律师！”李晨正气凛然，谁也未曾想到，这么个白皙瘦削的书生，寥寥数语，便气压当场。李晨放下文件，缓缓踱步来到王主席身边，附在耳边轻声言语。

“按武林规矩，也行，咱们真武书院，能征惯战的好手，总计五十七人，而正门真出的高手，连陈半觉一起，共十六人。近几年，国学复兴，是大热门儿，我不介意在鹊山城再开一家‘真武书院’，正好拿你们扬名！”李晨冷笑，王主席双手冰凉，几乎要哭，来的不是香甜大肥肉，是锋利无匹的剔骨刀！

李晨说完，径直走向大门，就要离开，秘书赶紧收拾了文件，随身跟上。

“一、二、三、四……”出了大门，李晨口中轻声数数。

“李总，你在数什么？”秘书带着美瞳大眼睛眨巴眨巴，媚不胜收。

“留步！留步！”那王主席跌跌撞撞地奔出来。

“哦？”李晨眉毛轻扬，斜眼回头。

“能不能赏光，晚上一块吃饭？”王主席搓搓手，满脸堆笑，甚是不安。

“呵呵。”李晨嘴角轻扬，这一瞬间，女秘书深深地爱上了这个聪明富有的男人。

若论真武书院中，哪位男子笑得最好看，当属斯文俊俏中带着森森邪气的李晨。

王主席垂头丧气地走进一家火锅店，点了羊肉片、腰花、毛肚，在酒柜前犹豫了好一会儿，咬咬牙，要了瓶红花郎。

“这个世道啊，我算是看透了，吃点喝点算了。”王主席这一日里，受尽打击，想想自己也老了，好好享受人生才是正道。

此时正当晚饭之时，店里生意极好，吹牛打屁、喝酒猜拳的喧哗，是老板赖以骄傲的场面，欲开怀畅饮，正该是此等氛围。

王主席吃喝正欢，门外走进一人，带棒球帽，身着灰色夹克，在角落里挑个位置坐了，点两个小菜，一瓶五元啤酒，盛了碗米饭，默默饮食。酒饱饭足的王主席甩出几张大钞，墙角那人随即也会了钞，远远尾随。

王主席归家路上有条窄巷，愁饮醉人，此刻走路竟有些发飘，适才吃得肚子圆溜，负担不小，顾不得身穿西服，倚着墙壁，半扶半靠地撒欢儿，享受着酒后微醺。

忽然间，手臂咔嚓一声，被短棍击断，剧痛传遍全身，王主席还没来得及叫出声，背后偷袭者已如离弦之箭般冲出了巷子，消失在夜晚闲逛的人群里。

王主席背靠墙壁，慢慢溜下，坐于墙根，双目赤红，冷汗直流，不住呻吟。约莫过了一顿饭工夫，呼吸渐渐缓和，强忍着断骨剧痛，慢慢摸出手机，正要拨号，手机忽然响起，竟是自己徒弟打来电话，刚要叫徒弟赶来帮扶，电话里却传出一阵哭声。

王主席似乎忘记了断骨之痛，双目发直，头皮发麻，心中除了恐惧，竟生不出半点憎恨。电话里，与自己合谋敲诈半觉的两个徒弟哭哭啼啼，好容易才把事情说清。本是在家睡觉养伤，竟然有人从楼房外墙爬上高层，无声无息地破窗而入，对其进行偷袭，而曾与灵菲交手的其他三人，也在不同场合下遇袭，与王主席一般，都被打断了左臂。

“惹到高人了……”王主席欲哭无泪，老境颓唐。

这几日，半觉似是缺了魂魄，白日干活没精打采，练功时也偶感心烦，家中脏衣物、餐具也懒得洗，一片狼藉，唯有灵菲曾住的房间干干净净。

和前几日一样，半觉睡前又来到灵菲房间，一会儿站在房门口，一会儿来到房间中央，坐在床边叹口气，忽觉疲惫，便躺下。特地为灵菲买的记忆枕头原来竟是这般舒适，半觉把脸埋在枕头里，还能嗅到灵菲特有的发香，怎样都闻不够，不知不觉睡着了。

午夜梦回，还是寻常日子，灵菲像主人似的操持家事，闲时便拿半觉折腾着玩。正甜蜜欣喜，楼下铁门被人砸得山响。半觉惊醒，听那门敲得既狠且急，三更半夜，来者不善。冷水扑了脸，拧着根十三把棍下楼，方一开门，门外六人涕泪齐流，扑通跪下。半觉定神看时，竟是武协王主席和被灵菲打伤的五人。

“你们这是?”半觉诧异非常，待要伸手扶他们起来，那六人却推开半觉，长跪不起，只一个劲儿地求半觉原谅。

“真难看哪！都起来吧，我大师兄岂是那计较之人。”远处忽然有人说话，半觉抬头看时，竟是自己的三师弟，真武书院大当家岳虎禅，兄弟二人多时不见，半觉喜出望外，赶忙迎上，询问来意。

“我若再不来，怕是要出人命！也想你了，看，好酒!”虎禅提起手中的袋子晃晃。俩兄弟将那跪着的六人扶进屋里，半觉赶忙弄了些熟食、炒饭，请大家宵夜。王主席一行六人，进了半觉家，像是进了避风港，又见半觉并无记恨之态，一下放松了精神，神容疲倦不堪，却争着给半觉倒酒递烟。

虎禅给半觉道明因由，原来王主席等六人尽遭偷袭，伤势不轻，而“刺客”皆迅猛非常，来去如风，其中一个“刺客”留话道:“以后爷爷若是无聊，便乘尔等夜晚睡觉时，拔你们几根脚毛练手”！六人被唬得魂不附体，略一思量，以为得罪了陈半觉，真武书院出手了，便打电话到书院道歉讨饶。虎禅将来龙去脉问清，解释了误会，又听王主席说半觉多了个心狠手辣的女徒弟，当晚便乘飞机赶来，代师父向半觉问话。

“定是她干的！”半觉顿感头大如斗，便将与灵菲相遇的过往，尽数告知虎禅。

“没错了，这姑娘不甘心，又敬你爱你，自然要迁怒于人。”虎禅斜眼瞅着半觉，嘴角坏笑。

“别这么说。”半觉明知虎禅取笑，却无力申辩。

“看过《倚天屠龙记》么？金老先生真有生活，老实巴交的武当弟子一下山，不是搭上妖女，就是撞见恶女。”虎禅斟酒，要跟半觉碰杯。

“你还说风凉话！”半觉狠狠瞪了虎禅一眼，甚是气恼。

“咳，你说怎么办吧？”虎禅见大师兄认真了，随即言归正传，半觉心里却没了主意，只是摇头叹气。

“这姑娘的破坏力不可小觑，她若再继续伤人发泄，可真是造孽啊，还是把她收回来吧。”虎禅道。

“对啊！对啊！不要伤了师徒感情嘛！”王主席六人同声附和。

“咄！闭嘴！让我想想！”半觉骂过，抓起酒瓶狠灌一口，埋头苦思。

“万一……她不愿回来，咋办？”半觉甚是为难，这么些年，对这师弟的了解，就像农民伯伯对大粪一样熟悉，心知此话问出口，少不得要被调笑。

“瞧瞧你这屋子吧，乱得呀——也怪不得你，单身的岁月，只因不懂哄女人……”

“你大爷！说重点！”半觉没忍住，踹了虎禅一脚。

“你又不是身心背叛，女人嘛，一句‘我错了’，‘我爱你’，‘抱抱’，什么都好啦！”虎禅道。

“你讲瞎话！这样岂不乱了师徒伦理！不会说话别说！”半觉恼怒，猛地一拍桌子。

“唉……不是我说你，你一个血性十足的人，却守了程朱理学的道德观……好好好，咱不说这个，今日我对你秘术相传啊，你作为师父，多服几个软，她能不给面子？女人哪，看着越狠，心底那点儿软处戳得越疼哪！”

“真的？”

“我那二位你也知道，谁能比我更有发言权？”虎禅举杯痛饮，春风得意。半觉思虑半晌，也不知是饮酒上头，还是想了些什么羞涩之事，竟弄得老脸通红，终于拿起手机，回房关门，以避人耳目。

灵菲的电话一直无人接听，半觉拨打几十次无果，便从书柜里搬出诸多诗词小说，拼凑出一篇服软道歉的短文，写完后自己看看，颇感肉麻，想必管用，便给灵菲短信、微信、邮箱都发了一份，静待回音。

凌晨五点，半觉气喘吁吁地蹬着那辆年纪比他还大的自行车，在寂静阴冷的街道上飞驰——灵菲终于有了回复，跟半觉约了会面的地点，可当他到达时，灵菲又发来另一个地址，来去折腾十数次。半觉思来想去，自己将灵菲赶走，确是非常不负责任，又间接地害人受伤，负罪感越发沉重，多受些累，心里倒是敞亮，只当给灵菲消气。

九　一窝疯

小雨已经落了一个钟头，汗水雨水内外交侵，半觉身上已经没一块干松的地方。好在身体壮实，蹬车又蹬得燥热，才没鼻塞流涕，只是腹内饥饿。不多时，在一座公园门口停下，见四周无人，想必这环城自行车大赛还得继续下去。半觉清楚，灵菲虽然胡闹，却非冷血无情之人，这样下去，迟早得见自己，待找到了人，便算是捧走这自行车大赛的奖杯了。遂发送短信，询问下一个地点，不多时便有了回音，半觉看完信息，浑身冰凉——市中心某银行门前下水道，下去后向前直行，第二转弯口向右……

"这不是真的。"半觉几乎哭出来。

苦命的男人撬开下水道井盖，打开手机照明，爬进了黑暗恶臭的深渊。

"修道之人，不染六尘……忍者神龟也住下水道……特工潜入应该是这般……袁老头，你在天有灵要保佑我……"半觉不住给自己壮胆，捂着口鼻，小心翼翼地跨过不明真相的污秽，躲避偶尔窜过的老鼠，用尽一切方法度过这肮脏可怕的时间。

半个多小时后，来到终点的下水道口，使劲顶开铁盖，见到了拂晓的天空。看看左右无人，连滚带爬上了地面，回到人间，扭头看时，这出口离自己方才的入口，中间隔了一条街，不过二百多米，自己在地下也不知绕了多少路。顿觉心里疲惫不堪，也不打电话问路，只臭烘烘地坐在路边，惨兮兮地发呆。

"老陈，辛苦了。"半觉慢慢回头，惊见巍子正抓着三根油条，捧碗豆浆，身后还站有俩人，都是生面孔，半觉顾不上手脏，抢过油条便往嘴里塞。

"我能理解。"巍子说。

"你理解个屁。"半觉骂道。

“你以为，你收到的下水道路线说明是哪儿来的？”巍子惨笑，背后俩人亦苦着脸。

“前人栽树，后人乘凉。”半觉乐了，连连拱手言谢。

三人将半觉带进一间酒店，来到灵菲房间门口，便将半觉抛下，各自回屋，紧闭房门。半觉惴惴不安，似有杀气透门而出。

“反正不会宰了我！”半觉抬手敲门，心下决定打不还手骂不还口。谁知灵菲静静地开了门，却不抬头看半觉一眼，坐在沙发上，捧一本《金石录》默诵，衣着端正，神情漠然。

半觉看灵菲这般，顿感手足无措，欲语还休。

“有事儿吗？我挺忙的。”灵菲吩咐下人般，冷冰冰地吐出这么一句。

“跟……跟我回去吧？”半觉问得既小声又小心。

“回哪儿？”

“回家，我错了。”半觉低头道歉。

“你没错啊，你错哪儿了？名门正派子弟，该收一个心狠手辣的妖女吗？是我惹祸犯忌，你凭啥来给我道歉？你是正经人，哪能跟我这种不三不四的人来往？”

“我不该赶走你，对不起。”

“呵呵，赶我？我从小到大想去哪儿便去哪儿，我走还用得着你赶么？你呀，也别在这儿站着了，赶紧走吧。瞧瞧，来我这儿一次，您就脏成这样，再待一会儿，别把心都染臭了。”

半觉有口难言，只站在原地苦熬。

“还杵那儿干吗？”灵菲把手中的书扔到一旁，似是下了逐客令，半觉万般无奈，轻声叹息，转身离开。

那边厢，巍子与两位同伴斗地主，巍子牌臭，打得有手无心，耳朵里却关注着门外的动静，隐约听见“笃笃”两声。

“要死！”巍子炸了毛，赶紧弹起，冲出门去，那明明是刀子钉在门上的声响。

“你疯啦！给我滚过来！”灵菲见半觉真要离去，无明火顿时冒起。

“噢。”

只听得灵菲大吼，巍子愣在当场，又闻半觉答话，略一思索，想必无事，回房接着输钱。

半觉适才见灵菲下逐客令，正要开门离去，灵菲却突然暴怒非常，甩出两把匕首钉在门上，刃身尽入门中，只余刀柄，吓得半觉冷汗直流，也不知哪里触怒了她，听得灵菲让自己“滚回来”，心底却莫名一喜，贱兮兮地赔着笑脸。

“你错哪儿了？”

半觉承认自己错在迂腐，不讲情面，对教学生出了倦怠之心……看见茶几上有包软中华，半觉装起惫懒面目，伸手去拿，还要火机，气得灵菲直翻白眼。

“你知道个屁，什么都不知道！”灵菲轻声骂着，点了根上火烟。

“我是个大笨人，你的深意，我确实猜不到。我跟你不同，你天资聪慧，玲珑剔透，做事也干净利落。我就是个下等根骨，像泥土一样，多亏师父们不嫌弃，费尽心血，才把我塑成了个看起来还有点儿人样的泥胚。虽然还是一样的标不上价格，面目呆笨，心智迂腐，矮壮不中看，但是我回首一望，帮助、爱护、眷顾我的，都有大能耐、大本事，你也如此。”半觉在来的路上，存了一肚子的话，现在见灵菲缓了脾气，见缝插针地倾泻而出。不知为何，灵菲此时眼神温婉，安静祥和，也许正像虎禅说的，戳中了女人心中柔软之处，遂乘胜追击。

“世间多有奇闻，婴儿若被弃之山林，往往被野兽收养，成为猴孩，甚至虎孩、狼孩，那婴儿先天一团和气，就连猛兽也不会伤害他。这些年我遇上过许多人，凶恶的、和蔼的、毒辣的、促狭的……我跟他们许多人交过手，大部分都教导于我、扶危于我、济困于我。也许有的人并不喜欢我，但只要我以进取、向善之心面对，或作考验，或作磨炼，仍是大有进益，这便是我转衰为荣、化死为生之道。吾徒灵菲，乃巾帼英雄、虎狼之士，却一向看顾、偏袒于我这么个笨拙之人，这难道是巧合么？”半觉不知何时蹲在灵菲身畔，手搭在灵菲腿上，毫无情色意味，灵菲低头看时，见他神态祥和，双目清亮。

“你功夫很强，恐怕与我相差不多，可在你学习、修炼的道路上，我仍旧想为你多燃一盏灯。”半觉终于将灵菲心中最后一层冰霜击碎，姑娘抿抿嘴，一双英姿飒爽的剑眉微微垂下，鼻翼抽动，转过头去，取来纸巾，为半觉擦拭脸上污秽，让他沐浴更衣，又差巍子出门购买服装。

“你要多注意营养，一人在家不要老是吃面。”灵菲随口道。

“你呢？”半觉心头一紧，竟捏折了手中竹筷。

“我要回家了。”灵菲抬头，见半觉心急如焚，不禁笑出声来，把自己的筷子放在半觉碗上。

“才不跟你生气呢，你算算，我在你家待了多少日子了？再不回去，我家咋办，我的生意咋办？”灵菲起身，打开行李箱，收拾着衣物细软。

“我还有很多东西没来得及教给你。”半觉看着灵菲拾掇行李，眉心深蹙，心中凄凉。

“有空再来呗。”灵菲笑笑，知道半觉此时已无胃口，便叼了支烟点燃，递给他。

“我可以去北方看望你么？”半觉问。

“当然，到时我给你介绍几个大美女！”

一支烟尽，行李也收拾利落，本该上演告别场景之时，半觉忽然蹿出，抢过灵菲的旅行箱。

“你又发什么疯？”

“我跟你回去！你说过我可以去！”

“听到美女就这操性，我弄死你！”灵菲气得七窍生烟，抓过烟灰缸，当头便敲。

半觉抱头喊冤，急忙大声解释，自己只是不放心灵菲的修炼，要上门教学。

“真的不是想美女？”灵菲翻翻白眼。

“我是正经人。”半觉为表心迹，正襟危坐，双目圆睁，一身正气。

灵菲终于答应多等一天，明早九点在机场相见。半觉马不停蹄，回去看望父母和爷爷奶奶，与家人聊了好一会儿，又到店里交代了营业事务，服务员小张用毒舌与白眼儿对半觉发起了将近一小时的进攻，终是疲惫不堪地败在了半觉的厚脸皮下。

回到家中，见门前有辆贵得耀眼的轿车，边儿上站着一人，肩宽且厚，步履沉稳，脸上一道刀疤，斜斜划过鼻梁，触目惊心。半觉见过此人，乃是虎禅亲随兼司机，遂点头招呼。方一进门，王主席等六人，挂着十二个黑眼圈迎上来，搀着半觉，比活爹还亲，半觉安慰众人，说恩怨已解，莫再忧心，六人千恩万谢，各自回家不提。

半觉将家中内外仔细打扫，又吩咐刘京收拾行装，虎禅不解，问半觉意欲何为。半觉将明日随灵菲一同回家的事情如实交代，虎禅眉心微皱，坐于厅中，沉默不语。

次日，虎禅送半觉去机场，一路上半觉看着车内配置，好奇得紧，问这问那。

“土包子。”虎禅笑骂，说要是半觉早跟自己回书院任教，现在什么都有了。

“再等等，不着急。”半觉低头笑笑，也不知心里想些什么。

到达机场，半觉拎起行李，跟虎禅及疤面司机道个谢，转身要走，却被一把扯住。

“大师兄，我看这姑娘倒是义气人，可是缺了教导，为人狠毒，你走这遭，真考虑清楚了么？”虎禅希望半觉做最后的考虑。

“老三，我们从前，哪个不是如猪如狼？可后来怎么活明白了？因为有师父。做师父，传道、授业、解惑是责任，因为她不对，她有错，我的存在才有了价值。”半觉每次说到这些，都是这般认真。

虎禅眉头紧皱，无法辩驳。

“老在一处待着，也没意思。”半觉苦笑道。

“早些回来，我请你喝酒。”虎禅不再多劝，上车离开。

半觉与刘京都是初次乘坐飞机，只觉那云海与地平线美不胜收，一路上又听灵菲说起家中之事，兴奋非常。

灵菲的祖父，人称鬼爷，鬼爷早年收养了五个孩子，传授武术与生存本领，长大后扶持他们建立自己的产业，巍子便是其中之一，经营着当地最大的度假山庄，十分兴旺。

“难怪呢，我见巍子花钱如流水，原来底子这般厚实。”半觉恍然大悟。

“我给你说说这几个山炮吧，可乐啦！”灵菲说着，就坐到半觉身边，揽着半觉的胳膊，半觉心下一愣，随即又想这师徒如父子，何况这女子平日刚烈豪迈远胜须眉，有这些亲密动作，不足为奇。

五人之中，巍子擅长扑跌角力之术，对自己人最有义气，对敌人最是阴狠，对姑娘家最是善良。曾有一回，巍子跟朋友们去喝酒，有个二十出头、美得冒泡儿的小姑娘不胜酒力，醉倒了。大家公推巍子将姑娘送回去，巍子也不知道姑娘住哪儿，就开了间房，将姑娘放在床上，想想又怕姑娘睡得不舒服，便下手给姑娘脱个精光，然后给人盖好被子，走了，至今为止，这姑娘已经恨巍子三年了。

“你说，她是恨巍子脱了自己衣服，还是脱了之后却没睡她？”灵菲大眼睛坏坏地盯着半觉。

“咳，应该是后者吧，我估摸着那姑娘没真醉……哎，干脆叫巍子从了呗。”半觉憋着笑，脸红红的。

“哼，他有情感洁癖，才不像你一样，来者不拒！臭男人！”

“你！这从何说起！”

“嘻嘻，再给你说说法师吧。”

法师曾做过职业魔术师，故此得名，爱玩刀，手法快，最擅五寸短匕，经营一家夜场，双重人格，多愁善感，“无故寻仇觅恨，有时似傻如狂”——说的就是他；好勇斗狠时，一颗铁胆，不惜其躯，说的也是他。时常怀揣一本村上春树，脸挂两行泪痕，拎根铁棍出门打架。

五人之中，跟法师最亲的兄弟，名唤神将，性情暴躁至极。曾有记录，提西瓜刀追砍一众仇家，奈何腿短，跑不快，人没追到，气得砍了自己几刀泄愤，送医院治疗。神将最大的爱好是十字绣和织围巾，曾给巍子织了一条，长四米，重五斤，巍子搭了个竹竿架，把大好围巾做了晾衣绳，气得神将一个月没搭理他。

还有一个叫弹簧的，最擅于埋伏、下套、打闷棍，绝技是能用七小时的时间向前移动五米，然后像受惊的蜈蚣般弹起来，野驴般地疯跑。他替其他几人做会计、管账，还有管理大家的活动经费，特别精明，卖废纸盒时，为多卖点儿钱，买矿泉水撒纸盒上，称重，多卖一块，矿泉水花了四块。

还有个名叫棺材，热爱玄学，精通古玩鉴定和造假，能看风水能倒斗，开个棺材铺，也卖骨灰盒，办白事儿……

“这三十六行，古董为王，他为啥还干那晦气事儿？”

“师父，为人民服务，不分行业，不分贵贱，人家的棺材铺可是祖传的，何况你的武术发掘与公开，不也是挖坟吗？嘻嘻，不光不怕死者报应，还不管活人的厌恶。”

“说得也是……可总觉得哪里不对！”

灵菲捣蛋，这一路虽长，倒也不闷，只是陈半觉生活一向平和、简单，往后在北方的日子里，一切喜怒哀乐、怨憎悲苦都叫他疲于应付。

到达的那一晚，在巍子经营的度假山庄，灵菲再加五位山炮，让半觉饮了一顿三十年来最看不懂的酒。

半觉喝醉了，不外乎就是个头昏脑胀，走路踉跄。灵菲喝醉了，说去上个洗手间，半天没回来。半觉出去找，见灵菲爬在树枝上，唤不下来，非说自己是树袋熊；神将喝多了，就扯着半觉，问自己的衣服好不好看，要说好看，神将觉得是在敷衍他，得说不好看，还得说出个不好看的理由来；弹簧喝多了，拼命运气，说要用内功把酒逼出来，倒也真管用，不一会儿就从嘴里逼了出来；法师乖一些，喝了半斤，斜倚门前迎风流泪；还是巍子和棺材靠得住，二人举起酒杯，说让半觉放心，一会儿他们俩会把这几个山炮扛回去。满杯二两，一饮而尽，二人同时倒地，没了声息。最终苦了刘京，虽饮酒不多，待得将这些比看上去要重得多的彪形大汉尽数送回住处，背回房间，早已累得半死。

灵菲功底极好，半觉在鹊山城时便将自己的所有武术知识与经验毫无保留地教予她。自打来到北方，半觉又将五行通背拳与戴家心意拳的部分精要，传授给巍子等五人。五人上手、领悟极快，足见平日里练功刻苦。斗殴之事亦是日常茶饭，不计其数。

这天午后，半觉给五人讲到炼体的根本，说的是丹田之用。武人多讲丹田，却少有人知其用，那丹田便似舞龙之时，龙头前领舞的大头佛手持之引龙宝珠。而背后大脊为龙，胯为虎，丹田处有力，方能拉伸脊柱，牵动龙虎，大龙一活，身子便劲力贯通。

半觉两脚平行开立，与肩同宽，让巍子推自己额头，巍子体壮力大，可推了半晌，依旧蚍蜉撼树，惊异莫名。

巍子也这般站立，让神将推自己额头试试，稍微受力便要往后倒，屡试不爽。

“把大脊和胯练活了，就能似我这般，躯干力大，身体灵活，这只是第一步。龙活了，还得养壮，你看那些大高手，晃眼一看，总觉得背后略弓，细看，却是身姿挺拔。事实上，只是因为这些高手大脊强壮，整条脊柱也比常人略长几分。”半觉一边讲解，这五人边听讲，边打量、抚摸半觉背后，甚是好奇。

“老巍，灵菲今日没来，电话也不通，她去哪儿了？”灵菲平日练武从不来迟，今日却没来，半觉忍不住发问。

“不知道，大概是出门与人谈生意了。”巍子如是说。可谈生意哪能打不通电话，半觉狐疑。

来到此地已一星期了，许多希望了解与看见的事物，依旧深深埋藏。灵菲消失数日，众人都跟日常无异，显然对半觉隐瞒了许多事情，半觉不得要领，甚是焦躁，只得每日里多练通背五行掌，以此疏发闷气，化五情之郁。

又过了两日，灵菲再次出现在半觉面前时，半觉心中疑虑更大。那直发披肩，淡雅的吊带长裙，走路落足无声，巧笑倩兮，哪里还似平日的雌虎豪杰、女中土匪？

“师父，给你带了好吃的，德州扒鸡，还有正宗的即墨老酒，咱喝两杯。”不待半觉开口询问，灵菲径直向屋内走来，走得近了，吐息相闻，半觉再也拦不住，只得侧身让路。

“别愣着，去拿杯子和碗。”灵菲说着，可半觉没动，只眼睁睁地盯着她，上下打量，不知何为。

灵菲只得自己去厨房拿餐具，半觉眼睛一直没离开徒儿的小蛮腰、小翘臀、轻盈光洁的双足与香肩玉背。

呼吸渐渐粗重，许是多日未见，方才发现心底的情种已生根发芽么？果不其然，这木讷男人再也忍不住，禄山之爪朝美人腰间伸去。

才堪堪触到腰际，灵菲触电般弹开，缩到一边，眼神复杂，有些手足无措。

“坏蛋，一个人住，耐不住了？晚上带你去法师的场子，我给你找俩，好么？”灵菲竟不生气，径自拾掇餐具吃食。半觉双目赤红，一把将灵菲揽入怀中搂住，便要扯开吊带细绳，灵菲受惊，只是使劲儿推攘半觉，可使出的力气却与平日里相差甚远，哪里扛得住半觉的功力，倒似半推半就。

“作死！”灵菲鼻梁之上怒纹暴现，抓过一盘子，猛地挥出，在半觉头上拍了个粉碎，额头被锋利的瓷片划开，血从头流下，迷了双眼，粗鲁男人方才退开。

“死矮子，你干吗！”灵菲骂得甚是恶毒，定睛一看，却发觉半觉脸上怒气更盛！

“你！你的腰！怎么回事！”此时灵菲上身，除了贴身内衣，几近赤裸，半觉直指灵菲腰间，居然有巴掌大块瘀伤，紫中带黑，十分严重！

半觉的眼光岂同一般，打从灵菲刚进门时，便觉不对，细看灵菲走路的动作，因为疼痛而微微变形，仔细观察，确定影响身体行动的根源，就在灵菲腰上，这才下手试探。若是直接问,灵菲必不肯老实说话,也幸亏灵菲受伤,否则二人定要上演一出全武行,将家中事物打个稀巴烂碎。

“刮痧。”灵菲立时收了脾气,翻着白眼望天。

“瞎扯。”半觉想起灵菲吃软不吃硬,放缓了语气,上前察看伤口,灵菲却迅速把衣服穿起,眼中晶莹,泫然欲泣,半觉也甚是难堪,血流披面,想起方才的搂抱,心头恍惚。

半觉径自取了行李,拿出师门所传伤药,而灵菲亦取来纱布、医用酒精等物事。

灵菲处理伤口似极有心得,翻开半觉伤口皮肉,用酒精消毒,利落轻柔。半觉态度严肃,让灵菲再次解开衣服,灵菲脸蛋微红,却还是照办了。半觉用伤药细细浸透了一块纱布,敷在伤口上,再用保鲜膜封住,使药力尽数沁入皮肉。

“这是被人用重手法打的。”半觉看得明白,直言说破。

“嗯。”

“向更强的人挑战是勇气,但差距过大,便是不自量力。”半觉自灵菲伤处看出对方功力深厚非常,绝非年轻人所有,那是在某种功夫上浸淫了数十载的厚重与老辣。

“我进步太慢了。”灵菲抱着膝盖,一本正经说道。

“你也练武多年,怎会说出这样的话,功夫是靠时间累积而成,急得来吗?”半觉眉头深皱,以为灵菲也有了好高骛远的毛病。

灵菲侧过脸,望着窗外,半觉明白,自己的话没有说到她的心里。长时间的静默,半觉的不知所措疯狂滋长,只得耐着性子陪坐在旁。

“一定是有什么事情要发生了。”半觉这么想着,打从开始教授灵菲武术,她所做的一切,都是那么的焦急,每日里都像是兵临城下般活着。

“爷爷让我去的。”灵菲忽然坐直了身子,一声长叹。

“鬼爷?”半觉以为自己没听清,天下哪有爷爷这般坑害孙女。

“嗯,爷爷说,在山东有个七星螳螂的大高手,我要是用偷袭能把他放倒,就给我两瓶二十年的洋河大曲。”

半觉脸色变了六七回,气愤难言,心中略一思量,还是强压了怒火,憋出个微笑。

“呵，这老爷子……说起来，我来了这么些天了，也该去拜会一下老人家，他住哪儿？”

“陈半觉。”灵菲歪着脑袋，竟然呼唤师父的本名。

“啊？”

“我傻么？”

“我……”

“你这么二的人哄得了我么！”

半觉一时语塞，要跟灵菲比心机，实在是没半点儿希望，怎么办？

如此一个女人，心狠手辣，本领高强，却能不远千里，随我学拳，又时时为自己着想，照顾有加，这都是为何？想到这，半觉心中有了计较。

“你家武术的体系，你都给我说过，鬼爷武功高啊！”半觉伸手持过一根十三把棍，随手在地上顿了顿。

“你想干吗？”

“这等高手，近在咫尺，我岂能不见。”

“你打不过他。”灵菲没能再与半觉对视，偏开眼神。

“我知道，但你应该明白，我和你观念不一样，若是随便就能打赢的人，我不会有什么热情的。”

“你去是找死。”

“我立过大愿，这一生都交给了武道，人生不过百年期，方生即死，长短没什么分别，你成全我就是了。”

灵菲听半觉如此说话，依旧满脸倔强，心底却陷入沉思。

“何况，我没太多好胜心，要是老头功夫太吓人，我一定会撒丫子跑的，他老了，跑不过我。”半觉笑笑。

灵菲起身，将鬼爷居所的地址写成字条儿，交予半觉。

“你别哄我，如果看着不对，转身就跑，爷爷老了，说跑步是不行的……每次跟你认真说话，都觉得特别惭愧。”灵菲送半觉出门，伸手为半觉整理衣服，将他那土旧衣衫上不拘小节之处拂拭平整。

“嗯，我去去就回。”

“去你的吧！”灵菲推了半觉一把，忿忿转身，顺手将门狠狠摔上。

十　腐朽的宗族

“倒是个好地方。”那鬼爷住在市郊，半觉本就不擅长找路，坐错了一趟车，多转了两回，一路上逢人便问，直到炊烟袅袅时，终于找到了地址所在。

稀稀落落一座村庄，商铺虽少，却是品种齐全。村中一条清溪流过，户户不关门，但有客人往来串门，随缘进家吃饭，民风朴实，人情浓厚，老人若要颐养天年，此地确是上佳。

村里小路十八弯，甚是难寻，直到半觉猛一回头，见得一户宅院门口，贴了幅对联，乃是狂草写就：

岂有武夫能济世
忍把功业误苍生

门没关，半觉跨过门槛，向里走去，里边儿传来刺耳的音乐声与电脑游戏杀伐声，这年头，此等声音走哪都是，不熟也熟了。

“莫不是走错了？难道还有别人？”半觉琢磨，这动静不似老年人的居处啊，踌躇不已。

“罢了，来打架，还有什么可犹豫的。”大步向前，轻轻推开了虚掩的房门。

“别吵！”一声大喝，声如洪钟，把半觉吓了一跳。

“老子在打BOSS！捡不到装备我跟你没完！”那老头玩网游正入巷，听见有人推门，张口便吼，半觉哭笑不得。

“敢问……”半觉话刚出口，那老头忽地起身，也不回头，马撂蹶子般，一脚将座下椅子踢飞，朝向门口半觉所立之处砸来。

半觉老实忠厚，最易为人所欺，但此等人若发起脾气来，却是非同小可。本来已盘算好，与老头切磋一番，鬼爷只要一有异动，便蹿到院子里，与他游斗。

可鬼爷暴起，其反应之猛烈，凶暴老辣，打掉了半觉仅剩的敬老之心，虽是初次见面，可对鬼爷的不满，在这等攻势下尽数涌上心头，只想将这老梆子一顿胖揍。

半觉不假思索，弓步前跨，自下而上，臂如铁鞭，右手一巴掌呼地扇出，击飞鬼爷踢来的竹椅，大步赶上，巴掌挟破风之声对着鬼爷顺势劈下，正是五行通背拳中的“砸钉”。

这手“砸钉”，莫看势法简单，在五行通背拳中地位甚高，凡练五行通背之人，若问其身法配合，只消来一趟“行步砸钉”，便知其功夫深浅。

可就这么一手，想要击倒鬼爷，实乃异想天开。老头不慌不忙，身子微侧，已避开半觉的拳捶劈斩，左掌不知何时，已幽灵一般飘出，蒙向半觉双眼！

若是平常武人，必然选择躲闪或出掌格开，那么势必被对方那些来自视野之外的阴毒后招彻底打倒，武行中老话说得好——正门真出，总是赢人！多年来，名师的严格要求，让半觉作出了正确的选择，你打你的，我打我的！对攻！

半觉打得顺手，向鬼爷抡出通背拳那名扬天下的“劈山掌”。劈山掌不光劲力沉重透骨，又有多种变化，双掌如刀斧狂斫，鞭锏乱砸，脚下或顺步、或拗步、或并步，进退敏捷稳健，疾风迅雷般连环打出，毫不散乱，向鬼爷暴风雨般狂攻而去——自幼刻骨铭心的修炼，在这一刻得见分晓！

那鬼爷无明火起，见小子年轻，欲凭功力把半觉强行制住，哪知与半觉两臂相磕，竟如磕刀背、铁钎，大是出乎意料。

日操夜练的深厚的基本功，让半觉有着能与任何人硬干的底气，果是苦心之人，上苍不负。

只是哪个终生习武之人，不是苦绝成神呢？

半觉的功底，确让鬼爷出乎意料，却吓不住这年老成精的高人。鬼爷抓住了节奏，对准半觉腹部一拳，又一暗腿奔半觉胫骨，半觉吃痛，僵直了一瞬间。老头右爪抠向半觉面门，半觉不得已回手阻挡，老头左手早从下面兜上，五指如勾，抓抠进了半觉的肱三头肌，没等半觉痛极惨叫，便使了个反关节，将半觉按在地下，连打带拿，石火电光，实在防不胜防。

可半觉何人？当年武当金顶的狂风骤雨、电闪雷轰也吓不住他，此时吃痛被擒更是逆性上涌，鼻梁怒纹大现，拼命挣扎，做困兽之状。

老头冷笑，不慌不忙，只伸出右手大拇指，指尖戳在半觉夹脊上，半觉再要挣扎，背上使不出丝毫劲力，痛入骨髓，这枯瘦的手指，竟如定海针、镇魔剑，让半觉疼痛虚弱，趴伏在地。

“你是什么人？来跟我找死？”老头淡淡言语，声音却尖利刺耳，犹如夜叉恶鬼。

半觉虽被制服，却是怒发冲冠，牙齿咬得咯咯作响，若是手中有把刀，保不齐就要把鬼爷砍死，一时间哪里说得出话。

“不说？”老头伸手取了桌上小刀，在衣服上抹了两下，便割向半觉小腿，要将脚筋挑断了细细审问。

“你敢！”一声娇叱，救下了半觉，鬼爷抬头看时，竟是灵菲闯了进来。

“好啊！这是你找来的杀手？翅膀长硬了，敢对你爷爷下手了！”

“放屁，他是我师父！”

“呸！这怂样，还当师父？是你姘头吧！”

“一句话！放不放！”灵菲气急败坏，不再接鬼爷话头。

“不放！老子要剐了他！”鬼爷顶了牛，提刀便割。

“你别后悔！”灵菲一声大喝，屋外巍子奋起神力，抱起个硕大的坛子冲进来，掀开坛盖，酒香四溢，灵菲拧出瓶可乐便要往里倒。

“别介！我放！我放！”鬼爷吓得几乎要跪，哪里还顾得上半觉，扔了刀子就跑上前去，要接过酒坛，那是大半坛五十年老酒，得有七十来斤。

烟酒茶这三样，上得去，下不来，品过好的，就看不上次的，当年鬼爷曾有特别的机缘，得了七八坛，时至今日，真正的好酒，是有钱没处买，鬼爷对这仅剩的大半坛子视若性命，每次只舍得小酌几杯。

“站住！我把人带走再还你！”

“哎呦！可小心哪！别摔啦！我的命根子呀！”鬼爷拍着大腿哭喊。

“他敢硬抢，你就给我把坛子砸了！”灵菲对巍子喊着，跑去将半觉扶起。

半觉依旧气愤难平，脏话连篇，痛骂世上哪有爷爷这般教育孙女。鬼爷全然不理，只盯着自己那坛子酒，万分焦急，灵菲劝半觉不住，只得抓着半觉手臂伤处，硬拖出去。

抱坛、拽人、尾随，四人就这么走到村口，差点儿没给巍子累死。巍子刚一放下坛子，三人就钻进车里，忙不迭逃了。鬼爷立马上前抢救自己的心肝宝贝，使劲儿一抱，手臂透骨生疼，气力一软，差点砸了酒坛，小心肝扑通扑通地跳个不停，抬手看时，两臂大片紫青淤血，拳头也握不紧，止不住地细细颤抖，竟有些脱力。

有热心的壮年人路过，为鬼爷将坛子搬回家中，将人送走后，鬼爷将院子大门闸上，随手将适才打斗时，陈半觉所使的打法学了学。

“牛×，谁人教出来的呀？”鬼爷破天荒地盛了满满一碗酒，坐在屋前台阶上看天，时不时嘬上一口，夕阳西下时，吐了这么句话，却是呛了，捂嘴咳嗽，缓过来时，满手鲜血。

“这指力太他妈吓人了！”半觉回去后，对镜子看伤口，才知大臂被鬼爷抠出了三个血洞，灵菲给半觉洗伤口，痛得他浑身哆嗦。

“是爷爷从小练起的擒拿功夫，分光化影。”灵菲瘪着嘴，满腹无奈。

这“分光化影”的功夫分三步，初时用不到小拇指宽的牛皮条打死结，泡上一夜水，再用单手的拇指、食指、中指来解；练到很快就能解开后，再用这三指的指尖托着个铁胆转，待熟练后转得飞快，铁胆就换成生鸡蛋；待生鸡蛋也转溜了，就铺一桌面粉，两寸来深浅，抓一把黑芝麻撒上去，用三指捡芝麻，练到十个呼吸内将黑芝麻尽数捡出，已算练成，不光指力灵活、锋利，决断快速且眼到手到，非同小可——此等水磨功夫最是消磨流年，当世除鬼爷外，恐怕早已无人再练。

“我还得去爷爷家一趟。”灵菲看起来有些黯然。半觉此时想起，也感到自己鲁莽，有些羞愧。

入夜，灵菲又来到半觉住处，却是笑得花枝招展，说是后日家宴，要半觉上座。

“鬼爷没见怪？”半觉听着满腹狐疑。

“爷爷说，你是好孩子。”灵菲晃晃脑袋，转过身去。

待得家宴那日，半觉思来想去，却无一件庄重的衣服，直怪自己平日不懂生活。灵菲却毫不在意，说远道而来，没什么家当，爷爷不会在意，只是记住，少说话，多喝酒。

家宴设在鬼爷居处的院子里，坐中除鬼爷与灵菲、半觉，便是家中五位门人，刘京辈份小，不得亦不敢上桌，在厨下烹饪，端茶倒酒。鬼爷今日破天荒，取了一坛子私藏五十年的陈酿，请众人畅饮。

“干！”鬼爷一声大喝，众人豪饮。

几杯过后，鬼爷聊起了拳脚，五位门人，听得极是细致，刘京更是端着盘菜在旁站着，也不嫌烫手，直是听得愣神。灵菲却是不稀罕，一筷子菜，一筷子酒，半觉却时而面带欢喜，时而眉心微蹙。

“果然如此。”半觉听鬼爷论拳，其中论调高下深浅，参差不齐。

从许久以前，半觉就认定，武术，作为已经成熟的文化，若是统合起来，各种传统练法、打法，必是完善、健全的，可毕竟古代通讯落后、交往不便，每一门武术各有所长，却各有不全。所以作为武人，虽应专精自己本门武艺，而在武学知识上的学习，亦不可懈怠，多多见闻别家技艺，能完善自家武艺。今日鬼爷论拳，也证明了半觉想法，既有所得，又在心里以自己所学，暗自为鬼爷所言的武艺填补空缺。

说得尽兴，鬼爷亲手为半觉斟酒，干了一碗。

“娃娃功夫不坏。”鬼爷一饮而尽。

技术说罢，酒到半酣，鬼爷意气勃发，又说起江湖往事，说到灵菲的曾祖父，在抗日战争年间，曾义胆行侠，一口气杀了六个鬼子。

“那时，我爹见有鬼子在村中奸淫妇女，便将六人尽数诛杀，可是杀了之后，又怕鬼子追查此事，迁怒于乡亲，那便大祸临头了，遂将六人的衣服扒光、烧掉，用板车把尸首拉到日军大本营！”

“啊？这是上门自首？”半觉目瞪口呆。

“你以为我爹跟你一样笨！当时啊，大群士兵冲出来，说此人竟然敢杀皇军，要干掉我爹，我爹大吼一声，说这六人不是皇军，皇军不奸淫妇女！这是冒充的，给你们抓来了！果然，跑出来一个军官，向我爹竖起大拇指，说：‘你的，大大的良民！皇军不干这事！’还给了我爹两块银元！哈哈哈！”

“真的假的啊！”半觉笑得前俯后仰，就是不信。

“唉……跟你年轻人说，怎么就不信呢！”鬼爷高兴，再与半觉干一大碗。

刘京手艺不赖，一顿饭吃得高兴，大家额头冒汗，酒兴更增，又聊起晚清武林，鬼爷论定当时的第一高手便是董海川，神将却忽然举手，说："我觉得吧，应该是杨露禅！"

此言方出，灵菲手一抖，嗒啦，掉下根筷子，巍子双手捂着脸，其余人除半觉、刘京不明就里，都别过脸去。

鬼爷嘻嘻一笑，猛然站起来，一大耳刮子，挟破风之声将神将连椅子带人，抽了个四脚朝天。

"你喜欢他就下去见他吧！"鬼爷大吼。

"噗！"半觉一时间没忍住笑，口中米饭喷了巍子满身。

灵菲像受惊的兔儿，本能地把手按在爷爷手上，几位门人轰的一声离座，退开三步，此举却引来一声苍老豪迈的大笑。

"哈哈哈！干！"鬼爷斟上酒，满满一海碗，看样子是要与半觉一醉方休。

别人酒喝多了话多，半觉越喝越无话，东歪西倒之余，竟是眼中含泪，甚是悲苦，鬼爷却伸手搭在半觉肩头称兄道弟，歪着头打量半觉，看了又看，不三不四。

"你……知道……我这辈子最大的愿望是……是什么？"鬼爷大着舌头，使劲咬字，才把话说明白。

"是……是个什么鸟……"半觉此语出口，桌上没喝醉的，登时肛门一紧，可鬼爷仍是前所未有的好脾气。

"我的……愿望就是……有一百个儿子、孙子……谁要害我……我舍出一个，杀他全家！"

"呵呵，神经……"半觉再也撑不住，咣当一声，坐翻了凳子，软倒在地，众人七手八脚地搀扶。

朦胧中，只听得鬼爷大撒酒疯，捶胸顿足地乱嚷："可是我……没有！没有！没有儿子！没有孙子！我怎么办哪！怎么办哪！"

毕竟是好酒，在漫长如人生的岁月里褪尽了火气，半觉次日起床，除了略感口干，竟不头疼。

酒后失忆之事，半觉有过，但是总还能在脑海中留下零星碎片，鬼爷酒后疯言，半觉恰好记得真切。

半觉三十年的人生，总结出一个道理，酒后放纵，大吼大叫，若是骄傲得意之事，吹牛必狠、水份颇多，反而苦闷不堪、郁郁寡欢之事，又或是往昔艰险、劫难痛楚，则多是心底真话——鬼爷说的，是什么意思？还有他对孙女犯险的态度……一定有许多非常重要、而我却不知道的事。

“破绽！”一大巴掌扇在半觉后脑勺上，适才走神还未归来，被打得一阵晕乎。

“你教的九宫步长功夫没以前快啦！”灵菲跺着脚，对半觉乱捶。

“养炼龙虎的法门我不是都教你了么？那是练功力的核心。功夫练了，还要等待身体产生变化，怎么可能每天功夫看着长……”

“我不管！这是个讲效率的世界！快点，还有什么好本事，拿出来，拿出来！”灵菲正嚷嚷，定睛一看，半觉眉心紧蹙，双目炯炯，死死盯着自己，仿佛有所领悟，煞是奇怪。

灵菲收了淘气，伸个懒腰，多好的天气啊，真该出去玩啊，到处都绚丽多姿、分外妖娆，满目葱郁、绿光闪闪，我像小鹿一样蹦蹦跳跳还粉粉嫩嫩、不见一滴汗珠的好姑娘……

“站住。”半觉低沉的命令，像一张大网，把掩耳盗铃向外逃的灵菲定在了当地，活泼的小鹿，变成了傻狍子。

“哎呀，我要去买菜，不买菜咱们吃什么呀，男人呀，不当家不知……”

“过来。”半觉知道此女吃软不吃硬，声线温和柔软，灵菲像只与陌生人相处的猫，眼神聚焦，甚是警惕。

“我住在这儿有些日子了，没怎么出门，你带我逛逛吧。”半觉摸摸口袋，钱包还算厚实。

“才不和你这穷鬼逛街呢。”

“别这么说，我有些积蓄的。”半觉脸蛋微红，温和地微笑。

二人来到一家风评很好的饭馆，灵菲对服务员介绍的招牌菜视而不见，只点那些从未吃过的菜品，大小十三道菜肴铺满大桌。半觉甚是腹诽，只得松了裤带，专挑价高的菜，甩开膀子猛吃，却不知价高的菜往往油大，没几个回合便撑得头昏眼花，再看灵菲，每道菜都尝尝，遇到合口味的也只多吃一两筷子。

酒饱饭足，灵菲看着只吃了一小半的饭菜，却比半觉还心疼几分，要了饭盒，连汤水米饭也不放过，尽数装了一大包，让半觉提着，半觉见灵菲也不似败家之人，心底的疑惑，逐渐水落石出。

逛街，对男人而言乃无上挑战，当灵菲走进商业街，径直走向排头第一家店面，半觉便咬咬牙，做好了万里长征的准备。

“对不起，小姐，您这样我们没法做生意。”店员如是说，灵菲进店，看哪件衣服都漂亮，搭配起来，却怎么都不满意，将店里翻得乱七八糟。

“你才是小姐！你全家都是小姐！”灵菲眉间现煞，手指微颤，不知几成功力出手。

“对不住，对不住！”半觉汗毛乍起，大惊失色，单手揽住灵菲腰肢，将其抱起，夹在腋下便跑，如夹皮包似的。

“你……”

“别跟我说话！”灵菲尖声嚷道，看上去气得不轻，半觉只得跟在她身边，小心侍候。

灵菲忽然灵光一闪，拉着半觉便跑，来到一家报刊亭，包了所有时尚杂志，搬起便跑，半觉赶紧付了账跟上。

二人来到一间咖啡厅坐下，灵菲迫不及待地翻开杂志，看见可心的衣服，便整页撕下，遇着上衣或裙裤搭配的，又将上下身图片撕开，分别搭配。半觉看得一头雾水，不多时，桌面、地上，已是一片狼藉，四下散落的彩色纸片，就如灵菲那破碎的爱美之心，满是绝望。半觉小心翼翼地看着灵菲，只见她鼻翼抽搐，竟是要哭了。

“不如……我们去看电影吧？”半觉怯生生地提出建议，适才他捡起些纸片细看，那是灵菲较为在意的衣服，全是能让自己倾家荡产的品牌。

“看什么？”灵菲显得兴味索然。

“这……”半觉也犯难，只恨自己没做好准备。

那边厢，一个漂亮姑娘正与男友耳鬓厮磨，嚷着要去电影院看《怪兽大学》。

“我们去看《怪兽大学》吧？”半觉低眉顺眼地试探，师父做到这份上，可谓古往今来第一人。

灵菲瞧着那姑娘撒娇耍赖，脸上渐渐有了笑意，二人遂直奔影院，买了票，等待开场。

“我想吃冰淇淋，这好像是哈根达斯，我还从没吃过呢。”半觉见灵菲直勾勾地望着影院服务台的冰柜，善解人意地先提出要求。

“嗯？香草、巧克力、咖啡、果仁、朗姆酒……”灵菲又为口味选择犯了难。

“全要吧。”半觉招呼服务生，将每种口味各要了一份，土豪般提着十几杯哈根达斯进入影厅，灵菲心情大好，揽着半觉胳膊，紧紧搂住，晃来晃去。

电影放映时，遇着欢乐桥段，灵菲笑得比谁都爽朗热闹。半觉回头看看，幸亏电影已近下线，顾客稀少，虽暗自面红，心里却十分愉快。

看罢电影，已近午夜，灵菲没有回家的意思。俩人都不是守规矩的主儿，翻墙进了公园散步，公园里的灯尽数灭了，漆黑一片。二人身手非同寻常，也不怕撞见劫道的，风过树林的怪响，月光照下的幽影，反倒为这对男女营造了一片往日难寻的清凉境界。

不知不觉地，逛到了公园游乐场，灵菲望着那高耸的摩天轮，默然不语。半觉找到夜间巡逻的管理员，央求他能破例开放摩天轮，最后以一千元的价格成交。

二人各自趴在摩天轮的窗户上，随着吊篮缓缓升高，渐将璀璨夜景尽收眼底。半觉只是不断思考，如何向灵菲提问，灵菲却伸出一只手，轻轻拉扯半觉的衣角。

“师父……”

“嗯？”

“难道……”灵菲吞吞吐吐，全不似往日性情。

“尽管问吧，传道、授业、解惑是为师之义务。”半觉正色道。

“好吧，你……难道想泡我？”灵菲猛然转过脸来，面颊绯红，半觉吓了一跳，忽然站起，一头撞在吊篮铁顶上，捂着脑袋作声不得。灵菲大乐，伸手轻揉半觉痛处，好一会儿半觉才缓过来。

“这些日子，发生了不少事，我一直想向你问问，为啥你要活得那么着急？”半觉正坐，身体微侧，摆出教书先生的架势，就怕灵菲嘻嘻哈哈地蒙混过关。

“着急吗……对呀，因为要练武，还要打理生意，很忙嘛……喂，拿来！我数十声！一、九、十！你完了！”灵菲掏出香烟，正要点上，打火机却被半觉抢过，待要抢回来，却见半觉面容既为难又忧心，不禁收敛了动作。

“不是这样的，如果只是急，我只能教训你太贪心。但是鬼爷平日让你做的事，还有你和鬼爷以及巍子他们的气氛，我明白一定有什么我不知道的事，我虽不才，可我对你定是有益无害的，可以坦诚地给我说说吗？”半觉问完，将打火机递还灵菲，她却将烟收起，低头沉思。

“我有一场考验。”灵菲仰头看着窗外星空，道出因由。

原来，赫舍里家分为两支，一家居于东北，即灵菲家；而另一家早年入世争名，为免朝廷追杀，改姓何，经过漫长的迁徙，最终落户河北。虽是两地分居，毕竟血浓于水，打断骨头连着筋。两家在百年武道历程中，依旧相互促进，约定每代传人，自练武的第一天算起，满十五年，必要经历一次大考，由对方家族派出八位高手与其比试，能全胜者，方可继承家族道统，否则将来死了都进不了宗族祠堂。

“我也想跟别的女孩儿一样，研究什么衣服好看，什么化妆品适合自己，谈几次恋爱，有很多时间可以拿来浪费，发呆、压马路、看电影，幻想以后会不会嫁个只爱自己、百依百顺的有钱帅哥……”灵菲说着，心情越发沉郁。

“人应该拥有选择人生的权利，鬼爷确是不通情理！”半觉为灵菲鸣不平。

“别这么说，我爷爷看起来不着调，其实很疼我，骨子里的那种心疼，我不好让他失望。”灵菲微笑，上翘的嘴角溢出丝丝辛苦。

“唉……一个家族习性，难道还真能比人生更重要吗？武术的传承，是技艺、本领，是对后代成长的关怀，岂能是这些不知所谓的糟粕！”半觉气愤难平。

“不光是技艺，也有感情，我怎么忍心辜负爷爷的心愿？”灵菲反问到。

半觉想想自己的人生，虽然一路坎坷潦倒、惨不忍睹，可因为爷爷的理解与宽容，让自己从来都能轻装上阵，挺直腰杆做人，尽管自己没能时刻在他身边，他却从来没让自己感到有何亏欠，想到这里，心中感动，身子微颤。

灵菲却以为半觉的动静是怒极之相，赶紧将手轻按于半觉腿上。

“别这样，说起来，我也不是个省油的灯，若非好武，哪能练到现在这个程度？而且这些年我领略了许多寻常女孩儿一生也见识不到的境界，有得有失才正常，谁能有完美的人生呢？”灵菲轻声劝慰半觉。

“何时大考？”半觉平复心境，正色相问。

“还有一年，来年七月。”

“都是些什么样的高手？”半觉明白，武艺差一寸，打起来便是千辛万苦。

“下个月，家里会来八个客人，都是爷爷当年走江湖攒下的老交情，他们会来考验我的程度，以及给我一些指点。我大考的对手，大概只比这八人略逊一筹吧。”灵菲如是说，半觉却从灵菲的语气中，听出了太多不确定因素。

“时间真紧。”半觉眉心紧蹙，无所适从。

“尽力而为吧，不就是比武吗？哪个练武人不是磕磕碰碰活下来的？别告诉我你没与人苦战过。”灵菲此时甚是善解人意，倒反过来安抚半觉。

“等大考完了，你能为自己的生活做主么？”半觉满怀期盼，凝视灵菲双眸。

“嗯，可以的，如果我打赢了，我跟你去南方生活，好么？”灵菲笑得甜蜜，看得半觉醉了。

“真的？”

“如果你愿意，我说话算话。”灵菲转过头去，摸了一把，不让半觉看见眼中依稀的泪光。

“我们一起加油！”灵菲回过头来，爽朗地拍打半觉肩膀。

“对，加油！”半觉亦被灵菲鼓舞，热血沸腾。

摩天轮转完一圈，二人出了吊篮，管理员嬉笑不止，直呼“下次再来”，灵菲竟不好意思，低头快走。

十一　三阶逻辑

灵菲说到做到，这几日练功时间虽然不变，却极是用心，行走坐卧皆不离拳中法度，半觉大是高兴。可不到一个星期的工夫，灵菲又不见了踪影，半觉欲向巍子询问，巍子却始终关机，好不容易寻到了神将，神将只是摇头，死活不说。

“女人善变！”半觉心下失落，暗自不满。

过了两日，灵菲又蹦蹦跳跳地来到半觉跟前，这回半觉上下打量，看不出灵菲有何损伤，只觉得灵菲欠缺长性，还没开口，这妮子便撒赖，让巍子给半觉搬来一大堆烟酒零食等物。半觉不好在巍子等人面前堕了灵菲威信，又怕灵菲外出是另有要事，憋了整日的怪责硬生生地吞回肚里。

巍子放下礼物，转身便走，半觉要留巍子晚饭，巍子似要答应，忽而变了卦，无论如何也要离开。半觉自认与巍子交情甚笃，不该如此客气，心下生疑，又觉得背后有些动静，猛地转头。灵菲向巍子打眼色，未及收回，被半觉盯个正着，满脸通红，转身下厨做菜，边捣腾冰箱里的食材，边骂半觉不会生活，要多吃青菜水果云云。

“娘的，这几天憋死我了，约了个妹子，走先！”巍子随口扯了个由头，拔腿便跑。

“这两日去哪儿了？”半觉将语气调到温柔档位，轻声细语。

“生意来了，赚笔钱呗。”灵菲只顾切菜，头也不回。

“财迷呢，大考将临，时间紧迫。”

“我有分寸，给我拿俩大碗来。”灵菲满不在乎地回应。

半觉心下清楚，这是懈怠的前兆，不禁忧心忡忡，一顿饭吃得甚是沉默。灵菲也寡言少语，饭后洗了碗筷，便软在沙发上，看着电视发呆。

“不可如此，必须将惰性扼杀在摇篮里！”半觉痛下决心，虎躯一振，拍案而起，要去跟灵菲认真谈谈。

才走到客厅，不及开口，门铃响起，灵菲软软地起身，开了门。

“姐姐！我想死你了！”一声女孩儿的撒娇，倒是甚出半觉意料，没想到一时有些手足无措，不知是上前相迎还是入房回避。

“你回来了？饿不饿？”灵菲将妹妹迎进来，只是嘴角微笑，却不见那姐妹间久别重逢的惊喜之态。

“这是我妹妹，灵芸。”灵菲向呆立当场的半觉介绍。

“呀！姐！你啥时找男人了？”灵芸大呼，惊讶莫名。

半觉这才看明白灵芸相貌，一头红色短发，梳得精神、跳脱，身段玲珑浮凸，说雪肤花貌是毫不夸张，与灵菲有几分相似，虽少了灵菲那英姿飒爽的硬气，也是漂亮非凡。想想鬼爷相貌平平，怎地有这般好血统？

“死丫头，瞎说，这是我师父！”灵菲对着灵芸的翘臀轻轻抽了一巴掌。

“我才不信呢！嗯……完全不帅，好在五官端正，眼睛有神，准了！”灵芸挥挥手，灵菲这时却没理会妹妹的调侃，入了厨房，给妹妹煮面。

“你们姐妹多时不见了，好好聊，我回房了。”半觉不欲多生事端，转身回屋。

“姐姐原来好这口，老气横秋的。”灵芸见半觉紧闭房门，口中嘟哝。

半觉睡眠一向迅速深沉，雷打不动，当夜却被姐妹二人争吵声惊醒。半觉清楚，别人家事须避嫌，可又禁不住好奇，蹑手蹑脚地伏在门上细听。

“别以为我不知道，你一年近千万进项，跟你拿一百万都舍不得！还说供我读大学！骗鬼子哪！”灵芸尖声叫到。

“我不相信一个学期要花费这么大。”灵菲虽是尽力压住怒火，可听这冷若冰霜的语气，怕是随时要爆发。

“我学舞蹈，要买衣服！要化妆！要交际！要找老师上课！还有跟同学去国外整容！这些要是跟不上，我这辈子就毁了！”灵芸依旧理直气壮，声线高亢。

“读不下去就回来，我养你。”打火机响起悦耳的开启声，灵菲似是点了支烟。

“姐！你送我去了好大学，让我见了天外天，现在又让我回家，你是要坑死我吗？”

“只有四十万，不高兴别拿。”半觉听到茶几响，想必是灵菲将现金甩在桌上。

“行，我明白了，钱都给野男人了吧？啊！”灵芸步步紧逼，咬牙切齿地质问。

一声响亮的耳光，伴随着家具碰撞、物品散落之声，在静谧的凌晨显得格外惊心。

“我×你大爷，你居然吸毒啊！这些钱是老娘拿命换的！老娘就算是养男人，也轮不到你多话！你再敢瞎三话四，老娘撕烂你的嘴！要是给我抓到你吸毒、卖淫，我亲手送你下去见祖先！”灵菲本是巾帼英雄，杀伐决断，一旦发作，莫说灵芸，房中半觉都头皮发麻。

只闻厅中抽泣之声。灵芸不敢哭出声来，只紧紧捂嘴憋住，半觉暗自叫苦，灵芸这孩子不懂事，怕是要对自己恨之入骨了。

“喂，到法师那儿拿二十万现金，送我家来。”灵菲打了电话，不多时，门铃响起。

“大姐，有事么？”来人进门便问，半觉听出是巍子的声音。

灵菲只道无事，让巍子离开，回到客厅沙发坐下，一阵沉默。

“疼么？”灵菲温和地说，问妹妹，却没有回应。

“姐对不住你，这有六十万，化妆品用好点儿，不伤身，衣服鞋子挑精点儿，能应景儿替换就行，这些东西不能吃不能喝，差不多就是了，注意营养和学习，生活……你去哪？”灵菲话还没说完，大门砰的一声砸上，灵芸拿上钱，头也不回地离开了。

半觉听了半晌，心里难受至极，正思索间，忽闻脚步声近，几步贴地连趟，悄无声息地窜到床前，按着席梦思床垫，轻手轻脚地趴回去，卷了毯子，微张嘴，阻着气，装出呼噜声响。

“师父，师父？”灵菲轻轻叩门，低声娇唤，半觉不敢答应，只听得一声叹息，哀怨难言。过得片刻门锁轻响，灵菲竟开门进来，半觉大是紧张，只得控住气息，维持着呼噜稳当。适才上床匆忙，没来得及将姿势摆自然，保持久了甚是难受，却不敢动弹，只得埋头苦睡。

忽然，嘎的一响，床沿塌下，灵菲竟要爬上床来，半觉慌得四脖子汗流，正要翻身起来，灵菲却停了动作没再逼近，半觉细细感受，灵菲只是两手撑在床边。

半觉刚松口气，却感耳朵发痒，竟是呼吸相闻，痒比痛难耐，如此亲近更是受不住。刚要起身自首，一滴眼泪吧嗒落在半觉鼻翼，假呼噜吸气狠，泪珠一下吸进鼻孔，痒得涕泪齐流，叫苦不迭。

"睡着了么?"灵菲轻声细语，伸手搭在半觉膀子上，微微摇晃，可装睡的人哪里叫得醒，灵菲幽幽叹气，退了出去，将门掩上。

半觉听脚步声渐远，立马稀里哗啦地在脸上乱搓，鼻涕眼泪抹了一脸，又猛挠一阵，方才止了痒。呼吸方定，便闻厅中恸哭失声，摧心剖肝，半觉心疼得厉害，一时下床，一时上床，纠结不已。

终是降不住心猿意马，半觉轻轻开了门，生怕风吹门关，露了动静，随手抓了件衣服塞在门角，悄悄摸摸地潜至楼下客厅，躲在墙后。灵菲哭累了，抽泣之声渐歇，呼吸平缓，在沙发上睡着了。虽是入夏，夜中仍旧有些寒凉，半觉上楼取来毛毯，摸回客厅，悄悄给灵菲盖上，随即转身回房。背后忽然异响大作，没来得及回头，已被暴起偷袭的灵菲从后往前勒住脖子，几欲窒息。

灵菲左臂从半觉背后成V字勒住颈项，右臂横于半觉后脑，左手从下往上扣住自己右臂肘关节，右手同时将半觉脑袋使劲向前推。

"血绞……"半觉不知灵菲要干吗，只知这手绞杀技卡住了自己颈动脉，阻止了血液向脑部流动，再过得几秒便要休克，赶忙思量如何拆解，却被灵菲一脚踩在膝盖窝上，翻倒在地。

半觉正要发问，灵菲竟翻身骑在半觉身上，双掌左右开弓，一通乱打，半觉不知灵菲为何如此，只得紧紧地抱头挨揍。

"装睡！让你装！就你会装么!"灵菲嫌打着不过瘾，一口咬在半觉小臂上。

半觉并未因剧痛而叫出声来，反倒豁然开朗，身体里的某些地方瞬间松懈，那一直紧缚的心，忽然开阔——当下与自己纠缠挣扎的，不再是"徒弟"或"武人"，半觉感受到灵菲的虎牙，如蛇一般，将毒素注入自己身体，那是作为"女人"所特有的怨毒。

"凭什么呀……"灵菲今夜的泪水定量已然耗尽，只有那丝丝的不甘，与二十七岁的流年一般悠长。

半觉伸手搂住了伏在自己身上的灵菲，轻拍着姑娘的脊背以示安慰。半觉的手厚实柔软，节奏稳定深沉，没有丝毫焦急。当听着灵菲呼吸渐缓，半觉调整了一下嘴唇朝向，在灵菲额角上轻吻了一下。

灵菲神经质般弹起来，两腿突然使劲夹紧半觉两肋，双手按住半觉手腕，细细盯着满脸莫名其妙的男人，眉眼带笑。

呼的一巴掌，在半觉脸上扇得嘎嘣脆。

“妈×！”灵菲骂着，起身到酒柜取了瓶西凤酒，仰头便灌，整瓶下肚，回房睡觉。

次日，半觉想弄明白灵菲的心思。

“昨晚你……”

“我喝多了，什么也记不住了，以后我再不这么喝了。”灵菲摇头，充满歉意地向半觉微笑。

“嗯，我们练功去吧。”半觉看着灵菲手中把玩的快刀，毫不犹豫地闭了嘴。

院子里有一方形水泥台，台面儿约莫尺半见方，灵菲立于其上，将所会之拳法尽数演练，因地盘极小，脚下步法走转腾挪，摆步、扣步之间，须竭尽全力；腾挪之时，如踏钢丝而临深渊，久练此法，跟人于方寸之间争胜，可大占上风，名为“踏桥转”。

灵菲动作极慢，筋骨节节贯穿，一丝不苟，练得入神了，两个时辰转眼便过，抬头望见那边厢练功的半觉，仔细瞧瞧，不禁满腹狐疑。

半觉在练棍，乍一看，步法多变，走棍圆融，多瞅几眼，却简单至极，来去不外乎劈、扫、压、挑、戳，五种基础手法，反复组合，与军中拼刺刀相似。

“你……要学么？”半觉见灵菲眼睁睁看着，不知其心中所想，开口问道。

“这是啥棍？”

“都是基础棍法，你看这是劈棍、这是扫击……只要组合恰当，很好用的。”

灵菲想着自己要跟人玩命了，半觉还拿这些粗浅玩意儿敷衍，不禁无明火起，劈手将棍抢过，朝半觉乱打，半觉不知何处得罪了灵菲，只抱头苦挨。

灵菲打得手顺，一时没收住，忽然觉得自己很过分，心里泛起内疚，丢了棍，规规矩矩地坐在一旁。

半觉起身，拍拍身上尘土，又用衣袖在脸上抹把汗，弄得灰头土脸，像个脏兮兮的小孩儿，也不与灵菲计较，捡起木棍，自顾自地又练起来。

灵菲心中不安，哎哎唤了两声，半觉却是不应。灵菲怕师父当真生气，眼珠乌溜溜地转，想办法勾他说话，想起半觉要求自己戒烟，看见自己抽烟便伸手抢，忙回房拿了烟和火，跑回院子里点了，“呲”的一声，深深吸着。半觉仍旧视而不见，恍若物我两忘。

灵菲惴惴不安，正不知所措，忽然想起已近午时，书上说男人的胃连着心，吃得好了，心就舒坦，便问半觉中午想吃什么，可这冤家就是不说话，急死个人。

“海鲜好么？红烧肉？卤牛肉？手撕鸡？火锅？……要不我给你煮面？烙饼好么？包饺子？还是想清淡些，吃素？”灵菲搜肠刮肚，说尽了自己厨下本领，可半觉就是老僧入定般，不言不语。

“别生气了好么？”灵菲说着，上前扯半觉衣袖，此时半觉虽然挥棍缓慢，却浑身攒着劲儿，眼看衣袖要被抓住，微微一让，灵菲却抓了个空。

“你敢不理我！我数三声！一！二！二点五！三！你完了！你完了！”灵菲见柔的不行，便来硬的，半觉仍旧威武不屈，不理不睬。

“对不住，我太着急了，过些天那八个老家伙就要来了……带头的是郑爷爷，他的孙子以前总是缠着我，说要是有天打赢我了，就要我给他做老婆，爷爷竟然答应了……”灵菲说着，湿了眼眶。

“他练什么的？”半觉猛然抬头问道。

“你别理我！”灵菲鼻子一酸，眼泪竟开了闸般，哗哗的。

“好了好了，说说，他练的啥？”半觉揽过灵菲肩膀，轻拍背门。

半觉忽然想起件事儿来，当初自己想要将灵菲推荐给师父，本是好事，她却大发脾气，当时甚是不解。这些日子，俩人经历了许多事，相较之下，灵菲对他人可谓刚烈凶暴，对自己却时常温柔有加。若是她拜通玄道人为师，便与自己师兄妹相称，难免争强好胜，而师徒名分不光断不了情丝，反倒还了她作为女儿家的本来面目……半觉摇摇头，这想法甚是荒唐，不愿再往下求索。

灵菲说起那郑家小子嫌弃爷爷的八卦掌，说是内家拳太废神，打法学不来，从没好好练，只爱直来直去，抡拳头硬打。郑老头骂过揍过，孙子仍不开窍，越骂越犟，越打越傻，无奈之下，只得为其寻了一位翻子拳名师。没曾想，这郑家小子练起翻子拳，倒是如鱼得水，不过三年，已得翻子拳中脆、快、沉、重之精要，双臂硬功之强，更是青出于蓝，颇得其师赞赏，老郑唏嘘不已，也不知是人选拳，还是拳选人。

半觉抹干汗水，摸摸灵菲脸蛋儿，便回房开了电脑，请熟识的拳师或发来视频资料、或向翻子拳好手诚心询问，独自静思，房中偶尔传出踏步或碰撞击打之声。灵菲生就七窍玲珑心，自然不再纠缠，只安静准备晚饭。

凌晨时分，半觉起床，沐浴穿衣，在院子里练起了翻子拳的基本功和"八闪翻"，时而停下，冥思苦想，调动自己一切武术知识，将翻子拳的要点吃透，直到深夜方休，拖着疲惫的身子回房，也不洗澡，躺下不到三息，便鼾声大作。

灵菲见半觉没关门，便近前察看，见半觉大汗淋漓地摆个大字，仨月没理的头发，被汗沾得一缕缕的，乱似鸟巢，犹自熟睡。灵菲怕他生病，轻手轻脚地打来热水，沾湿毛巾，在自己身上试了温度，又拧了一把，从额头擦拭，又解了他的上衣，把身上细细抹了一遍，再拧一把，却傻站着犹豫，不知下身咋办。待要挽起裤脚，可半觉小腿太粗，挽不上去，不禁心情烦躁，将水端走，又放不下心，转回头来放下，横下心来，搓了两把毛巾，轻轻提起半觉裤带，伸手进去，轻轻擦拭双腿，不过一支烟工夫，弄得自己满头大汗。

"老娘伺候人，凭什么还悄悄摸摸的！"灵菲放开手脚，利落把事儿干完。始终不见半觉醒来，灵菲回房后却整夜翻来覆去，烦躁难言，只得开了灯，躺床上抽烟。

往后三日，半觉依旧默默不语，放下了自己原本的一切拳法，无数遍地重复练习翻子拳。直到第四日，半觉请灵菲为自己买了往返机票，前往山西。

不过两日，半觉又回到灵菲住处，放下行李，径直走进厨房找吃的，却见碗筷未洗，便撸起袖子干活。厨房的动静吵醒了午睡的灵菲，出来看时，见半觉鼻青脸肿，赶忙去拿药箱。

"过来。"半觉轻声说着，灵菲分明在他那浮肿的脸颊上瞧见一丝笑意。

"干吗？"灵菲怀疑半觉又要使坏。

"给你讲手功夫。"半觉正色言语，可眼睛上熊猫般的瘀青，却引得灵菲扑哧笑出声来，上前挽起半觉手臂，笑盈盈地等半觉讲话。

"我回了师门，求师父找来些不同流派的拳师，陪我做实战练习，抛开我的本家拳法不用，只用翻子拳，打得十分艰难，所幸已将打法熟悉。"

"你……"

"我心里有数了，可以教你如何应对郑家小兄弟。"半觉没让灵菲继续说下去，肿脸严肃，拿过一瓶洗涤剂，在盘子上倒了两滴，将瓷盘洗得光洁如新。

“拳打一气相连，听过吗？”半觉道出一句拳诀，灵菲亦进入状态，思考了一会儿，摇摇头。

半觉递过一个洗好的碟子，让灵菲用手擦拭，姑娘柔软的肌肤与光洁的碟面搓出刺耳的摩擦声。

“这就是拳打一气相连。”半觉无奈地笑笑，充满期待地看着灵菲，事实上他希望能把这件事情说得更简洁明了，可是想不出更好的比喻，剩下的只能寄望于灵菲的智慧与修为。

灵菲伸手，在半觉臂上用劲擦拭、推攘，又靠近些，换成手臂，蹭住半觉，摸索半觉身体重心所在。半觉突然跨步，肘膝齐上，暴起强攻，灵菲心头一惊，双手朝半觉身子自下往上一搓，半觉凶猛的突袭竟然溃不成军，脚下打个踉跄，退开两步方才站稳。

“对头，就是这个。”半觉笑笑，将灵菲拉到客厅。

“拳打一气相连，是贴身靠打控制对手的法门，可是如何能制造出近战的局面，却是实战中的实际问题。我本家心意拳里有句很有名的拳诀，武人皆知，叫‘打法须要先上身’，你应当听过，可是能明了其中意思么？”半觉提问道。

“听过，也曾查阅资料、找人询问，却是各说各理，不得要领，没有能够使我豁然开朗的答案。”灵菲皱眉，对传统武术中那些难以理解的口传心法深感无奈。

“或许人有不同的性格、经历，导致答案不一样。可是在我门下，如今有了一个人人可用的解释。”半觉说着，忽然含胸拔背，脚下连闪，如猛兽扑食般欺近灵菲。多年苦练的武人，面对此等动静，敢有不应？灵菲汗毛乍起，双手抱头，肘尖向半觉直闯，却撞了个空。只见半觉一手搭在灵菲左臂，一手搭于灵菲右肩，双臂也不用力，如湿了水的破抹布似的，使得灵菲出手受阻，十分难缠，方要退后逃开。半觉脚下着忙，如怨鬼上身般跟进，还没用力，灵菲便被推得仰头便倒，幸亏半觉一把搂住。

“看，就是这么个动作。”半觉让灵菲站好，再次将两爪搭在灵菲身上，双臂沉坠柔顺，指尖微微扣住，如爪似钩，指力将发未发，犹如狮虎猛兽扑杀牛马之状。

“下面就全靠你的攒劲功夫与短打、贴靠、扑跌之类的技术，而这‘打法须要先上身’，只是为你在比武中争取上风，就像下棋得了个先手。”半觉讲完，见灵菲沉思，便坐在一旁，默默等待。

“陪我练练。”灵菲叫上半觉，来到院子，半觉也不多说，拉开翻子拳起手“旗鼓式”，与灵菲斗起来。

夕阳西下，师徒二人坐于台阶上，喘息不止，半觉连呼肚饿，连连催促灵菲出门买菜。灵菲更是疲惫，任半觉如何呼唤，也不起身。

“快些，这般懒惰，以后嫁不出去！”一向好脾气的半觉，竟然有些生气。

“冰箱有士力架。”

“那东西如何能做正餐？快些，买菜去。”

“有手有脚的，自己出门吃。”灵菲说话都嫌费力，随口嘟哝。

“我虽然看不见，但是，我现在就算不看镜子，也知道自己没法出门了。”半觉随手抹一把脸，脸上多处火辣疼痛，再把手伸到灵菲面前，掌中竟有斑斑血迹。这灵菲与半觉对练之时，竟然还带上了女儿家独有的打架绝技，每当半觉攻势凶猛，无可抵挡之时，伸爪便挠，将半觉的脸抠得阡陌纵横。

“没……没事儿……越来越帅了。”

“这般抓人除了害我出不了门之外，对敌有任何意义吗！”半觉为了不打击灵菲的练习热情，忍受着魔爪肆虐，憋了整日，恼怒不已。

“不凶、不狠，慑不住人。”灵菲那因困倦而涣散的眼神突然聚焦，凶光毕露，抿住嘴唇，咬出这一句话。

半觉眉心深皱，沉思片刻，却又喜上心头——一直以来，总觉灵菲的观念，走了邪道旁门，却不知根源何在，难以教诲，而今，契机来临。半觉仿似有了气力，顾不得自己面目骇人，回屋换了干净衣服，出门购买食材。

灵菲经过沐浴修整，恢复了许多，而这一日练习，打法上大有进步，心情愉悦，饭桌上说个不停，而半觉却是微笑不语，不知所思何事。

饭后，半觉找来茶壶茶杯，斟上茶水，与灵菲坐于厅中，灵菲点烟，半觉也不阻止，反倒自己也点了一支陪着。

“你一直对我很好。”半觉说。

“怎么？你要以身相许？这样似乎是我比较吃亏。”灵菲狡猾地笑着。

“瞎说，想跟你聊些事儿……这茶好。”半觉腼腆，连饮三杯，以掩羞臊。

“据我所观，你对待别人，并不像对待我这般，是被我慑住了么?”半觉头也不抬，笨手笨脚地泡着茶。

灵菲正要笑骂半觉不害臊，可半觉的语气却十分庄重，似乎所言并非是男女情事或日常调笑，遂闭了嘴，静静听着。

“你觉得我自卑吗?”半觉缩在沙发里，低头而局促，可在灵菲眼中，半觉却毫无卑微猥琐之态。

“是，你常常不敢大声地说出你的看法。”灵菲在许多时候，确是感到半觉的自卑，可是搜肠刮肚，也只能说出这么个不算是错的答案。

“你这般厉害的人物，如何就被我这自卑者给唬住了?”半觉抬头望着灵菲，诚恳而深邃，灵菲瞠目结舌，愣在当场。

“我每当遇见某方面比自己强的人，都会不自觉地感到自身的卑微，并努力向此人学习，原本我并不知晓这样是好是坏，只不过自己的本领确是时常见长，我也就得过且过。后来，我的一位老师教我，这叫‘虚己’，极度的虚己，则是道家人所言之‘虚怀若谷’。”半觉笑着摇摇头，甚是玩味。

“于是在拼命的学习中，我掌握了更多知识，经过修行，将历来所知所识融会贯通，明了其中的规律，这便是所谓的智慧……《三国演义》中，关云长有言:‘吾观颜良，如插标卖首尔!’这便是掌控了武技与周遭大势中的一切变化，从而生出的自信，可以一己之力，震慑千军。”半觉说到此处，停了半晌，留待灵菲思考。

“你自卑，也自傲，竟然自比武圣。”灵菲口中调侃，双目却泛起明悟的光亮。

“我没这意思，作为武人，关帝爷的功业，做梦都想学上这么一遭。”半觉微笑道，继续说着。

“那么如何震慑他人，这其中的理路，我今日便给你说清吧。”半觉熄了烟，起身坐正，灵菲不敢怠慢，为半觉斟茶，细心静听。

“古代百姓见官就跪，还有所谓的虎将，虎将有虎威;皇帝君临天下的气势更是能逼得常人腿脚哆嗦，不由自主地下跪;孔子也曾说老子犹龙，渊深莫测，这都是震慑之力。只是这些事情只可意会，难以言表。我曾在三师弟的真武书院中见过一位奇人，他说人有一阶、二阶、三阶逻辑，我就以此法，将人分三等。

秉承一阶逻辑的人，脑子里所思所想，全是人的基础欲望，想吃、想喝、想要钱、想玩乐、想女人，除此之外，再无其他。这等人只有眼前苟且，不会被他人的精神所震慑，只会臣服于他人所拥有的‘势’，如金钱、权势、拳脚等，这是一种接近于动物本能的自然状态；而当一个人执着于某一方面，穷究于术，他们便在基础欲望之外，有了更高的追求，这类人的思维，可称为二阶逻辑；而当一人横贯诸多学科，融会贯通之后，举一反三，推断、参悟出了各种事物的理路，将这些规律尽数掌握，便可踏入三阶逻辑。第一、第二阶逻辑者的一切思维，尽在三阶逻辑者的所知、所识中。在东方人的心目中，这类贤者可说是‘得道’。我说的这些，你能明白么?”半觉眼中满怀期待，生怕灵菲听不明白，只待她稍有疑惑，便要再花大功夫详细解释。

可灵菲却感到半觉神色逼人，心下微感惶恐，生怕被他一言贬为下等之人，闭目咬牙，回想数次，终于将半觉所言之事彻底消化，松了口气。

“当与一阶逻辑者相对峙，能做的就是直接击垮，技术降伏，他在没有见识你实际所拥有的一切之前，并不会去思考你是否比他更强，或者就算清楚你比他更强，也会被其负面感情所引导。而与二阶甚至三阶逻辑发生冲突，不战而屈人之兵的震慑力，在一阶逻辑者身上作用不大。而两个二阶逻辑者对峙，会权衡‘战与不战’，兵法中说‘走为上策’，就是战与不战的问题。二阶逻辑者明白，当双方相差不多，那就是杀敌一万、自损八千的战斗，要想赢，便要再看天时、地利、人和。当然，天地人三者，也属于‘势’的范畴。而震慑力最有效的情况，体现在三阶逻辑者对二阶逻辑者的诛心之中。二阶逻辑者清楚，三阶逻辑者所掌握的智慧，包括了自己所掌握的一切，而三阶逻辑者所呈现的竟是自己从未认知、也无法理解的状态，从而产生恐惧，这时候，才会受到真正的震慑。要是比凶，比狠，一阶逻辑者从外表看上去怕是比你我更凶更狠……我一直尽力教你武艺，可是不知为何，我觉得像我今天所说的这些，才是我所能给你最珍贵的东西。”半觉说完，只低下头，默默喝茶，再没说话。

此时，半觉无比熨帖，这般跟女人说话，还是首次。信得过，听得懂——人活得越长，越发感到这六个字来之不易。

思索间，灵菲烟不离手，努力将这些奥妙之理尽数消化，而半觉静默的时间太长，倒在沙发上睡着了。

灵菲想明一切时，已是后半夜，她静静地盯着眼前这个相貌平平，看似笨拙落寞，鼾声如雷的男人，竟像是世间珍宝。

“十年苦练，不如明师一点。”灵菲微笑着自言自语，取来毯子给他小心盖上，仔细看了半晌，确定半觉没有装睡，凑近了脸，对半觉嘴唇轻轻吻下，这回，半觉真的睡着了。

之后的日子，除生意上的重要决策，灵菲推掉了一切应酬，与半觉一起刻苦练习、钻研武技，感情日益亲近，时有耳鬓厮磨之情。二人却拥有年轻人犹为缺乏的自制力，并未放纵自己的情欲。

一日，巍子等人驱车运来些日常用品、烟酒、被褥之类，说是鬼爷吩咐，用以招待即将到来，为灵菲主持大考的八位高手。灵菲心中不快，让巍子将烟酒留下，其余运走，并嘱咐巍子在附近的酒店订八个最好的房间。

“大老远来不容易，安排住家里，让人笑话咱舍不得花钱。”灵菲说。

“大姐，我知道怎么跟鬼爷回话。”巍子笑笑，却见灵菲目露寒光，知道自己耍了聪明，随即收了笑脸，低头干活儿。

正逢农历七月十五，路边焚烧冥纸的幽幽鬼火，漫天飞舞的灰烬，送来了赫舍里家的第一位高手。此人姓温，年过五十，高瘦身子，白净冷漠，若头上戴一高帽，上书“一见发财”，怕是与那索命无常相似。

“温伯，这是我新拜的师父，陈半觉。”灵菲介绍道。

“鬼爷可好？”那温姓高手，头不动身不转，只眼珠斜向半觉，瞧了一眼，便向灵菲正色问道。

“爷爷近来身体欠佳，不能亲自前来，让我代他向您告罪，吩咐我好好招待你们。”灵菲向温伯致歉，就连她自己也不明白，前几日为何鬼爷忽然决定不见这些老哥们儿，而让自己与家中门人全程接待。

“哦，客气。”温伯眉头微皱，不再言语，大步前行。

尔后三日，众高手陆续到来，每每看见半觉，态度皆冷若冰霜，颇有排外戒备之意。

最后来到的，乃是灵菲口中那郑家祖孙二人。郑爷上下打量半觉良久，不置一词，那郑家后生，每见灵菲与半觉说话、走近，便眯眼注视，躁动不安。九人到齐，接风宴席上，郑爷竟问起半觉的来路、底细。

“你哪儿人啊？”

“我家在南方，鹊山城。”

“哦，从事什么工作？”

“经营一间小书店，做稻粱谋。”

“读过大学么？”

“我……考上了，可是因某些原因，中途辍学。”

“哦！可惜啦！我这孙子，今年刚拿到硕士学位，我打算让他读博，年轻人嘛，要有上进心。”

“说得是。”半觉低头应道。

“师承哪一派啊？”

“五行通背与戴家心意。”

“尊师何人？”

“通背师承袁辰阳，心意师承通玄道人。”

“没听过啊，这武术啊，得是正门真出才……”

“各位长辈，大家旅途劳顿，先喝口酒解解乏，我先干为敬！”灵菲打断了郑爷说话，举杯敬酒。那郑爷眼睛眯缝，颇不痛快，可随即换了张脸，大笑举杯，豪迈爽朗。众人觥筹交错，吃喝尽兴，只是那郑家后生时常斜眼窥视半觉动静，又见半觉却不在意，无人敬酒也是乐得清闲，只管埋头猛吃。

杯盘狼藉，酒宴阑珊，众高手尽兴，正要散去，那郑家后生见半觉与灵菲同路，赶紧将灵菲扯到一旁。

“妹子啊，你这师父……住哪儿？”

“我家啊！”

“你……怎能如此！虽有师徒名分，可他也年纪不大……这人心难测，你要小心才行！”

“败家玩意儿，你们九个套间，一天花老娘八千多块，他在这待得长，难不成也住酒店？你当老娘的血汗钱是大风刮来的么？”灵菲骂道。

“不是这个意思……”

“一边儿凉快去！”

"我是说……"

"咋？你想提前开打？"灵菲面色一寒，那郑家后生随即噤声。

"灵菲，你知道，我是为你……"郑家后生凑近，低声解释。

"好狗不挡路！"灵菲气头上，凤目威凛，郑家后生不敢阻挡，只得让道。

灵菲与众高手别过，便与半觉双双离去。双方相离不足五十步，半觉便开始轻声赞叹，八位高手身形举动皆显本领不凡，能得八人指点，乃天大福分云云。

"师父，对不起。"

"你那郑爷，一眼就知道功夫大，胯也松活，你说，那郑家后生要是也学得他的本事，可不易……"

"对不起，对不起！"灵菲急了，使劲儿拉扯半觉衣袖。

"嗨……早习惯了，年少冲动，误了前程，终归得为自己犯的错埋单，公平得很。得意时笑别人，失意时被人笑，这天底下谁不是这么活着？我要在意这个，早该跳楼了，你莫要多想。"半觉挥挥手，轻松笑着，反倒告诫灵菲，比武在即，不可杂念丛生，二人回到家中，照常对打练功不提。

而高手们下榻的酒店房间中，却是凄风惨雨，郑家后生正向爷爷及各位长辈吐苦水、诉衷肠。

"怎么可能是师徒？这是哪儿冒出来的小畜生啊！爷爷，她不是说那是她师父嘛，我就说要向她师父请教拳脚，把他直接打废得了！"郑家后生嫉火燎原，直气得手脚发抖。

"不见得，看那小子身形举止，功夫不会差。"郑爷抽着烟，皱眉琢磨。

"对了！他不是灵菲师父吗？各位伯伯就算出手，也不算以大欺小，对么？"郑家后生转头向其他七人求助，七人撇撇嘴，直翻白眼儿。

"胡闹，咱都什么年纪，他什么年纪，人要脸树要皮！"郑爷骂道。

"可是我爱灵菲，我不能没有她，怎能容忍这么个男人……"郑家后生还没说完，郑爷起身便一大耳刮子呼过去，将孙子抽翻在地，郑家后生晕了半晌，慢慢爬起，不敢作声。

"你再这般丢人现眼，爷爷打断你的腿！你就跟那小蹄子约定后天清晨比试，咱明日给你喂一天手，你现在要是降不住她，就算娶回去也休想安生！"郑爷火冒三丈,众高手在一旁或抽烟,或饮茶,或低头发呆,全作不知。

商量罢,众高手各自回房,郑爷却叫孙子留下。

“文昊,既然打定了主意要娶她,就给我安心备战,别以为我不知道,也别提什么真爱,这几年你换了几次女朋友了?”郑爷冷笑道。

“爷爷,不一样,我爱她。”郑文昊正色回应。

“你要是身子躁得慌,先找个女人解决一下?”郑爷满脸关怀地望着孙子。

“爷爷,你不懂。”

“滚!”

十二　爱是成全

比武定亲的日子，岂能怠慢，郑爷起了个大早，将郑文昊叫醒，见孙子看上去睡眠充足，并未因男女之情而影响状态，郑爷十分高兴。

一行九人，依照事先约定的时间，来到灵菲家中练武房。郑爷见灵菲面色红润，汗流浃背，举手投足格外自如，却呼吸稳定，不见疲惫之相，显然是经过激烈的练习和适当的休整，身体已进入了兴奋状态，却无损体力。

郑爷戒心大增，多看了半觉几眼，这其貌不扬的年轻武人，依旧像个小媳妇般站在墙角，直愣愣地看着灵菲，并无丝毫气场可言。

灵菲走到场中正要开战，郑爷却止住二人，让孙子好好活动、热身，灵菲正要抱怨，半觉却拍拍灵菲肩膀，打个眼色，示意灵菲仔细看着。

练武人常年练习特有的武技，举手投足皆有这门武技中挥之不去的烙印，看其行拳走势的特征，便可将其功夫程度揣测得八九不离十。

郑文昊有心卖弄本事，将一趟"燕青翻子"打得精神抖擞，半觉见此人心智尚浅，拳脚有失老辣，嘴角微露笑意。

"妹子，咱是练武人，切磋较技，实属平常，得罪了。"郑文昊行个抱拳礼，斜身拗步，拉开架势。

"好说。"灵菲也摆出起手架势，不断地变换两脚重心，忽左忽右，鬼魅般走向郑文昊。

"这是什么?"郑爷心头一紧，莫名地担忧起来。

"抢攻!"郑爷一声轻喝，那郑文昊上前便是一手"龙虎争拳朝天炮"，右掌削出探路，左拳随即照面崩出，右拳再捅向灵菲胸腹，势大力沉，疾如鞭炮连炸，目不暇接。

灵菲退得一步，两脚前后站开，重心后七前三，始终用前脚尖指住郑文昊前脚，若即若离地游斗，郑文昊尽力伸展手臂，灵菲只微微后仰，便可堪堪避过。——这是半觉授予灵菲的技巧，能最大限度地保持好距离感，又可“截心截意”，前脚或点、或戳、或踩，控制对手的移动距离，待熟悉对手的打击距离与身体节奏之后，便是激烈反攻之时。

果不其然，几个回合下来，郑文昊挫了锐气，现出犹疑。灵菲看准时机，乘着郑文昊一拳打到尽头，双手如湿了水的毛巾般，搭上了他的双臂，脚下疾走，如影随形般黏上了郑文昊。郑文昊仿佛钻进个锄不断、斫不下、解不开、顿不脱、慢腾腾的千层锦套头。所谓“打法须要先上身”，灵菲终于得手。

太极拳诀有云：“当得机得势。”那郑文昊心中惊异莫名，好在腿脚利索，所谓“离合破沾粘”，迅速向后跃出，欲重整攻势。

而陈半觉自打习练心意六合起，“追风赶月不放松”这句拳中名谚，早已刻骨铭心，自然也交予灵菲。灵菲本就经验丰富，又生得一颗七窍玲珑心，岂能放过这等机会？赶上两步，再次伸手搭向郑文昊，郑文昊初遇怪招，忙提神奋意，认真迎接，忽尔小腿胫骨足三里处，被灵菲一脚踢中，痛彻心扉。郑文昊低头看时，却见灵菲以同样的腿法，再次踢向自己胫骨，赶忙将前脚撤回，另一条腿却再次中招，心中大恐，灵菲见妙招得手，双脚连环踢出，赶得郑文昊满场飞奔，苦不堪言。

这正是半觉教下的妙招——但凡武人打斗，两脚多以前后开立的站姿为主，乘对方注意力集中于上盘，下面阴着出一脚，踢在对方足三里处，让对方吃个痛。再踢之时，对方条件反射，必然撤回前脚躲避，所以自第二脚开始，暗腿踢击便直奔对方后脚而去，连环踢踩，必能惊魂诛心，克敌制胜。

场边郑老爷子见孙子被灵菲踢散了拳架，急似热锅上的蚂蚁，正要出口点招，却见灵菲一捶砸在郑文昊后颈，将其打翻在地。

一众高手赶忙上前查看，或唤名字，或施以急救，乱作一团。亏得郑文昊功底不弱，颈项粗壮，不一会便醒过来，急忙看向灵菲，只见她正与陈半觉拥抱庆祝，正要出言抗议，却见灵菲在半觉面上狠狠亲了一口，登时满腹苦水，有口难言。

灵菲心情畅快，牵了半觉手，正要出去，却被郑爷叫住。

“丫头啊，进步不小，来，我给你俩说说可以改进的地方。”郑爷边扶起孙子边说着，又转头望向半觉道：“我要说些咱家独有的本事，你请自便吧。”

半觉老实，也不多言，拱手行礼，自去客厅休息等候，直至正午，众人才从练功房里出来，郑文昊依旧口香糖似的黏着灵菲。

接下来两三日，老家伙们或与灵菲交手，或给予些许点拨，均让半觉回避，哪怕迎面相逢，亦视而不见。偶尔不得已同桌吃饭，郑爷便对半觉平日收入、过往经历等琐事刨根问底，并阐述社会之残酷，没学历便永无出头之日云云，半觉便含糊其辞，虚心受教。

“我们几个老家伙自己找食，你们年轻人自家交流吧。”这日，众人从练武房中出来，郑爷挥挥手，让孙子将灵菲带走，灵菲却到房中唤半觉一块儿用餐。

灵菲召来巍子等五位门人一同用餐。进了餐馆包间，正要让半觉和巍子于身边就坐，那郑文昊赶紧抢上，步法较当日比武之时更快，坐到灵菲身边。

“啧，你坐那边！师父，你来！”灵菲看着文昊是满脸讨嫌，看半觉却眉开眼笑。

“别调了，都饿了，大家快坐、快坐，随便点，这顿饭我请！”郑文昊赶忙争取主动。

“嗯，坐吧，好些天没见诸位兄弟，我也想跟他们好好喝点儿。”半觉笑笑，自去坐了靠门边儿的上菜位。

巍子察言观色，眼珠滴溜溜地转，遂唤服务员拿来菜谱。

“对，随便喝点儿！也别太贵，这里一、二、三……八个人，先上八瓶茅台吧，哥们儿，你酒量咋样？要不先要七瓶？”巍子向郑文昊询问，关怀备至。

“这……下午灵菲还要练功，喝这么多，恐怕……”郑文昊暗自叫苦，这顿饭没上万块怕是下不得台。

“当然，大姐随意，咱干杯，七瓶吧！”巍子转头便对服务员叫唤，郑文昊面色发青，强作欢颜。

“老巍，我听说东北这儿常喝‘老村长’、‘大泉源’？我想尝尝特色，各位兄弟，让我一让，陪我整几杯？”半觉问道。

巍子一愣，随即微笑点头，待菜上齐，各自胡吃海喝。

半觉酒醒时，已是次日清晨，窗外正淅淅沥沥地下着雨，昨日一场痛饮，醉得不轻，脑袋兀自疼痛，口干舌燥。翻身下床，却感右臂火辣刺痛，脱衣看时，皮肉竟然擦伤了一大片。

“我喝多了不闹事儿啊？”半觉犹疑，细细想来，隐约记得从饭店出来后，有人搀扶自己，却莫名地摔了一跤，之后脑袋嗡嗡作响，记忆就此断片儿。

半觉满屋寻灵菲不见，拨打手机，又是关机状态，此时腹中饥饿难耐，自去煮面来吃，填饱肚子，活动片刻，总算是摆脱了宿醉症状。

练武人只怕光阴易逝，从不嫌弃时间空白无聊，这几日灵菲要向家中高手学习，不在家中亦属寻常，半觉定了心神，便在客厅中操练起心意与通背的基本功来。

傍晚时分，门外传来急促脚步声，半觉听声辨人，心知是灵菲的动静，赶忙开了门，却见灵菲孩子似的扑上来，兴高采烈地搂着半觉。

半觉推开灵菲，上下看看，却是穿了迷彩野战服、战术背心，脚上军靴满是泥泞，不似平日练武装束。

“我为你报仇了，赏我些什么？”灵菲向半觉邀功，却让他摸不着头脑。

“瞎说，我何曾与人结仇，你干啥了？”半觉心中咯噔一下，顿感不妥。

灵菲见半觉不悦，有些委屈，便说起原委——今日一早起床，见小雨连绵，天色阴沉，心中不悦。想起昨天半觉醉后，灵菲上前搀扶，半觉搂着自己的腰，引得郑文昊醋意大发，上前将半觉推翻在地，跌破手臂皮肉。灵菲心疼不已，再加上这几日家中高手对半觉百般冷眼，已是憋了满腹怨恨，遂召集了家中门人，叫上郑文昊一同去玩真人 CS。郑文昊受灵菲邀请，又见半觉不在，自是愉悦，屁颠屁颠跟他们进了山。

正逢雨天，灵菲与巍子等人，均在野战服内穿了雨衣，郑文昊不知，淋成个落汤鸡，浑身发寒，又不好在灵菲面前丢份，只得硬挺。待雨小了，灵菲又将雨衣发给郑文昊，哄他穿在外边儿。雨过天晴，烈日当头，山中水气蒸腾，闷热难当，郑文昊满身湿透又散不出去，竟中暑晕倒。

“现在他人呢？”半觉大急，忙问道。

“扔山里了。”

“你没哄我？”

“没哄你，真扔山里了！”

“要是出了人命，你咋跟郑爷他们交代！”半觉知道灵菲胆大包天，这事儿她干得出来。

“就说被黑瞎子舔了。”灵菲晃晃脑袋，理所当然一般。

“你瞎搞！马上带我进山，把郑文昊找回来！”半觉一把拽起灵菲便走，灵菲来了脾气，使劲儿挣开。

“我都是为了你，你这是什么态度！”灵菲气愤不已，要跟半觉吵架。

“为谁都不行！”

“呵，好，反正我做什么都是错的。”灵菲扯下了扎马尾辫的皮筋，披散长发，低首摇头，轻声冷笑，形容凄美。

女人气笑了，乃人间第一凶兆，半觉无意争吵，只怕夜长梦多，一心要进山救人，赶紧压了胸中火气，端茶递烟，装痴卖傻，温声求恳。

“你这么傻，将来怎么让人放心呢。”灵菲终是熬不过半觉的软刀子，松了口。

“这不有你在嘛。”

“才不理你。”灵菲娇嗔地打了半觉胸口。

此时早已天黑，灵菲准备好进山所需物事，便带半觉一同出发。

车外景象越发黑暗荒僻，又想起那时被巍子等人以“线阵”放倒、绑架，莫名地打了个寒战。

“别担心，我也怕他走丢，或被野兽吃了，所以绑在了大树枝上。”灵菲说。

好容易到了地方，灵菲让半觉戴上夜视仪，持了弩箭，进入林子。二人弯弯绕绕约莫一小时，隐约听见郑文昊嘶哑的求救声，颇为瘆人。

半觉听得哭喊，却是心头一宽，发足奔去，赶紧解救。

“兄弟，受苦啦。”半觉跟灵菲要了短刀，爬上树将郑文昊小心放下，郑文昊见是半觉来救，立刻紧咬牙关，一声不吭。

“倒是硬气。”半觉心下暗叹。

那郑文昊身子虚弱，却是站不起来，半觉将他背上。待下得山来，将郑文昊塞进汽车后座，半觉亦是筋疲力尽，跟郑文昊也无话可说，便在副驾驶座上睡了过去。

到达众高手下榻的酒店时，郑文昊也缓过劲儿来，慢慢下了车，看着睡着的半觉，欲语还休，谢字却是说不出口。

“回吧。”灵菲下了逐客令，郑文昊一改往日的黏糊劲儿，不再多话，下车离去。

次日，灵菲照常跟家中高手们请教武艺，想必郑文昊并未将昨日被灵菲坑害之事告知爷爷，总算有些骨气。

傍晚，灵菲回家，见半觉坐于厅中，脚边放着旅行包，心头一凉。

“你……要去哪？”灵菲坐到半觉身旁，怯生生地问道。

“我在这儿待太久，该回家了。”半觉微笑着，形容略带歉意。

只见灵菲低头不语，半觉额头冒汗，惴惴不安。灵菲取了支烟点上，将脸转向外，背对半觉，也不知是酝酿怒火还是泪眼婆娑。

“我太久没见到爸妈和爷爷奶奶，我的店铺也不知怎样了，该回去……”半觉正要解释，灵菲却从怀里掏出一张卡片塞到半觉怀中。

“这……我不需要，我能养活自己。”半觉慌忙将卡片交还灵菲。

“你嫌钱脏，想跟我划清界限是么？”灵菲眉眼泛煞，目现寒光。

“你拿出手的钱，肯定少不了，话说男人有钱就变坏，手头富裕了，就爱动歪心思，知足长乐地活着，挺好。”

“想动就动吧，我想你过得好点儿。”灵菲轻声说着，闻者伤心。

“不是……没来由地多了这么些钱，我花不安心的。”

“陈半觉，你真心给人送东西时，别人无论如何也不收，你能高兴么？”

“不高兴……可哪有这直接送钱的。”半觉如是说。

“收好，他日我住你家去，你连顿好饭好酒都请不起我，你这老脸挂得住么？”不知为何，灵菲声音发颤，眼看便要哭。

“这都什么年代了，满天飞机，遍地高铁，咱们都是能自主时间的人，想见面还不容易么？”半觉轻拍灵菲脊背。

“嗯，那你收着。”

“嗯，我先收着。”

半觉说还有三小时飞机便要起飞，此地离机场可是不近，灵菲却将半觉拉回房间，让他等等。

灵菲房间的门没关，传出挑选衣物的动静，开的是衣柜中的抽屉，那是灵菲放置睡衣的地方，随即卫生间里水声响起。半觉细听，如坐针毡，激动而焦虑，脑海中不由自主地幻想各种旖旎光景，咬牙皱眉，浑身肌肉绷紧，握紧了拳头，矛盾挣扎。

莫不是今日的离别，点燃了导火索，要将二人深藏心底的那点儿东西引爆么？

“我当如何？”半觉欲知对错，欲知如何降服其心。

《佛说四十二章经》云：财色于人，人之不舍。譬如刀刃有蜜，不足一餐之美；小儿舐之，则有割舌之患。

半觉挥慧剑，斩情丝，起身正要悄悄离去，才走到房间门口，咣当一声，灵菲猛地闯出，如破门抓贼般，吓了半觉一跳。转头看时，灵菲面色红润，鼻息微促，却是将手背在背后，穿了一身休闲服饰，干净整洁，亭亭玉立。

“时候还早，我叫大家一块吃个饭。”灵菲说着，走到衣柜前，迅速将手中轻薄的丝绸睡衣扔进柜门。

这些日子来，半觉与灵菲家的五位门人相交甚笃，临别之际，各自卖弄豪杰之情，开怀痛饮。灵菲心中不快，也是酒到杯干，饭罢，众人要驾车相送，半觉见大家都有饮酒，无论如何也不答应。

“咱都是痛快人，别弄‘执手相看泪眼’那一套，宫本武藏在《独行道》中说过，临别之际亦不悲伤，确是修行之人的风骨，咱方便为先，都回吧！”半觉苦劝良久，众人方才同意，为半觉叫来一辆的士，将他送至机场。

恰逢飞机晚点，半觉却不着急，欲买咖啡醒酒，看星巴克柜台里的点心与饮品甚是诱人，问了价格，心头咯噔一下，踌躇良久，还是到超市买了罐“雀巢”，走到航站楼外的栏杆上迎风皱眉，细细体味着攒了仨月的知识与酸甜苦辣。

“陈兄。”半觉背后丈余远处，传来一声友善的称呼，转头看时，郑文昊讪笑着，抬起手远远地向半觉递来一杯星巴克咖啡。

“你这是……来送我？承情了！”半觉一时间摸不着头脑，只得拱手言谢。

“没来得及谢谢你，听说你要走，我便追来了。”郑文昊见半觉苦笑着接过那杯星巴克，好似松了口气。

“教不严，师之惰，她行事过分，我是有责任的，你莫要记恨才好。”半觉惭愧低头。

"她也不是第一次捉弄我,习惯了。"郑文昊说得真切,二人犹如苦瓜对黄莲,默然不语。没过多久,郑文昊便开始凭栏张望,见机场宽阔,多有冷清无人之地,离检票时间尚远,便向半觉提出,切磋几手功夫,半觉欣然应允。

二人寻了个背阴处,文昊随即拉开架势,半觉却摆手示意稍等,找个干净地方,将背包放下,又从其中拎出件没来得及清洗的衣服慢慢换上,定了心神,撑拔几下肩背,放松身子,缓步落场。

郑文昊再次拉起架势,缓缓挨近半觉,上手便出拳试探,谁知半觉早等着文昊出手,只腰胯一拧,右臂抡出,手掌斫中文昊小臂。文昊如被钢鞭铁锏敲了一般,小臂痛入骨髓,几乎折断,只得抱在怀中忍痛,方知功力差距不只一星半点儿。

毕竟是切磋较技,半觉手下留情,文昊稍事休息,已无大碍。再次动手,谁知文昊前脚抬起,方要进步,那陈半觉猛地大步跨上,双掌如叉似戟,直戳文昊面门,文昊抬手挡架,却被半觉回手挂住双臂,大胯一沉,双手下堕,登时震散了文昊的身架,正是通背拳之"摞带式"。文昊大惊,欲将双臂抬起,重整旗鼓。谁知陈半觉打法精纯至极,竟顺着文昊的力气起身,一脚蹬在文昊胸口,遂成通背拳之"鸡步连环穿心腿",将文昊踹出丈许来远。

半觉打得顺手,全然停不下来,见文昊战欲不息,便施展各种打法,或放长击远,或近身短打,或扑跌放人……把个堂堂武术世家子弟,当枕头一般玩了起来。

约莫过了十分钟,文昊只觉双脚发虚、头晕目眩,哇的呕吐起来,半觉赶忙上前为他轻拍脊背,递上纸巾。

"比武送行,豪情远追古人,我该走啦,常联系。"待文昊缓过劲儿来,半觉拱手行礼,便要离去,却又被文昊扯住。

"不要走!"那郑文昊抹了把眼泪,目光幽怨,将陈半觉惊得肛门夹紧、汗毛倒竖,拔腿要跑。

"你这一走,灵菲死定啦!"文昊大吼。

半觉诧异回头,扯住文昊,要他详细说来。

原来,赫舍里家,早在清朝便分为两支,一支为免朝廷抓捕,改姓为何,入世争名;另一支难离故土,留在了东北,也就是现今的鬼爷、灵菲一脉。分居两地,并未让两家疏远，相反因思乡缘故，情分更厚。为保持家族武运昌隆，两家约定，每代传人，自练武那日开始算起，十五年后，便来一场比武大考，互相查漏补缺、取长补短，这本是极好的。

随着经验、技艺、知识的积累，又逢各种国外武学传入，赫舍里家出了一位不世出的天才，便是灵菲的父亲。他为磨炼技艺，到南方沿海城市参与过许多非职业拳赛，与形形色色的人，在各种场合之下交手比拼，自觉武艺成就，便回家参与比武大考。

离开了宗族教育，少了规矩、武德的制约，灵菲的父亲武功虽高，见识虽广，却戾气奇重，全不知手下留情，将何家老太爷的长孙当场打死，结下不共戴天之仇。何家要灵菲父亲偿命，鬼爷毕竟爱子心切，将儿子逐出家门，使其远走高飞。

鬼爷本与何家老爷子情分极厚，尤胜同胞兄弟，可此等自私行径，却寒了何家人的心。何家人嘴上不说，心底却是恨海滔天，约定十五年后，比武照旧。鬼爷内心羞愧难当，便开始将武术传与孙女灵菲，使其在将来能参与比武大考，为其父还了何家的人命血债。何家人在外开枝散叶，人丁兴旺，赫舍里家的小辈中，便只得灵菲一人，等待着她的大考，并非宗族的认可，而是一场复仇的杀局。

“灵菲知道这些么？”半觉此刻手脚发抖，怒不可遏，强忍无明，咬牙闭眼发问。

半觉本以为，灵菲是个被蒙在鼓里的牺牲品，可文昊却十分肯定地告诉半觉，灵菲知晓一切，并且心甘情愿地准备去赴这场必败死斗——这让半觉更为着急。

“灵菲给我说过，她曾恨过鬼爷的自私，可随着年纪长大，学得多，懂得多，便开始推己及人，理解何家人有多么憎恨鬼爷护短，也渐渐能明白鬼爷心中的苦。鬼爷对灵菲从小便溺爱至极，灵菲也爱护爷爷，她不想让爷爷将来死不瞑目，也不愿将这场孽障传与后人，所以她决定将这些过去的事，了结在自己身上。”

“就没别的办法吗？”半觉眼神呆滞。

“也不是没有，若是灵菲在大考中把何家人通通打翻，也许会有个好结果。”文昊摇头苦笑。

“赢得了么?”

“若是赢得了,我来找你作甚?你功夫深,打法高,这都不是事儿,关键是你会全心全意地教她,陪她走到最后一刻。我爷爷他们也有一身好本事,可我知道他们训练方法有多保守、多落后。而且爷爷肯教灵菲功夫,全因我喜欢她,可灵菲现在心思不在我身上……”文昊说着,渐渐沉默,只是满面苦涩地望着眼前情敌。

“这是法制社会!一走了之,过自己的日子,何家人还能跨省追杀不成!”半觉怒不可遏,放声大吼。

“陈兄,你以为我凭什么爱了灵菲十多年?我是想找个能打会斗的母老虎,还是找个活爹回家伺候?讲情不讲理的婆娘,又长得这么好看,我咋能不爱她?”

半觉感到赫舍里家的整个宗族,都浸染着一股偏执的狂气,便连眼前这个手下败将亦如是。

“生死大事,顾不上面子了,我没这么大本事,只能指望你帮她一把,快决定吧。”文昊说完,半觉醒过神来,摸出登机卡,撕成碎片,挥洒漫天。

十三　古今之争　大小之辩　华夷之防

灵菲家中客厅，摆上了大圆桌，吃得一片狼藉，八位高手正在兴头上，脸红脖子粗，口舌不清地猜拳行令，灵菲躺在沙发上，早已醉倒。

半觉敲门半晌，无人答应，听得里边儿饮酒喧闹，不禁无名火起，咣的撞开大门，老家伙们一惊，全看向门口，一时间鸦雀无声。

“把酒倒他裤……裤裆里！”郑爷冒出个馊主意，带头发恶，抓了瓶酒便向半觉奔去，其余人等立时响应，如猛鬼噬人般，向半觉扑来，老头们身手稳健，哪里像是醉酒之人？

半觉不知是玩笑还是动真格儿的，不禁愣住，失了先机。全都是高手啊，平常哪怕应付其中一人的牵制，都要煞费心思，此时各种精妙老辣的扑跌、擒拿之术，全向身上招呼。双臂双腿，尽数被锁住——有练内家功夫的，力达梢节，劲力透骨；有的练成外门指功，或鹰爪，或虎爪，不一而足；有的双臂绵软如绳，发力成钢，将半觉牢牢锁死，痛彻心肺……同时被八位高手围攻擒拿，能享受这般待遇者当世罕有！正挣扎间，小腹一凉，被人拉开裤带，一瓶酒尽数倒入裤裆。

半觉怒不可遏，见眼前有个脑袋，管不了是谁，猛地一头撞过去，只见这老家伙捂头蹲下，自己亦是头昏眼花。

老家伙们也炸了庙，把半觉按在地上，七手八脚一通乱打，有的使短寸透劲儿，有的松了手臂如皮鞭狠抽，还有的将拳头捏成凤眼锤，专挑半觉软肋捅。半觉动弹不得，闭了口气，鼓住全身筋膜，苦苦硬挨。也不知哪个损贼察觉手感不对，狠狠抠上半觉腰间气门。半觉泄了气，被捶得两眼发黑，几欲昏死，好容易老家伙们尽兴，一哄而散，扬长而去。

“×你娘，一群老棺材瓤子！”半觉擦把泪，强自起身，将背包拾起，摸出师门伤药涂抹痛处。

“兄弟，你……你还好吧？”门口，郑文昊探进来个脑袋，小声问道。

“老子不想看见你，走，快走！”半觉怒发冲冠，文昊赶紧退出，将门掩好。

半觉推过沙发顶住大门，将灵菲背回房中，再回到这些日子住惯的房间里休息，却见床上仰卧着个超大号的泰迪熊，还盖着被子，半觉皱眉，微感鼻酸，摇摇头，将熊放在一旁，脱下被酒、汗浸透的衣裤，自去洗澡。

半觉向来节约，没必要不开灯，过道上正阴暗，突然一道强光照在半觉面上，晃住了双目，接着便听见砰的一声，一张大网将半觉罩住，半觉本能地挣扎，却是越发紧缚。

“挑姑奶奶家下手，上辈子造了多大孽……啊！师父！你回来啦！”灵菲见是半觉，惊喜不已，如捕得个獐子、狍子般，抓起大网便往自己房里拖去。

灵菲也不着急解开大网，将半觉放在地板上，用手指戳戳脸颊，刮刮鼻子，又抱着玩耍，醺醺未醒的娇痴之态，让半觉感到无所适从。

“这是什么呀？”半觉问。

“嘿嘿，射网枪呗，好不容易才买到的！你再跑，我还捉你回来！”灵菲从背后搂着半觉，也不忌这男人大汗淋漓，将脸紧紧贴在他的背上。

“又喝这么多。”半觉轻声责怪。

“早知你回来，我就多喝一斤。”灵菲说。

“文昊跟我说了关于何家的事，那是复仇，不是比武，你不一定要应战的。”半觉说完，感到灵菲紧抱着自己的双臂略微松开，迎来的是持久的沉默。

“你为什么回来？”灵菲声线变得理智而冰冷。

“何家走了旁门，乃武道之毒瘤，是可忍……”半觉没说完，背后便挨了灵菲一捶，劲力中包含着女人特有的愤怒。

“徒弟死战，为师不能袖手……”半觉再说下去，灵菲已经站起身来，对准半觉屁股狠狠飞起一脚。

“我想起还有条裤子没拿……”半觉又说，灵菲一把将半觉翻过身来，出手如电，扣住了半觉咽喉，不断加力，指甲逐渐入肉，面容怨毒如鬼。

“我想你，我放不下你。”半觉涨红了脸。

“你懂事儿了。”刹那间百炼钢化绕指柔，灵菲收了魔爪，伏在半觉身上，耳鬓厮磨，紧紧抱住。

次日早晨，陈半觉向灵菲提出，要看老家伙们如何教她，灵菲欣然同意。只是当半觉出现在练武厅时，老家伙们或撇嘴，或戏谑，挥挥手让半觉走开。

“请让我看看，长长见识。”半觉低眉顺目恳求，诸位高手望向郑爷，请他定夺。

“小家伙，敢当咱家丫头的师父，也要称称自己的斤两，年轻人，要谦卑。我们这些东西，都是千金不换的秘宝，今儿是丫头带你来，我得给丫头些面子，便宜你了，站那儿，好好看，见见高山。”郑爷手指着一处墙角说着。

“是。”半觉头更低，背微驼，退至一旁，灵菲微微皱眉，欲语还休。

见半觉老实，郑爷十分满意，随即给灵菲讲起拳法来。同时得到八位前辈高手的指点，于年轻武人而言，乃是极为奢侈的饕餮盛宴。

“妙。”看到精要处，半觉暗自喝彩，一日间，踢打扑跌，各路奇招异技，皆有可观。

第二日，八人依旧是给灵菲讲授各家的绝招、大式，让灵菲向他们攻击，而他们则以自家流派的打法相应，半觉感到不大对劲，望向众家高手的脸，不禁万分疑惑。

半觉一生也不会忘记袁师与通玄道人传授自己武艺时的目光，仿佛正在进行着属于他们自己的战斗，像是对自己的武术教育能力发起超越极限的挑战。他们总是让自己反复锻炼着那些看似最为简单，又最为核心的技术。他们与徒弟动手时，全神贯注地使用非凡的武技，却不是为了将徒弟击倒，而是在喂手与实战中，像艺术家们将魂魄贯注于刻刀之上，一拨一拍、一收一放之间，将徒儿的拳架与战斗技术逐渐雕琢成形。每一次练习结束，半觉都能感受到师父的疲惫，那是由指尖深入内心的劳累。可是他们却对这样的劳累包含着热切和积极，他们能感受到自己的老去，他们害怕自己离开这个世界时，会连带着一门武技的消亡。

可眼前这八人，不论神情与姿态，都是那么高高在上，给灵菲讲手，将灵菲摔倒在地时，动作是那么漂亮，神情是如此得意，更像是在为半觉这样一个旁观者，表演着他们的拿手好戏。

“他们之前也是这么教你的吗?”半觉待练习结束,众高手离开后,向灵菲问道。

“嗯,是。”

“你感到有用吗?”

“有些启发。”灵菲回答得并不肯定,半觉也没再多说,径自买菜做饭。

第三日,郑爷竟在练功房内摆上了茶海,那高瘦阴森的温姓高手站起身来,缓步来到灵菲面前,郑重其事地说道:“今儿给你讲讲拿穴、点穴之法,自古以来,此法不传外姓,今日破例给你讲上一点,要珍之重之。”

“别传了,留着暖棺材吧。”那个蹲在墙角,沉默了两日的男人,突然说话,语调冰冷,竟如此出言不逊、赤口毒舌,一时间,所有人噤若寒蝉,针落有声。

“你,不说清楚,今天休想走出这练武厅!”温姓武师气得发抖,只想将眼前这不知天高地厚的小畜生撕个粉碎。

“我不打算出去,该出去的是你们。不断地讲手,根本不可能对灵菲有多大帮助,她需要的是大量基本功练习和喂手操练。你们明知她要面临的是什么,却来这儿吃喝玩乐,浪费她的时间,你们的良心都喂狗了? 全武林的坏人都来这儿了么?”半觉闭目摇头,说得心平气和,灵菲正要说话,却被半觉伸手止住。

郑爷一把拂开茶海,站起身来,那些个紫砂壶、青花瓷杯,统统砸了个粉碎,众高手也纷纷站起,对这狂妄的年轻人虎视眈眈。

半觉嘴角微翘,刺啦一声,撕烂了身上穿的旧 T 恤,身上或青紫、或淤血,处处是伤,没有一块儿好地。

“这是诸位合著的杰作,我也算是正门真出,我的师父跟你们却不一样,在我身上耗费了无数心血。八个老辈借醉突袭、围殴我一个晚辈,嘿,今天你们若再干这脏事儿,就干得彻底点,给我个痛快,我门中尊长,我的兄弟,定不会放过你们……只是,在这之前,我有把握拉你们一两个垫背。”半觉发了狠,颤了筋,力达梢节,指尖出现了无规则的自然抖动。

“你要怎样?”郑爷压了火气,眼神阴鸷。

“你们走,我自己教她。”半觉说。

“你是个什么东西? 凭什么你说了算?”众高手中,一高大胖壮拳师按捺不住,开口骂道。

“凭拳头。”半觉话音未落，引来一阵哄堂大笑，众高手多年修为，身经百战，哪里将这而立之年的后生放在眼里？

“好好好，我们八人中，你挑一个，跟你比试一场。”郑爷怒极反笑。

“我一人比武，纵是赢了，怕是侥幸，尔等不服，七天之后，咱们各自出人，来一场五局三胜，如何？别怕，我找的人跟我一样，都是年轻小辈。”半觉不假思索，开下盘口。

“行行，你小子别跑了。”众家高手只当半觉疯了，谑浪嬉笑，似这等稚嫩后生多来几个，无异于多送来几只肥羊。

“从现在开始，灵菲的训练由我负责，除非七天后，你们比武胜利。”半觉再开出条件。

“好好好，给你玩几日，等死吧。”郑爷气笑了，挥挥手，带领众人离开。

灵菲将八人送走，忧心忡忡，回到练功房，见半觉虽咬牙咒骂，却是眉眼上扬，兴奋不已，怕是疯魔了，要犯浑，赶忙上前搂抱安抚，半觉却径自摸出手机拨号。

“老三，组队，比武。”半觉对电话说。

“跟谁？地址？时间？”半觉的山寨手机声音极响，电话那头的气氛甚是喜庆，然后是一阵混乱的杂音。

又闻得电话那头有人大吼：“我听见啦！比武！在哪儿？”

半觉将自己向八位高手叫战之事细细说明，又把这两日来所见对手的武功家数说清。

“去！买票！收拾行李！”电话那头有人大呼小叫，乱成一团。

“都给我消停！一群夯货，疯了不成！”电话那头的人一声大吼，顿时清净，二人继续说下去。

“哎？你说，是一帮食古不化的老头？”电话那头问。

“算不上老头，最老的不到六十，最年轻的四十多，把本事藏着掖着当宝的那一类人。”半觉说完，电话那头又是沉默，似是陷入思考。

“人生苦短，要做有意义的事，咱不能光打架，要诛心！人选有了，给我时间地点！”电话那头的人，似是琢磨出了些歹毒主意，声调自信、阴损。

半觉言明时间地点，便挂了电话。好奇心乃女性绝症，灵菲见他憨笑不止，咬牙切齿地勒着半觉脖子审问。

“我真不知道会是谁来。”半觉笑容可掬，却极为可疑，灵菲以晚上不给吃饭作为要挟，和亲半觉一口作为利诱，他急得指天为誓，确不知情。

“到底有什么古怪!”灵菲憋得发了脾气，揪住半觉手臂上一块肉，可劲儿掐。

“电话你也听见了，三师弟没说是谁，可我了解他，他非常聪明，总能把所有的事办得很有意思，让人喜出望外。”半觉疼得额头冒汗、心跳加速。

这回，灵菲没再问下去，感到莫名的安心，对兄弟的信任，她亦深有体会。

眼前这憨厚笨拙的男人，是要放开身心大闹一场吗？灵菲放了手，半觉揉揉痛处，眼中晶莹，轻声感怀：“吾道不孤!”

灵菲想到家中的八位高手，越发觉得面目可憎——明明身手不凡，心中却固守着狭隘的格局。相比之下，眼前这男人，尽管时常一副狼狈模样，却是每日里拼了命地向前，如饥似渴地学习，他的内心深处，似乎孕育着某种说不出的强大。

这种强大，究竟是什么？为了什么？

《左传·襄公二十四年》载，鲁国大夫叔孙豹与晋国的范宣子曾就何为“死而不朽”展开讨论。范宣子认为自己的祖先自虞、夏、商、周起即为贵族，家世显赫，香火不绝，是谓不朽。而叔孙豹则认为，此乃“世禄”，而非“不朽”，所谓“不朽”，当立德、立功、立言，即守护着自身的道德操守，建立足以显赫于世的功勋，体悟天地间的道理，并将真知灼见载于文字，流传后世。

虽说叔孙豹之论亦未尽然，可当今之世竟有人付诸实践，也数难能可贵。

大概是苦练多年，看清了世间的些许规律，心有灵犀，才有了“吾道不孤”的感言。半觉知道，前生、后世、当下，皆有并肩追求“不朽”的同伴。

距此数千公里，有南方佛国——泰国。

泰国中部，曼谷以北七十六公里，有座名为“艾由塔雅”的古城，意为“不破之城”，而华人则将其称为“大城”。公元1350年以来，有三十三位君王在此建都。这里曾有两千余座美轮美奂的寺院，1767年，即中国的乾隆三十二年，随着缅甸军队的攻入，一切都灰飞烟灭，其命运与中国的圆明园十分相似。

此后，这里到处都是废弃的佛塔、失去了头部的佛像，还有许多受尽地水火风的淬炼，线条优美，却不知本为何物的残垣断壁。

被联合国教科文组织称为“莫高窟第二”的“菩斯里善佩寺”，就坐落在大城古王宫遗址中。

傍晚，恋恋不舍的游客们正要乘车离去——他们在美丽的景色以及古代文明所留下的庄严、壮美中沉浸了整日，仍有些淡淡的遗憾，只因传闻中的那人，一直没有现身。

“瞧！是万查纳！”有人大叫一声，手指向太阳下山的地方，众人赶忙从车窗探出头去，年轻女孩们更是呼喊着“万查纳”，并挥手致意。

夕阳映照下，万查纳的身体柔软而坚韧，泛起乌金亮泽之色，当他朝向旅行巴士双手合十、躬身行礼时，若非头戴“蒙空”，臂缠“八戒”，那得体的幅度，与嘴角祥和的微笑，使他看上去更像一尊尽断诸般烦恼的阿罗汉。

万查纳来自中国，两年前，他为自己取了这个泰语名，不断地在清迈府、空沙旺府、孔敬府等各大拳场府区参与拳赛。一年前，万查纳踏入曼谷伦披尼拳场，捷报频传，人气与出场费持续攀升。每当获得重大比赛的胜利，万查纳也并不像曼谷市区的其他拳手那样，到夜场娱乐或与美女交往，更不参与赌博，只在住处阅读，并记录着各种见闻或练习中的体悟，这让教练非常省心。可正是春风得意之时，万查纳却忽然告别赛场，离开拳馆，开始了令众人百思不得其解的旅程。

“冠军太多了，我还没来得及记住两年前那些红极一时的拳手，就已经忘记去年的冠军是谁了。每当我与出租车司机闲聊，问他们曾经从事过什么职业，八成的司机都会说自己曾是拳手。还有拳手退役之后卖烧烤、当保安，甚至成为 AV 男优，而我……想寻求些更长久的东西。”——这是万查纳离开拳馆时，给教练的解释。教练虽然并不完全明白，可看见万查纳认真的表情，他相信这个生活规律、节俭慎独的拳手，会选择一条正确道路。

万查纳通过研究泰国的历史地理、风土人情，又遍访诸多泰拳高手，将这些年的见闻、学识、体悟整理成文，发回祖国，广为流传，纠正中国百姓对泰拳的错误理解，让人们对这门武技有了更深切的认识。也许，万查纳自己也没想到，这些文字竟然大大拓展了泰国拳术进入中国的渠道，使得更多泰拳手在退役之后，得以继续从事与泰拳相关的职业——这对于泰拳手来说，是最好的归宿。

万查纳成了沟通中泰武术的桥梁，许多希望到中国谋生的拳手，纷纷找到万查纳，欲求合作，甚至有人愿意为其拍摄记录片或编撰书籍。可就在门庭若市之时，万查纳再次踏上了旅程。

一个月前，万查纳来到大城遗址，在残破的僧院中住下，开始了孤独的修行。此地正是“泰拳之父”乃克依东的家乡。万查纳每日于残垣断壁间苦练拳法时，心中常现幻象，庄严破旧遗址再复金碧辉煌，乃克依东的英灵正于某处观看、点拨自己的拳脚招式；那蕴化了二百余年的古老神性，滋养、淬炼着自己的身心；暹罗战士那孕育在温文尔雅、善良谦卑中的勇武果敢、刚毅不屈，终于深入万查纳的灵魂，使得这位年轻拳手显现出非凡的气度。

手机的铃声响起，现代化的电音打破了修行者的天人合一，万查纳眉心深锁，本想与世隔绝地静修，可这年头不带手机没法活，真可谓是拴马桩、牵牛绳。

“大头，速速回国，组队比武，五局三胜，还差两人……”听着电话里的声音，犹如久旱逢甘霖，修行者眉头舒展，喜笑颜开。

北边的祖国，有一群永远呼唤着我小名的兄弟，他们都是被苍天选中的武人，与我一般，武运昌隆。

“第三人，我来挑选。”大头挂了电话，双手合十，向着大城遗址盈盈拜倒，筋骨肌肉的刚毅线条，呈现出谦卑柔美的跪姿，与高手匠人千锤百炼、堪称艺术品的华美刀锋相似。

清迈，这个凉爽、舒适的小城中遍植花草，仿佛悠然的歌曲、淡雅的图画。

一代奇女子邓丽君，在这里度过了生命最后的时光。传闻，那首脍炙人口的《小城故事》唱的便是此地，歌与城，同样拥有安宁喜乐的灵魂。

大头来到清迈近郊，只见一头大象站在香蕉摊前不愿离去，驯象师在一旁抓耳挠腮，很是着急。大头上前打招呼，驯象师早已不记得这位当年的客人“大头”，却认出了“万查纳”，激动地求合影，大象却似乎记得这位曾给自己买香蕉和甘蔗的善良青年，向大头扬起鼻子，高兴地嗷嗷直叫。

骑在大象背上跋山涉水，再次回到当年那个草庐拳馆。

那是来到泰国读大学的第一年，在这个草庐中，跟随一位德国拳师学习中国的咏春拳法。那段时间的苦修，为大头能在众多泰拳手中脱颖而出奠定了独特的基础。

“万查纳”的光临，引起了草庐众多学员的欢呼。

“老师，我来看望您。”大头双手合十，向克里斯行礼，拳馆的学员们赞叹不已，均感荣光。

“嘘，他已经不是我的学生了。”克里斯看着众人，伸手指向大头，学员们顿时愕然，场面尴尬。

克里斯径直走向大头，揽过他的肩膀，现出欣慰的笑容：“他身经百战，为中泰武术交流做出了很大贡献，是一位了不起的武术家！”

学员们松了口气，笑逐颜开，上前拉扯大头合影留念，大头则拿出一包西湖龙井送予克里斯。

训练结束后，学员散去，二人在草庐中席地而坐，饮茶闲聊。

“我们要组队，到中国东北，与八位不同流派的前辈打五局三胜，我还不知对手是什么路数。”大头淡淡叙述，如话家常，克里斯听罢，手上猛然一紧，坚硬薄脆的小瓷杯上传来裂响。

“呵，看来，我的修养还不到家……除你之外，其余四人都齐了么？练的是哪种武艺？”克里斯自嘲着，顺手换了杯子。

“牵头的人说，三人就够了。”

“哦……这么自信？”克里斯眼神中露出微微的失望。

“并非自信，而是确实觉得够了，对我们而言，失败和胜利都是良好的经历，没有落空。只是，名额中尚欠一人，跟我去吧！”大头笑得像是胜利者般，抬头与克里斯对视，等待他的回应。

“我不去。”克里斯极力对抗着疯狂滋长的斗心，说出这三字时，神情苦闷。

大头微感诧异，却表示理解，克里斯在武术教学上呕心沥血，要他抛下学生外出比武，确是为难。

“你误会了，为武而生之人，哪能放过这种比斗，只是我希望能将机会让给另外一人。”克里斯苦笑道。

大头极为惊讶，谁能得克里斯这般关照？可不论如何追问，克里斯都笑而不答，只简单收拾一下，便带大头前往芭提雅。

在芭提雅一间不起眼的小拳馆中，大头见到了将要一起参与比武的伙伴，呆立当场，瞠目结舌。

“这是沃尔夫，我最尊敬的师兄。”克里斯向大头介绍眼前这位拳师。

沃尔夫的左手，因为一次事故齐腕而断——对于咏春这样一种紧迫快打、重视手法的武艺，当是最为致命的缺陷。

克里斯对沃尔夫说明来意，沃尔夫显得兴奋至极，将大头请到武馆中央，拿出塑胶套，套在断肢上，像小叮当一样。

“不要介意，这个胶套不会对人构成额外的损伤，相反它非常柔软，只是因为过多的肢体碰撞，这个部位的皮肤很容易破损，所以我需要它。”沃尔夫诚恳地解释着。被一个残疾人如此照顾，大头脸色略显难堪。

德国人的严谨举世闻名，克里斯自然不会开这种玩笑，大头作为闻名一方的拳王，早已成熟稳健，不会轻视任何对手，便走到场中，双手搭上沃尔夫的右手与断臂，同以咏春拳相应对。

初时，二人只以咏春黐手较劲、试探、对拆手法，沃尔夫的左手虽然少了灵巧的指掌，却如棍术达人手中的棍棒，粘、黏、连、随、摊、膀、伏等手法，全以圆乎乎的断臂使出，全无滞碍，而大头却因对方双手长短不一，距离感产生误差，反而难以适应。

不多时，大头与沃尔夫出手渐快，四臂的攻防变化，在二人的头面胸腹之间，或如风轮飞转、或如犬牙交错、或如连珠箭发，来留去送、移形卸力、朝面追形等各种咏春要诀，运用得出神入化，只是大头渐渐地开始觉得招架吃力，守多攻少。

所谓久守必失，沃尔夫一掌“杀颈手”，突破防御，击向大头颈项，大头身子一仰，慌忙避过，大步退后，两脚分前后站立，后足踏实，前足虚点，遂成泰拳“三宫步”！

咏春拳相比别派拳术，下盘略显薄弱，大头深明此理，前脚扫向沃尔夫大腿外侧，啪啪啪的三声响，如机枪点射般地三连击，显出深厚的腿法功底。

沃尔夫吃痛，只略一停滞，大步跨上，要重开近战，腿脚之坚固、利落，全不似普通的咏春拳士！

方才大头以咏春拳相应，此刻却被沃尔夫逼出了真功夫，大头的近战内围技术，曾得泰国国宝级拳师亚比勒亲手点拨，岂同凡响，出手既精且贼，如毒蛇出洞般，悄无声息地攀上沃尔夫的脖子。

沃尔夫长住泰国，多与泰拳手交流切磋，深知被泰拳内围技术牵制后有多危险，趁尚未被缠死，脚步连动，强行挣脱，大头也不追击，提膝转胯，当头一脚扫去，却被沃尔夫堪堪避过。

二人分开，相峙了一会儿，渐渐放下架势，消了斗气，大头合十行礼，沃尔夫却做出一个标准的抱拳，向对手表示敬意。

“难得，拳技斤两十足，竟还练得一副好下盘。”大头赞道。

“当初我只觉得自己手上有缺陷，于是在腿法与步法上也下了许多苦功，而且在练武之前，也受过一些强化腰腿的训练。”沃尔夫看着自己左手那圆乎乎的断处，不由得苦笑。

“可现在你的手不光没有任何残缺的感觉，反而比寻常的咏春拳士多了些长处。”大头鼻梁微酸，虽是初次见面，却可以想象沃尔夫这一路上有多么的坎坷艰难。

“上帝关上一道门，同时打开一扇窗，我够格么？”沃尔夫发问，却脸色平和，成竹在胸。

“嗯，并肩作战。”四目相对，会心一笑。

三日后，这来自南国异域的奇特组合到达石碣城。半觉与大头多时不见，喜不自胜，只是见到沃尔夫时，略感错愕，上下打量片刻，随即心中欢喜，安排住处，招待饮食不提。

大头温和的笑意，沃尔夫谦卑的姿态，都能让身边的人如沐春风。半觉却偷偷瞅着灵菲，见她嘴角挑起，眼周轮匝肌与面颊拉长，乃是礼貌性的假笑，腿脚莫名地有些发软。

“呵呵，真是喜出望外。”打从出了大头和沃尔夫下榻的酒店，灵菲一路上冷笑连连。

“是啊，三师弟办事，真好。”半觉乐得合不拢嘴，灵菲见状气得七窍生烟，对半觉后脑勺一顿巴掌招呼。

“一个残废！一个瘦驴球！丢人现眼是你的业余爱好么？”

“泰国天气炎热，大头在那儿训练量极大，自然是黑些瘦些，至于沃尔夫……残废?”半觉眼中充满了凌厉的反问。

“废话！没见他左手没了么？说不定偷鸡摸狗,被人砍了!”灵菲见半觉理直气壮,火气更大,针尖对麦芒地顶了回去。

“哦,原来如此,残有之,而废则未必……宫本武藏的二天一流,不也是大小二刀么？其实要说残缺,我的笨拙迟钝,你的火爆冲动,不都是残缺么？沃尔夫跟我们一样,人无完人而已。”半觉昂首远望,深沉严肃,仿似死谏君王的孔门儒生,又似恪守正法的佛门僧侣,让人无从指责,灵菲对此等情态,着实又爱又恨。

“少给我说这些大道理,过几天就要比武,你真拿这两个奇葩来充数?”

“我与沃尔夫也是今日才认识,从刚才见面起,我便观察着他的一切举动,他的精气神,以及掩盖于衣服下的肉身,明明就是强悍的个体。至于他左臂的残缺,我并不在意。比武这种事非常简单,强者胜,弱者败,少了个左手,真的重要么?”半觉眉心深蹙,眼中神光汇聚,直射灵菲双眸。

灵菲怔住,低头默默回想沃尔夫的形象,步履稳健,言语从容,举手投足麻利稳健,以及衣衫之下筋肉隆起的部位,都是身手不凡的证明,可灵菲却依然心存疑虑。

“胜负之事,除了实力,也要靠些运气,哪怕是冠绝天下的高手,也有可能一不留神间被普通武人击败,但是论到个体的强大,我坚信沃尔夫比那八个老梆子只高不低。”半觉满不在乎地挥挥手,对这南方来的外援充满信心。

半觉深深体会到沃尔夫的不易,人有残缺,若要依靠努力补足,确是非常困难,有的因为方法过激,心态难以承受,日久天长则趋于崩溃,导致变态;有的却因无法坚持,或努力了仍旧无法弥补,而逐渐放弃,一蹶不振。似沃尔夫这般,良好、自然的心态与高超的技艺,显示出高质量的生命强度,乃是罕见的个例。

灵菲突然想起,小时听鬼爷讲过“九方皋相马”的故事,恍惚之间,忽略外表,直观事物本真,乃是“得意忘形”的极高境界,与古代大德、大贤的“望气”之术相似,莫非这看似愚鲁的男人,却有诸子圣贤的本领?

“你有看相望气的能耐?”灵菲抓着半觉的胳膊,使劲儿摇晃,半觉不禁哑然失笑。

半觉轻拍灵菲后背,说不过是找俩外援来打架,比武争夺话语权而已,小问题不必扯到大智慧,搞不好就会把小问题变成大烦恼。灵菲无意间靠向半觉身体，任由他搂着自己肩膀，二人行走街头，如热恋情侣一般。

比武当日，大头与沃尔夫早早来到灵菲家中，在院子里操拳散步，熟悉场地。赫舍里家八位高手，以及败在灵菲手下的郑家后生，于午后的约定时间准时到达。

“鬼爷何在？”郑老头开言询问。

“爷爷前几日身体不好，去了城里的医院，住院观察。”灵菲如是说。

郑老头心下暗骂鬼爷这老狐狸，大是不悦。

巍子等人早已在院中摆好桌椅茶水，半觉与大头、沃尔夫坐于院子西侧，赫舍里家八位高手则于院子东侧并排坐下。

八位高手和郑家后生见对面只得三人，半觉实力难知深浅，另外两个却是一黑瘦、一残疾，遂大感讶异，初时眉头紧皱，不多时又显出不屑之态，瘪着嘴角，上下打量着对面这仨残兵弱将。

大头被对面目光瞧得很不自在，伸出拇指食指，比划出手枪模样，向着对面指去，口中“笃、笃、笃”地配音，八位高手见到这等顽童，纷纷翻起白眼，哭笑不得。

“为何只有三人？”郑老爷子开腔问道。

“我年轻识浅，不如各位前辈交游广阔，只能找来这两位伙伴，若是没能三局连胜，我等只有认输，由得各位前辈处置。”半觉起身拱手，做足礼仪，却引来对面哄堂大笑。

“那还谈何五局三胜，你们输得一场便该滚蛋！老温，你先上！”郑老爷子一挥手，座中一位高瘦高手起身，大步来到场中，半觉见此人虽瘦，骨架却十分宽阔、松柔，一双大手掌阔指长，如耙子一般，重心左右互换不定，整个人恍如一只大手，于风中飘摇。

灵菲曾向半觉详述过八位高手的武功家数，这温姓老者，乃擒拿高手，沃尔夫正要起身，却被半觉拦住。

“不急，我先来，好戏在后头。”半觉说完，也不和二人争辩，径自下场。

“果然是拿不出手的玩意儿。”座中高手对大头与沃尔夫不屑地嘲笑。

那温姓高手，也不等半觉抱拳行礼，嘿嘿一笑，大步向前，双手飘然而至，也不知要抓向半觉何处。

半觉反迎上前，竟然同样伸出双手，抓向对方，此举无异于关公门前耍大刀。那老温心头一喜，双臂上下一开，快如毒蛇吐信，一手直抓半觉咽喉，另一手搭住半觉肘关节，正要施展反关节技，却见半觉双手指抓抠在老温大臂之处，此处既非关节，亦非要害，显然是落了下风。

老温擒拿手法方动，猛然间半觉“噫”的一声，舌绽雷音，猛然发力，手指一抠一松，全在刹那之间，老温只觉大臂一痛，脚下一个踉跄，心头猛跳，却是被半觉惊了神，还没反应过来，半觉一捶打向老温面门。

“把把不离鹰捉！心意六合！莫跟他打近战！”场中高手一生浸淫于武技，见多识广，又见过灵菲与郑家小子交手时的境况，此时立刻认出半觉家数，出言提醒。

可为时已晚，心意六合拳诀云：追风赶月不放松！半觉快步欺上，待要下手，却不想老温在腿法上也下过一番苦功，一脚弹向半觉裆下，意欲阻击。

要害被攻，半觉竟不管不顾，猿臂轻舒，放长击远，右手五指直插老温双目，啪的一声响，半觉被老温踢中。灵菲在旁观看，心中大痛，面色惨白！老温同时一声惨叫，双目却被半觉戳到，虽然不重，却也疼痛难忍，泪如泉涌，一时睁不开眼，谁也没想到半觉凶猛至此，尽是以命相搏、两败俱伤的打法。

半觉被踢裆，中招之声众人皆闻，可此时却跟没事人一般，大步追上，打出通背拳“十二单操手”之“迎门闭扇”，砰的以掌拍头，将老温抽晕在地。

那边厢，大头与沃尔夫使劲儿鼓掌，大声欢呼，灵菲还没回过神来，只是担心，三步并作两步上前，伸手便摸半觉裆下，检查是否损坏。半觉奇窘，拔腿便跑，惹得大头和沃尔夫捧腹大笑，众高手羞怒难当。

外人不知，戴家心意拳的身法，讲究两脚前后呈“一字步”，双腿“似剪非夹”，将裆下要害深藏。当初通玄道人教授半觉武艺，这四字不知念叨过多少回，检验拳架时，常一脚踢向半觉腿间裆下，以此提示半觉守住拳中仪轨。老温适才一脚虽重，只踢到半觉大腿内侧，常年苦熬桩功之人筋肉坚固，何惧此等打击，只痛不伤而已。

“下一场，你们谁上？”郑老爷子开口，声如洪钟，打断了对方的嬉笑吵闹。

大头与沃尔夫相视微笑，沃尔夫轻拍大头肩膀，轻轻点头，以示鼓励。

大头除去上衣,露出黝黑精壮的躯体,脱去鞋子,赤脚立地,又从包袱中取出麻绳,将双手缠好。

“这顽童是泰拳手?”众高手正诧异间,大头收起笑脸,走到场中,众高手正要派人上场,却见大头竟自顾自地跳起了泰拳手的拜师舞。其动作或似投掷标枪,或似挥刀劈砍,或似弯弓射箭,形象刚柔相济,虔诚壮美,仿似招引着古战场上的暹罗武士英灵,一者感怀师父教导,二者叩谢神灵赐予人们锻炼身心的技艺,同时调节自我,净化心灵。众高手见此舞蹈,一时间竟然入迷,只静静观看,直至大头舞罢,傲然挺立,双目圆睁,杀气毕现,仿佛鬼神凭依!

嬉皮笑脸的顽童,此刻竟似脱胎换骨,不可思议,众高手望向郑老爷子,等他做主。

“蛮夷之技,斤两有限! 老衮! 去给我把这猴崽子拎过来!”郑爷咬牙切齿,戟指场中大头。

座中一位高手站起,身高体壮,腰大十围,肩宽膀阔,双腿双臂极是粗大,行走动静如移山之势,几个蹿步,来到大头跟前,脚上竟如狼奔豕突,甚是迅捷。

“泰拳,老子看都看熟了,咱的本事他却难以知晓!”老衮心想,也难怪,泰拳在媒体的上镜率极高,所谓“拳打两不知,功大不讲理”,有这两条比武中的致命铁则,老衮已成竹在胸。

大头提起双拳护面,后脚踏实,前脚虚点,站出三宫步,预备应战。

打人不过先下手,老衮心知泰拳腿法厉害,又见对方体格偏瘦,大步跨前,中堂直闯。大头也不多想,前膝微提,老衮一个警惕,脚下略滞,那三宫步的迷惑性便显出来。大头前脚方落,后脚猛地踢出,迅雷不及掩耳,两记中段扫踢,抽在老衮大臂上。

“劲儿不小!”老衮吃痛,大头的力道却是出乎意料,殊不知泰拳手的抽条身材全是腱子肉,上身精壮,下身修长,这样的体形打出的招式,穿透力极凶。

虽没击中要害,只痛不伤,老衮亦对大头重新估计,这小子的攻击力,怕是超出自己想象。

老衮修炼形意拳多年,又以太极拳盘了腿上根劲儿,他坚信,只要欺身短打,这猴崽子非败不可。

哪怕多挨几下也得闯! 老衮向前追击,大头却不断地退让,绕着圈儿走,让老衮有力无处使，有气没地儿撒，时不时扫上两脚，跟眼前的大块头打起了游击。

老衮脾气极大，曾做过保镖，开过赌场，与人稍有冲突，便以拳脚相向，战斗经验不可谓不多，今日比武出现如此窘态，让老衮非常想不通。

看官，但凡人们发生冲突，必然怒火遮眼，只是向前冲击，或互殴、或扭打，各不相让，争的是刹那间的生死胜负。大头在泰拳擂台上面对过近百对手，其中力量大过自己的不知几许，内心已近中庸之道，进退攻防之间不骄不躁，耐心地数着对手的身体节奏，作为一个优秀的拳手，大头早已百战成精！

也是老衮命运不济，从未遇到这类对手，待要起崩拳硬打，发现左臂竟无法抬起，斜眼一看，大吃一惊——原来不知不觉间，左臂已被扫了二十余脚，不知不觉间已然充血肿大，难以发力。

毕竟征战多年，老衮也非易与，定了心神，再次向大头走去，瞧好距离，慢慢逼近。慢，则易变化，渐渐地，老衮将大头逼近院墙处，后脚蹬地，猛然突入，大头正要蹬腿截击，老衮起了形意鸡步，提膝撞上大头脚底。大头只觉腾云驾雾般，双脚离地，砰的一声，后背撞在院墙上，五脏六腑一阵翻滚，几欲呕吐。

终于得手了！老衮大喜，狠狠咬牙，心如油烹，汗毛乍起，蹿步逼上，大头出拳迎击，却早在对方算计之中。老衮双腿一交错，使个龙形身法伏低避过，忽尔冲空跃起，又是山倒岭塌般地冲撞，将贴在墙上的大头撞得一股鲜血自口鼻喷出！

老衮打得顺手，身形一定，正要退步使个崩拳了结对手，脖子一紧，不知什么时候被大头给搂住了，随即使个虎抱头，撞开大头手臂，谁知大头两臂既柔且韧，犹如毒蛇扑噬，再次自下往上，从老衮两臂之间钻入，双手搂住了老衮颈项，大头两肘全力内合，将对手牢牢锁住。

老衮感到致命的痛苦，颈动脉被死死压迫，身体难以活动，呼吸困难，双目发黑。

这缠颈近战之术，乃泰拳绝艺，大头在拳馆中受训时，常与师兄弟们整日对缠，又得大宗师亚比勒点拨，此项技术早已熟能生巧，刻骨铭心。

身陷绝境的老衮，哪肯就此放弃，遂提神奋意，仗着下盘功力厚实，大脊如龙扭动，欲甩开大头，谁知刚一动身，便被大头摸出力道走向，猛地一甩，脚下一个踉跄，几乎跌倒，恍惚中全力稳住身形，肋下忽尔受了大头一记膝撞，痛彻心肺，心中害怕再挨一记，双臂屈肘，护住两肋。

大头此时，再非往日那谦卑温柔的年轻人，像极了古暹罗的浴血之士，不会放弃任何杀机，轻轻将膝盖提起过腹，猛地向老衮胸前顶出——这种膝法对身体协调性要求极高，一旦练成，近战之中随时造成致命重创！

六月债，还得快，老衮双目发黑，口鼻喷血，忽然发觉大头松了手，保命本能趋使着他拼命奔逃，却哪里跑得过这每日里进行巨量跑步、跳绳、游泳等体能训练的职业拳手？方一回头，眼见大头疾冲而来，刹那间，忘记了拳中规矩，身体后仰自保，大头忽然跃起，一脚踏上老衮膝盖，左手按住老衮肩膀，右手高高举起，肘尖对着老衮头顶狠狠锄下！

“哈努曼入城！”半觉与沃尔夫第一次见人在实战中使出此技，同声轻呼，惊喜不已。

神猴哈努曼出自印度史诗《罗摩衍那》，在泰国家喻户晓。传说哈努曼出生之时，见到太阳，以为可食，伸手便取，战神因陀罗大惊，以闪电击之，太阳得以保全。在众神的教导下，哈努曼的武功、法力冠绝三界，不惧一切艰难险阻，后为营救阿逾陀国王子罗摩的妻子悉多，率军与十头魔王罗波那大战，攻城之际，跃上城墙——大头这最后一手杀技，便是以此为名。

随着骨肉相碰之声，老衮轰然倒下，高手中立时冲出两人，将老衮架起，夺门而出，直奔医院。

大头双手合十，向着战败的老衮行了一礼，缓缓调息，神情又复温和，回到座位上，从随身的背包中取出药丸与饮用水服下。

众高手呆坐当场，满面惊惧，眼前三位看似人畜无害的年轻人显得越发诡异，像是带着天真烂漫的笑意，却一边啃食人心的妖魔！

灵菲感慨万千，全没想到半觉找来的队友凶猛如斯，他们和半觉极其相似，平常毫不起眼，动起手来，却似鬼怪附体，凶神恶煞——这并非表里不一的虚伪，只是为武道挑着一副担子，辛苦而快乐地生活。

正不知所措间，沃尔夫起身，为断臂套上胶垫，缓步来到场中。众高手一齐望向这金发碧眼的残疾拳士，心中惴惴不安，猜测此人究竟身怀何种古怪，那沃尔夫伸出小铃铛般圆乎乎的断臂，指向郑老爷子，像一个全无爪牙的小动物，毫不畏惧地向猛虎挑衅。

“呵呵，找死。”郑老爷子从容起身，洋人的挑衅激起了他的斗心。

怎么会输呢？又如何能输？从小听的故事，都是中国拳师降伏洋力士，民间高手暴打日本鬼子，老郑心中竟然生出莫名的使命感，埋藏心底数十载的英雄情结亦蠢蠢欲动。

老郑也不摆架势，在离沃尔夫一步半处停下，沃尔夫以断肢和右手向老郑做出个让人哭笑不得的抱拳礼。

“操。”老郑心里骂道。

沃尔夫站出个外钳阳马，右手伸出成摊手，轻轻勾勾手指，请老郑动手。

老郑为一众高手之魁首，修为自是不凡，往日若是有人挑衅却不进攻，他能站在原地等上一天，仿似纪渻子养的斗鸡。

可这是洋拳师，还身带残疾，如此这般未免让人小瞧，又见对方起手是咏春架势，功力方面想必有限，随手使个八卦掌的“鸿雁出群”，跟沃尔夫搭上了手。

两臂相触刹那，老郑忽觉落空，还未及应对，沃尔夫略微转马，一个“膀手劈挂”，双手如风轮、如灵蛇，黏着老郑手臂而上，右拳一捶劈向老郑侧颈，老郑毕竟反应快，堪堪接下。那沃尔夫更快，再一转马，又是个“鸳鸯手”，在老郑脸上狠狠扇了一巴掌。老郑急怒攻心，待要反攻，胫骨上却被沃尔夫狠踩一脚，脸上再挨两下日字冲捶，慌忙中朝沃尔夫一掌推出，又被沃尔夫一膀一伏将手压住，再一掌击腹，打得老郑喷了沃尔夫满脸唾沫。沃尔夫却不受半点影响，怕是平日里打人极多，没少被喷，早已习惯，双手如湿了水的旧抹布，搭住老郑，仔细听着老郑劲道，老郑一有动静，沃尔夫双臂犹如疾风骤雨，上下相随，子午捶、偏身捶、拉箭捶、杀颈手……三秒钟打中十数击，捶得老郑鼻青脸肿，眼冒金星，抱头缩身，连连退却！

老郑失了先机，兵败如山倒，多年受人尊崇，何曾受得这般虐打？登时炸了毛，后退一步，张开双臂，露出空门卖个破绽，沃尔夫果然中路直行，强攻而来。老郑两臂立起，同时向内一裹，待要夹住沃尔夫双臂，沃尔夫反应极快，立刻抽手。老郑立刻随着沃尔夫抽回的双手猱身而上，趟泥步迅速向前追赶逼迫，终于抢回先手，随即使出个“进步团撞”，双臂一翻一合，手脚齐进，两掌推向沃尔夫的小腹。沃尔夫被击得连退两步，还没稳住架势，又被老郑追上，双臂匆匆向前拦去。

殊不知，八卦掌讲究看正打斜、身如游龙，变化极妙，寻常守势哪里拦得住？老郑顺着沃尔夫向前拦截的劲道，使个“退步牵羊”，登时扯散了这洋人的架子，沃尔夫败相已呈，为求不倒地，双臂搂住老郑的腰。

“不妙！”半觉和大头猛地起身，二人武术知识渊博，深知八卦高手极擅暗腿、扑跌，沃尔夫在这等状态下，随便哪种技术都能将他打得万劫不复。果不其然，老郑微微提足，便要将沃尔夫废掉。

忽然沃尔夫一声大吼，老郑立足不稳，竟被沃尔夫推得连连退去！场边的半觉看着，眉心依然深蹙，担忧不已，他深知修炼八卦掌者，常年累月以趟泥步走圈，到老郑这样的年岁，早已是双脚稳步如山，双膝似柱，只要沃尔夫一有断劲，立刻会遭到强大反扑。

不出半觉所料，老郑一口气猛地沉下，两脚前后相撑，有撕砖裂地之意，双手又使劲托住沃尔夫的手臂，试图卸力，竟是强行定住。半觉和大头心跳加速，恨不能上场救护。

可更令人惊讶的事发生了，沃尔夫沉声嘶吼，再次发力，老郑咬牙瞪眼，双脚在泥地上刮出深深的痕迹，全然难止退势。约莫退了三四步，两脚离地，散了拳架，溃不成军，沃尔夫越冲越快，拥住老郑撞向高手们排座的东墙，众高手见来得凶猛，起身离座避开，一张红木圈椅被撞得七零八落。

老郑痛不可当，涕泪齐流，行动不得，沃尔夫毫不留情，或掌或捶或肘，一通暴打，对手终于瘫倒在地。

半觉与大头喜出望外，沃尔夫来到二人身边，向半觉致谢，感怀他为自己带来难得的战斗经验。

“腰腿功夫真好，咏春拳士很少能有这样一副好下盘！”半觉赞叹不已。

“嘿嘿，我左手还在时，是橄榄球队的四分卫！”沃尔夫用生硬的中文说着，半觉与大头一呆，待反应过来时，不禁捧腹大笑。

灵菲转过脸去，望着院子东侧，众高手们不言不语，也不瞧对面，自顾自地走了，只有那郑家后生，趁众人不注意，苦笑着向灵菲点头告别——从此之后，他们与鬼爷的交情，怕是要断了。

比武极耗心神，兴奋过后，半觉三人皆露疲态，大头与沃尔夫回酒店休息，半觉与灵菲去见鬼爷，汇报今日比武胜负。

在去鬼爷家的路上，半觉打开车窗，连抽了两支烟，望向灵菲时，见其眉眼之间暗藏忧虑。

“你在想啥？”

“我觉得对不起爷爷。”灵菲沉默片刻说道。

“我觉得他对不住你。”半觉心中不忿。

“别这么说。”

“嗯，不说了……我只是想，咋就不让人挺直腰杆活呢？”半觉苦笑，见灵菲不答，遂闭目养神，不再多话。

今日一顿拳脚，半觉三人将鬼爷的老交情尽数赶走，主犯半觉虽理直气壮，作为从犯的灵菲却多有不安。车开得慢，路走得慢，终是停了脚步，点了支烟，徘徊村口。

“鬼爷称病不出，或许也是默认此事了，大不了再跟他打一架，反正他不会宰了我。”半觉笑笑，拉起灵菲便向鬼爷住处走去，才近门口，隐约闻得屋中传来呻吟。

灵菲大惊，拔腿便跑向屋内，半觉随后跟上，进屋便见鬼爷痛不欲生状，面孔扭曲，大汗淋漓。

十四　这次是我真的决定离开

灵菲问鬼爷哪儿疼，鬼爷半晌才挤出个“手”字，半觉上前查看，鬼爷双掌并无异样，小心翼翼地为鬼爷解开衣服，鬼爷呻吟得更是厉害。待看到鬼爷痛处，见他手臂上多有成簇疱疹，不禁头皮发麻。

“这是什么？”灵菲也大吃一惊，向半觉问道。

“带状疱疹，赶紧去医院。”半觉避开鬼爷痛处，将其抱起，发觉鬼爷体重极轻，大感不妙——当初半觉与鬼爷交手时，鬼爷虽瘦，却筋骨肌肉紧凑，体量甚重，而今却是这般光景，莫非另有重病？

入夜，灵菲坐在冰冷凄凉的医院走廊中，呆呆地望着手中的诊断结果，半觉轻声呼唤数次，灵菲才有了回应。

“回家，吃饭，练功。”半觉咬咬牙，极为苛刻。

“但是我想喝酒。”灵菲说。

“……练完再喝。”半觉这位严师，做出了最大让步。

通背拳的“五行掌”，能散五情之郁。半觉和灵菲一同操练，直到夜晚十点，俩人大汗淋漓，刻苦修炼的充实感，缓解了心头烦闷。练罢，半觉脱下湿淋淋的衣衫，自去厨房取了些零食，又到酒柜上挑了两瓶白酒，坐在客厅中等待。

灵菲出来时，竟是穿着一身黑色露背礼服，又化了淡妆，手上拎着一双高跟鞋，美艳不可方物，半觉不明所以，只是痴痴瞧着。

“别愣着，换衣服，出去喝。”灵菲坐下，轻拢长发。

半觉洗净身体，从房间里向外探头探脑，瞧着灵菲这身打扮，心中犯难，打开衣柜，全无能够与之相配的衣物，挑选良久，勉强穿了一身黑色卫衣配黑色运动裤，觍着脸走出去。

灵菲打量半觉一眼,嘴角微现笑意,挽住半觉胳膊出了门,神将早已将车开到门口,等候二人。

半觉不识路,只见车外的环境越发僻静。七拐八弯地来到一间大院儿,灵菲领着半觉穿过一间古意盎然的弄堂,来到内院。灵菲从手袋里摸出一张卡片交上来询问的侍应,侍应连忙将二人带到一个房间里。

半觉见侍应姿色靓丽,身段玲珑,举手投足皆有讲究,服务尽善尽美,又观察周遭装饰,虽不甚了解,却能清楚地感觉到这一切应该价格不菲。

不需灵菲吩咐,侍应为二人端来酒和雪茄盒,又上了一碟火腿。半觉拿起酒瓶看,白瓷,上边儿只得一个"莫"字,没任何商标。

"三无产品?"半觉从未见过这般酒瓶,不禁张口问道,灵菲掩口笑个不停。

"先生,这是我们老板的私人珍藏,上边儿的'莫'字,是我们老板的姓氏。"身旁侍应和声细语地解释,使得半觉好不尴尬。

灵菲让侍应出去,侍应向二人微微一躬,露出深深的事业线,半觉不禁多看了两眼。

晚饭时心事重重,也没吃饱,半觉看到桌上的火腿片,满眼发光,抓起就吃,咀嚼几下,却是微微皱眉。

"味道不赖,咸了些。"半觉跟灵菲说,却见灵菲苦笑。

"你知道不?这碟火腿比同重量的黄金还贵。"灵菲的话把半觉吓了一跳。

"啊呸,逗我玩么?这不坑人嘛!"半觉站起身便要张口开骂。

"坐下,你没见过的事儿多着呢。"灵菲边说着,边斟上酒,又唤侍应弄了些菜。半觉看着精致,吃得香美,心下暗自猜测这些食物价值几许。

"由俭入奢易,由奢入俭难。"半觉虽是从未进出高端场所,却是懂酒之人,三杯下肚,又见服务之周到,不禁感慨。

"我是不是有些败家?"灵菲问,半觉举杯,小口喝着酒,不知如何作答。

"我总觉得二十七岁是个坎儿,所以活得很着急,玩命练武,玩命挣钱,玩命享受。"灵菲说完,面色惆怅,也不将酒斟于杯中,拿起瓶子痛饮,半觉酒量不弱,也陪着灵菲一通猛灌。

灵菲让半觉猜,当她拿到爷爷的诊断书时,是何等心情?半觉摇头,推说不知。灵菲说很复杂,也不知道是难过还是高兴,从前苦闷害怕的时候,真希望爷爷死了才好，自己就能找个没人认识的地方，快快乐乐的，像寻常姑娘一样生活。可是随着年纪渐长，越发能感受到压在爷爷心头的沉重。

半觉乃老实忠厚之人，绞尽脑汁也想不出灵菲的决定有何错处，只闭目咬牙，黯然伤神。

“真不想你这样，可又不该劝你置鬼爷的心愿于不顾。”半觉孩子气地怨道，却并未劝说灵菲放弃比武，远走高飞——半觉想起远在南方的爷爷，深明祖孙之间的牵绊。

“呵呵，你也是个傻子。”美人儿双目晶莹，巧笑倩兮，拿起酒瓶，一饮而尽，呼唤侍应上酒。

许是愁饮易醉，没多久，灵菲放浪形骸，依靠着半觉傻笑，半觉也不记得说了啥话，引得灵菲嗔怨，在自己肩头上狠狠咬了一口。

凌晨时分，神将把半觉与灵菲送回家。半觉强自稳住脚步，将灵菲抱上楼，放回卧室，进出徘徊几回，始终犹豫不决，憋得汗流满面——灵菲这身衣服，怕是睡得不舒服，该为她脱掉么？

“我得照顾好她！”酒壮怂人胆，半觉咬咬牙，只怕动作大了惊动灵菲，便守住内家心法，劲道节节贯穿，缓缓托起姑娘身子，为她宽衣解带，不知为何，却比想象中的要顺遂许多。

“果然不舒服。”将那连衣礼服解到臀部时，脱不下去，灵菲却自己将腰稍稍挺了一下，半觉掩耳盗铃，想着灵菲或许是醉后无意识的身体本能，才这般配合，不一会儿便将礼服褪下。

半觉手足无措地站在床前，盯着半裸的灵菲——内衣要解么？半觉隐约想起在哪儿听说过，穿着胸罩睡，对健康不利。

“天地有正气，杂然赋流形。下则为河岳，上则为日星……”半觉眉心紧蹙，轻诵《正气歌》，开始下手干活儿。

眼前玉体横陈，嗅着浓郁体香，脑内嗡嗡作响，胸中荒情野火，文丞相的浩然正气全面崩溃。半觉褪去上衣，赤裸上身，搂住美人腰肢，肌肤相接，如胶似漆，火热难耐。

灵菲轻声呻吟，不知是拒是迎。半觉撑起身子看着身下的姑娘，那满月般的脸蛋儿令人心旷神怡，紧闭的双眼不单丝毫无损她的美丽，却较平日里温柔而娇弱,越发让人看不够。

半觉一时间不忍暴殄天物,轻轻吻她的额头、鼻尖、嘴唇,又细细瞧着,忽尔悲从中来。过得片刻,竟情欲渐消,气滞心胸,阵阵隐痛,轻轻抱住灵菲,贴面摩挲,不忍分开。

不多时,半觉下了床,轻轻开了柜子,找出一件宽松睡袍,为灵菲穿上,将毯子盖好,失魂落魄地跌坐在沙发上,见桌上有烟,点了一支,慢慢抽着,胸中郁结却未能消散。

那无可奈何的悲伤,在不甘心认命的催化下,渐渐发酵,酝酿出山呼海啸般的愤怒。

“老子不信邪。”半觉咬牙切齿,面呈狮虎之相——自幼与命相争,傲霜斗雪,炼就一身铮铮铁骨。这稀奇古怪的宗族规矩,将一个女孩儿的青春搅和得悲惨凄凉,偏偏还是自己疼惜爱慕之人。武道也罢,情感也好,半觉横下心来,要跟何氏宗族赌上一局。

明天开始,半觉将挂起铁面冷颜,更为严苛,纵呕心沥血,亦要助灵菲渡过难关。

渡不过又如何?那便亲自上阵,不论用多久,都要将何家击败,破了这旁门左道的传承。

灵菲醒来好一会儿,收拾拼凑着昨夜醉酒后的记忆片段,睡衣是自己换的么?恍惚间,半觉那些动作,梦耶?非耶?嗯?为何会想起《正气歌》?真是奇怪!又起身检查床单、衣服,自己的身体也并无异样,不由得怅然若失。

忽然,楼下传来爽朗的笑声,有人用泰语唱着一首音调高亢、振奋人心的歌曲:

邦拉占明亮的月光
细雨绵绵润泽凉爽
战争来造访
留着胡须的城主咬着牙齿
集合众人问话

何为自由
请来德高望重的僧人
佛堂中诠释牺牲
这是激发信心的法宝
……

灵菲更衣下楼，大头、沃尔夫正与半觉说笑，见主人家到来，大头双手合十问好，沃尔夫则向灵菲行抱拳礼，灵菲随即还礼。

“他山之石，可以攻玉，从今天起，他们俩跟我一起训练你。”半觉似是定下了新的计划，显得胸有成竹。

在体育竞技的搏击擂台上，双方多有游斗对峙，寻找破绽。而在传统比武，乃至寻常斗殴中，双方往往一往无前，速战速决，所以近战短打、缠斗投摔之类的技术，对灵菲而言格外重要，而面前的大头与沃尔夫，都是近战短打的专家。

训练伊始，灵菲心中尚有疑虑。大头实力虽强，可是泰拳传播极为广泛，莫说学，平日里看也看熟了，将时间花费在这等众所周知的武技上，灵菲有些不情愿。

“一个人由弱变强，都是因为良好的训练系统，循序渐进，这里边有很多你不知道的东西，好好学。”半觉看出灵菲的不屑，眉头轻皱，严肃告诫。

“我就是那个从前孱弱的人。”大头指着自己笑道，随即脚下踏着三宫步，立起双臂，护于面前。

“这个动作，是不是看过很多？”大头问灵菲，灵菲点头。

大头对灵菲说，这些常见的东西，并非泰拳的一切，泰拳本有七形——狮、虎、马、猴、象、蛇、鳄鱼，与许多中国武术一样，远取诸相，近取诸身，借动物情态为形，而这平日里最常见的泰拳架势，则是传统泰拳中的“虎形”。

多年前，西方国家的拳手，将拳击比赛带到了泰国，作为举世闻名的武术之国，许多拳师自告奋勇，迎战西方拳击，却发觉在新的擂台规则下，传统泰拳许多技术难以发挥，技艺精湛的拳师们手足无措，一败涂地。

佛陀的智慧，与多年的征战，造就了泰国拳师坚不可摧的信念。勇敢而聪慧的他们随势而变，反思过往，苦心钻研，从泰拳七形中，取出最适合于擂台搏击的“虎形”，又在此基础上，将各项技术重新整理，不断地进行实战检验，成就出国际上广为流传的现代泰拳。

大头并没有教授灵菲泰拳著名的三宫步与凶悍的踢技，也未涉及泰拳标志性的肘、膝技，而是将学自亚比勒宗师的内围缠抱技术和盘托出，半觉与沃尔夫在一旁默不作声，凝神观看。

按说，男女有别，互相传授贴身短打技艺本来多有不便，可武道早已牵系四人的性命精神，沉醉其中之时，哪里生得出半点旖旎？其严谨慎重，如迎刀斧，如临深渊。

灵菲曾在各种泰拳资料里，看到泰拳内围缠抱，只是简单的拉动对手颈部，再加膝撞的组合。可当她被大头双手绷住颈项，才明白此项技术的丰富——双手绷住对手后颈，两肘使劲向内合，而对手为破解此法，则需用手自下向上，从对手两肘之间穿过，反抢对方后颈，而抓住对方的部位，可以是颈、腰、腿。

二人对缠几手，大头左脚向后退开，让出一个身位，绷住灵菲的双手轻轻一拉，灵菲随即向前跌倒。灵菲方才明了，这看似简单的技术，为何在泰拳中占有如此重要的地位，当下虚心求教。

次日起，沃尔夫又开始将咏春拳的精要与自己多年来的打斗心得教与灵菲。自此，灵菲每日早晚苦练，下午到医院陪伴爷爷，半觉为了让灵菲空出更多训练时间，各种日常茶饭事皆一手包揽。

大头与半觉亲如兄弟，自然尽心竭力将武艺授予灵菲。给拳手喂靶，乃是泰拳师的绝活儿，每一个泰拳师，都特别懂得调动受训拳手的进攻欲望，使得拳手越练越兴奋；沃尔夫则秉承德国人的严谨态度，又从半觉那儿得到不少厉害本领，对灵菲的训练也是一丝不苟。

大家一起用餐休息之余，俩人常聊起来自国外的奇闻异事和风景名胜，大头会说起自己骑乘大象行走于古城与丛林，还有湄南河畔的餐馆、炮台、王宫、寺庙，芭提雅港湾里的游艇和比基尼；考山路那仿佛大型沙龙般的街头文化，金碧辉煌的曼谷大皇宫……

沃尔夫则会说到选帝侯大街的林荫大道，堆砌在路边红绿相间的落叶；坐落于青山碧野间的新天鹅堡，从那里可以遥望阿尔卑斯山，美丽的无忧宫与夏洛滕堡宫，博得博物馆中的稀世名画……

每当他们说起这些，灵菲像个孩子般，激动不已，叽叽喳喳地问个没完，当讲完故事再开始练习时，格外拼命。

不觉间，过了两个月，大头与沃尔夫已将自己所知所识尽数教予灵菲，向二人道别，踏上归途。

医院中的鬼爷日益虚弱，瘦得只剩一把骨头，张着大大的嘴巴，与干尸相似，灵菲看得心中大痛。

天气炎热，屎尿满床，半觉总是早早地让灵菲回家练拳，自己动手为鬼爷收拾。鬼爷偶尔睁眼看看半觉，似有笑意，半觉一直怀疑是自己的错觉。

一日午后，半觉将灵菲打发回家午休，捧上本书，守在鬼爷床前，正看得入神，鬼爷那僵尸般的枯干大手突然握住半觉手臂，把半觉吓得不轻。

"你这坏老头，吓死我，要啥？"半觉看鬼爷似乎挺精神，甚是高兴，赶紧伺候着。

半觉喂鬼爷吃了些牛奶，老头更精神了不少，平日的苦痛神情尽数消逝，拉着半觉絮叨起来。

"人生于世，呱呱落地，长大成人，又老死寿终，化为元气，再凝聚为生命，循环往复……哪里有'我'，'我'只是这世上的一件物事，没什么意义。一生练武，这生死玄关，今日才破……总算还活着，不晚。"鬼爷嗓音早已残破，只能以气成声，半觉聚精会神，俯首聆听。

"孩子啊，爷爷求你，把灵菲带走吧？"鬼爷眼中惶恐，满怀期待。

"走？"

"回南方去。"

"那这么些年，都是为了什么？灵菲替你和你儿子，已经苦了整个青春！"

"她若去，死定了，是我对不住她……孩子啊，爷爷很喜欢你，跟你打架喝酒很痛快，今日送你个媳妇儿，能不能带走，看你本事啦。"

半觉苦笑，点头答应，那一刻，鬼爷忽然放松了身子，肩头沉下，仿似卸下了背负一生的重担，又让半觉打开手机，录了嘱咐，作为见证。交代完一切，甚是欣喜，破天荒地让半觉将他扶起，要出门走走。半觉托着鬼爷腋下，毫不费力，让他慢慢动弹，走了百来步时，鬼爷说累，要回去。

回到病房，半觉忽感异样，余光看处，发觉有人窥视，将鬼爷扶回床上靠好，便悄悄来到门边儿，矮身快步闪出，使个擒拿手，一把将门外窥视之人制住，低声逼问。

“别……我是医院的义工，义工！”那人吃痛，急忙解释，半觉感到此人筋骨松散，力气不大，更无练武人身体的沉重感，随即放开，连连致歉，又问他为何在门外偷偷窥视。

“唉……年轻人，我看你将老人照顾得周到，怕你没有准备，想来提醒你一声，又不好当老人面说……这老爷子怕是到时候啦！”那义工压低声音说。

“不会不会，你瞧，今儿他又要吃的，又要活动，精神好了不少！”半觉头摇得拨浪鼓似的，心中直骂此人乌鸦嘴。

“老弟啊！我在医院做事儿有些年头啦，不会看错，老爷子这是出门找路！”

半觉瞠目结舌，不知如何是好，那义工也不多说，留了电话，径自离去。半觉思虑良久，回到病房，将鬼爷扶起，只道是天热，要给他洗个澡，鬼爷点头答应，半觉自去烧水准备不提。

夜深，半觉没有回家，轻抚着老人那干枯稀疏的头发，直至鬼爷安然入睡。独自在家的灵菲，身子疲惫，脑子却无比清醒，辗转难眠，遂到医院寻找半觉。二人并肩坐在病房椅子上，怕吵醒鬼爷，一言不发。良久，半觉感到过于寂静，心中一突，忙伸手指探试鬼爷鼻息，吐纳虽微弱，却是平缓均匀，二人松了口气。灵菲将头靠在半觉肩头，渐渐入睡。

次日早晨，半觉醒来，发现鬼爷断了呼吸，赶忙唤来医生查看，医生一番检查，判定鬼爷早在凌晨时分与世长辞。

灵菲坐在床边，捂脸恸哭，半觉找来昨日给自己留下电话的义工，为鬼爷擦拭身体、整理仪容。家中五位门人，站在灵菲身后，各自流泪。

“老人家面色安详，走得顺当，各位节哀。”义工大叔出言安慰。

鬼爷年过七十而逝，乃是喜丧，半觉找来红包，取了些钱装好，请义工大叔收下。

“老爷子会武功？”义工接过红包，对半觉说。

“你咋知道？”

“我曾在南方送过几个练武人，说来真是奇怪，平常人断气几小时，关节早僵了，可我给他们穿衣时，身子都还柔软。”义工大叔摇摇头，看起来十分费解。

“要不是你,说不定我们会手忙脚乱,多谢。”

“听说练武人的一辈子,比普通人要苦得多,不止要辛苦锻炼,恩怨也多,死去元知万事空,不见得是坏事。”义工大叔轻声向灵菲安慰着,灵菲哽咽,不能言语,只得点头道谢。

“您是多积阴德之人,必有好报。”半觉说。

“还债,还债而已……你们保重。”义工大叔苦笑摇头,待殡仪馆的人将鬼爷遗体收走,抬至车上,遂向众人挥手道别。

一生荣辱爱恨,在烈火煅烧之下,尽化灰尘。

灵菲捧着鬼爷的骨灰盒回到家中,设下灵位,烧香祭拜之后,便木然呆坐,偶尔起来走动做事,却是六神无主,丢三落四。

半觉呼唤灵菲,她抬起头来,眼神空洞,呆滞痴傻。半觉见状,急在心里,有口难言——武人,本该每日苦练,不论是被最爱的人抛弃、思念已久的友人造访、抑或亲人去世……这些都不是偷懒的理由。只有披荆斩棘,在苦海浊世中艰难前行,无视伤痕累累、泥泞汗水,直到周遭人们觉得此人古怪疯狂、孤僻异样,才能拥有豁然开朗的“明天”。

可灵菲所面临的,乃是必败死斗,没有“明天”。

半觉思虑整日,理清思路,来到客厅中,坐于灵菲身畔,拿出手机播放鬼爷遗言。灵菲忽如受惊的小动物,紧紧抓住半觉双腕,一遍遍地重复听着爷爷最后的嘱咐。渐渐地,失魂落魄的姑娘,脸上恢复了血色,不一会儿,竟有些忸怩羞涩,低头避开客厅的烁烁灯光。

“凡事总须有个了断,鬼爷已逝,再无牵挂。世间海阔天高,应该好好活下去,听爷爷的话,跟我回南方吧!”半觉说。

“必须了断,我苦了二十年,就是为了拼这一场,拼死了,才还得清我爹的账。”灵菲默然良久,长叹一声,言语悲伤。

“你真以为这样能够为父赎罪么?你若死了残了,我必打上何家,若我伤亡,我的兄弟们定然出手,若他们也折了,那我的师父,以及三师弟与门中长辈也会参战。到时何家陨落,若有活口,必再谋报复,从此越恨越深,除非灭其满门,否则永无休止,不论如何,都是造了一场天大的孽!”半觉心如油烹,声音渐大,灵菲双手紧紧地搂抱住自己,蜷缩在沙发里,瑟瑟发抖。

“我该怎么办……”灵菲抽泣，语声轻颤。

“跟我回南方，从此与宗族一刀两断，你清楚自己从小所受的苦，我相信何家后人亦受此苦。随着时间过去，人总会将恩怨淡忘，到那时，一切都会自然化解。”半觉在沙发前蹲下，紧握灵菲双肩。

“我凭啥跟你走！我一走了之，愧对爷爷！你凭啥让我背负一辈子的愧疚！”灵菲歇斯底里地喊着。

“我们活在俗世之中，本就有苦有乐，有得有失，有满足，有遗憾……我爱你，我会付出一生，尽全力照顾你，爱护你。你也该付出一些，请你以背负着愧疚的辛苦，作为交换，跟我回去南方，一块生活吧！”半觉捧着灵菲的脸蛋，热烈而期待的目光，牢牢地抓住灵菲的视线。

刹那间，灵菲的身体，失去了所有的力气，心中坚固的壁垒顿时崩塌。

“你娶我么？”

“娶！”

“你敢负我！老娘一包TNT炸药炸死你！”灵菲扑在半觉怀里，纵声恸哭。

“明天，我们明天就回去！”半觉说。

“嗯！明天！明天！”灵菲将脸埋在半觉胸口，不停点头。

午夜时分，灵菲哭得筋疲力尽，半觉将她抱回卧室，伺候其安稳睡下，径自回房收拾好行李。躺在床上，又怕灵菲改变主意，辗转反侧，不能入眠，直到天蒙蒙亮时，才囫囵睡去。

日晒三竿，半觉猛然惊醒，翻身下床，来不及穿鞋，奔到灵菲房间，见灵菲正收拾衣服细软。

“一会儿自己弄午饭，我去跟巍子他们交代些事儿，已经订了今晚的机票。”灵菲此时身着白色长裙，面带微笑，恬静淡然。

“早去早回。”半觉送灵菲出门后，坐在厅中，却感焦虑难耐，只得起身练功，消磨时间，直到太阳落山，操得筋疲力尽，姑娘依旧未归。

“她家大业大，自然事务繁多，很正常。”半觉安慰自己，却收效甚微，坐立不安，揉捏着双手在屋里走来走去，甚是煎熬。

时间流逝，离飞机起飞时间越来越近，半觉拨通了灵菲的电话，却听楼上铃声响起，灵菲并未将手机带走，心中阵阵慌乱，赶紧穿了鞋袜，夺门而出，却听得一声惊呼。

“嘘……你干吗呢？吓死我啦！”灵菲俏生生地站在门口，轻拍心口。

“你怎么不带电话，我……我还以为……”半觉惊喜不已，说话结巴。

“傻瓜！”见半觉如此慌张，灵菲心中甜蜜，进屋整理妥帖，提上行李离开。

巍子开车将二人送到机场，灵菲去换票，半觉正要跟上，被巍子扯住。

“大姐这些年过得不易，好好待她。”巍子嘱咐道。

而如今西装笔挺的刘京，并没有跟随半觉回去，他说一定会刻苦练习在半觉那儿学到的东西，只是武道却并非适合他的路。半觉微笑着，拍拍刘京的肩膀，上下打量着，他已是法师那家夜场的经理，月薪过万，顺风顺水。

“别低着头，不是每个人都有理由一辈子练下去的。”半觉说。

飞机离开陆地的那一刻，半觉终于松了口气，眼皮沉重，疲惫不已。灵菲见半觉萎靡困顿，扳过半觉脑袋，让半觉枕在自己腿上休息，不到一袋烟的功夫，男人便响起了轻微的呼噜。

俩人一路上相依相偎，如胶似漆，终于抵达鹊山城。邻居二位大厨见半觉归来，还带回个漂亮姑娘，欣喜不已，各自外出采购，约好晚上为半觉设宴洗尘。

一切都那么自然。

民以食为天，同一屋檐下生活，从午饭开始，半觉要下厨烧菜，却被灵菲赶到一旁。

“女人持家，天经地义。”灵菲瞪了半觉一眼，半觉站在一旁傻笑，不住搓手。

灵菲寸步不离地守在灶台前，煮着一块五花肉，九十度的清水煮五十分钟，细心地将浮上水面的白沫捞掉，再将肉切得薄可透光，配一碗油泼辣子，一道白切肉方才做好。

“我回来了！”半觉回到书店，继续着往日的勤劳，每日工作结束回到家，说出简单的四个字，闻见厨房中的香气与烹饪的声响，并向自己深爱的人打招呼。而立之年的半觉倍感新鲜、温暖，在自己三十年的人生中，竟然是第一次出现这样的场景——灵菲将菜端出，顺带在半觉脸颊上亲了一下，一溜烟儿地奔厨房去了。

此情此景竟是如此地舒适、醉心，难怪大家都急着结婚呢。

半觉里外看了一圈，可了不得，家中打理得焕然一新，就连自己的老电脑，都重装了系统，好用了许多。

“我是一个好姑娘，上得了厅堂，下得了厨房，进得了卧房，填得满银行，杀得了木马，打得了流氓……”灵菲蝴蝶般飞进房来，招呼半觉吃饭。

饭后，灵菲拉着半觉试几件新买的衬衫。

“别老给我买新衣，谁看我呀？倒是你给自己多买些，我看着也养眼嘛。”半觉为人大方，但对自己穿着却是非常随便。

“甭管人家看不看，你自个儿不能显得窝囊啊！我常看见电视里，妻子要给丈夫烫衬衫，我翻遍了你的衣柜，一件衬衫也没有，只有运动衫，所以去买了几件。”

“运动衫不行吗？”

“运动衫烫着没感觉，好了，不许脱，就这么穿着吧。”

“我晚上还要练会儿，弄皱了怎么办？”这衣服质地极好，半觉从未穿过这般高档的衣服，怕绷线，怕蹭脏，心疼，束手束脚，好不习惯。

“你不穿皱，我烫什么去？真是的！”

灵菲嗔怨，半觉住了嘴，不再犯傻，当面脱光上身，换了新衣。

“真好看，像人一样！”灵菲上下打量，心情大好。

“你……”半觉从未听过这等骂人般的称赞，接不下话头。

“我们去散步吧！”灵菲那上扬的眉毛，又笑成了一弯新月。

“老公，你觉得整晚散步这种事适合我们吗？”不多时，灵菲气闷，大眼睛盯着半觉眨巴眨巴。

“不合适。”半觉听灵菲如此称呼，乐得合不拢嘴。

武人就是武人，二人回去取了剑道护甲与竹剑，在江岸空地上穿戴，拉开架势对打。大美人与陈半觉放对儿，真是一场大戏！江上打渔的也放下手中活计，近前观看，隔壁二位大厨，更是摆上茶桌、点心，坐等开场。

外行人不知，竹剑一样是能打死人的，就算穿了护甲头盔，若被好手当头劈斩，一样打晕在地。半觉与灵菲都是年轻一辈中难得的高手，全力对劈，竹屑飞溅，到底是半觉力大，片刻之间，灵菲手中的竹剑便已裂开、报废。

换得一把竹剑，灵菲直接冲上，竹刀自左向右劈斩，那半觉刚一格挡，灵菲一脚便蹬向半觉小腿胫骨，没想到灵菲会用腿法，半觉要抬脚速退，却来不及避过，被踹在胫骨上，痛得钻心。

隔着头盔面罩，看不见对方表情，半觉想老婆认真了，自己也该认真点儿吧？双脚脚尖微微踮起，两脚重心不住变化，为阴阳步，将竹剑高举过头，成上段架势，聚精会神。

灵菲小心接近，伸出剑测量距离，要找个下手机会，一举劈翻半觉，那半觉却不给灵菲任何机会，高举竹剑，四处移动，无法捕捉。

“脚筋这么强！”灵菲惊讶于半觉那如火焰般跃动的步法，这样踮脚移动，对双脚踝关节、足弓、以及小腿筋的强度要求非常高。

灵菲知道自己长力不如半觉，要速战才好，便伏低身子，刀背藏身，自下往上蹿向半觉。

半觉不慌不忙，继续退，待灵菲一刀劈空，脚力暴发，猛跨向前，一剑劈在灵菲头顶。半觉是撞着个好破绽，劲走得顺，一时爽快，没收住手，劈得极重。只见灵菲吃痛，丢了剑，捂着脑袋，蹲在原地。

“没……没事儿吧？”半觉知道打得重了，也扔了剑，上前慰问。

灵菲猛地站起，脱了护手套，“啪”地甩在地上，解了头盔，“咣”地扔一边。

“完蛋了！”半觉情知不妙，河东狮吼要来了，便往江边跑去，要上小渔船逃难，那渔民识时务，怕惹祸上身，看着半觉跑来，早把船撑开了。

手拉着手儿把长江下
到了长江也不把手撒
咱二人就死在一处吧
免得思思念念常牵挂
转世为人还是咱俩
长大时你不娶来我不嫁
那时节儿才称咱俩心中话儿
……

灵菲声带哭腔，幽幽恨恨地唱着小曲儿，拎着竹剑踏歌而来，半觉听着唱词，莫名地遍体生寒，大江前横，杀神在后，唬得魂不附体。

十指纤纤，勾住了半觉的裤腰带。

“我们回家吧？”灵菲抹一把疼出的眼泪，微笑着轻轻拉扯，甚是温柔，半觉不禁看得痴了。

半觉洗澡出来时，拿着消肿止痛的药去灵菲的房间，可房中却没人，半觉心下一凛，冲动而紧张。

半觉回到自己的房间，灵菲着丝绸吊带睡衣，坐在床边。

“来，给你擦药。”半觉低着头，无力地死守着最后的矜持，灵菲抢过半觉手中的药酒，远远扔出窗外，扯住半觉的袖子，许久不放。

之后二人再没分房睡，终究从师徒蜕变为恋人。半觉的作息时间也变了，太阳晒屁股才起床。灵菲没有一夜是老实的，无所顾忌地宣泄着情欲的她，像是在跟枕边的冤家讨债，讨回那被孤独占领了二十七年的青春。

半觉终究是个呆头鹅，他没有发觉，自己打在灵菲头上那一剑，实实在在地伤了灵菲的心。灵菲本要转头离去，几日内，任由半觉如何认错，也不原谅，可是却强忍了泪水过来拉扯，女人何来这般广阔的心胸？——快要没时间了。

俩人每日里白天练武、工作，夜晚全交给灵菲安排。

逛街时，灵菲拼命地折腾半觉，不断问这件衣服好不好看，那件好不好看，使劲儿杀价。半觉把存款都取了出来，看见灵菲喜欢的，便要掏钱，对这女子疼爱至极，可灵菲来回地试衣服，狠命杀价，就是不买，半觉弄不清她在想什么。

灵菲看电影时，一定要半觉去买哈根达斯冰淇淋，并且要自觉，若是要灵菲提醒了才买，灵菲会冷冰冰的十分钟不理半觉。

灵菲这段日子没再醉酒，只午餐、晚餐时小酌二两，这让半觉很满意。

这日清晨，半觉醒来时，便闻见厨房里飘来的香气，满满的幸福，洗漱干净，刮了胡子，来到餐厅，搂着灵菲的小蛮腰耍赖。

“早餐在桌上，我做了土豆泥。”灵菲深深吻了半觉一下，将半觉推到餐桌前，又继续打理早上买回的食材。

“灵菲，我们结婚吧。”半觉吃着土豆泥，心中温暖，说出了自己斟酌良久的愿望。

“我早把你当自己的丈夫了。”背对半觉的灵菲嘴角扬起，深深的满足。

“我是说，我们去领证吧，要准备请帖，要拍照，还要挑选你喜欢的婚纱……酒席要预订十几桌，三桌真武书院，还有大成拳、心意门、咏春门、洪拳，还有沙家门、中国跤……武林大会一样，热闹得很。”

“我的户口本还在北方，有机会，我回去拿。”灵菲的笑意更浓，眼中晶莹，泪水滚滚落下。

“咚”地一声，半觉失去知觉，扑倒在餐桌上。

灵菲头也不回，仿似什么事儿也没发生，继续处理着食材，从柜子里拿出些塑料饭盒，将做好的食物一一搭配、分装，贴上写着日期的纸条，放入冰箱。

随后，灵菲拿出洁具，将房间打扫得一尘不染，把半觉乱塞的衣服，件件叠好，归类。又取来早上买的百合花，插在花瓶里，轻轻拨弄，将绿叶和花瓣儿弄成最好看的样子。

在餐桌边，扶起自己心爱的男人，用沾了温水的湿毛巾，将他嘴边沾着的食物擦拭干净，再将他背入卧室，放在了床上，把他的手脚摆放成一个很舒服的姿势，再为他盖上了薄被子。

灵菲拿出闲置已久的作战迷彩服和军靴换上，将各种随身武器、暗器装备完成，回到了床边。

“我毕竟是个武人，好好生活，再见。”灵菲轻抚过爱人面庞，出发了。

巍子等人已在半觉家附近等待。灵菲钻入车里，窝在角落里，望向窗外，默然无语。

“你干吗去?”灵菲见巍子开门下车，不禁皱眉。

“烟没带，买烟去，你抽芙蓉王还是黄鹤楼?”巍子随口问道。

“我戒了，你赶紧。”灵菲心不在焉，想起还没戒断烟瘾的日子里，被陈半觉围追堵截，双目紧闭，溢出泪珠。

十五　武心开眼

半觉醒来时非常迷糊，全身仿佛瘫痪，丝毫不能动弹，“鬼压床”般。放松身体，猛地发力，仍旧无用，犹如魂魄离体，深呼吸几次，还是不行，急了，便使劲儿咬舌头，痛得入心入肺，还是动不了。

折腾了好一会儿，脑子倒是清醒了，身上也微微有汗，仔细回想着自己睡着前的一切，随着思路逐渐清晰，目中热泪越发汹涌。

灵菲心疼爱人，想让半觉好好活着，却使得男人感到疏离、无望，是否因为自己迟钝木讷，会成为拖累？躺在这里的自己，实在是个废人，真不如陪伴灵菲北上，死战一场。

过了许久，半觉才能确定，自己还没被废，因为略微可以动弹了。从卧室到厨房，似是穿山过岭，已是大汗淋漓。

半觉用嘴咬开了矿泉水塑料包装，咬出一瓶，瓶盖却无论如何也弄不开，过了半晌，脑袋枕着水瓶喘息。

“呵呵，你也不认命吗？”半觉盯着瓶子惨笑。

“徒儿，你有家传，我也有师门啊。”半觉拨通了电话。

真武书院内，大当家岳虎禅在练武场中，与上门切磋之人比斗正酣，岳虎禅始终没有真正进攻，只是掐着距离，左闪右避。

这两年来，能胜岳虎禅之人，少之又少。他珍惜每一次与人比武交手的机会，尽全力将比武的时间延长，直到将对手的武技、节奏与心态窥尽，感到无聊之时，方真正出手了账。

“住手！”真武书院的八极拳教习郑平安，一边呼喊，一边拿着电话奔来，声如洪钟，奔跑如风。这郑平安平日寡言老成，却心水清明，绝非不晓事之人，比武乃生死胜负之大事，若非十万火急，定不会如此。

岳虎禅接过电话，听闻良久，眉头越发紧蹙，约莫一袋烟工夫，挂了电话，交给郑平安，转头望向那早已不耐烦的对手。

“还打吗?”岳虎禅问道。

“打!”那人被这通电话憋出满腔无明业火，正要干翻岳虎禅，扬名立万。

对手话音刚落，岳虎禅大步逼近，待得与人一步距离，忽然身子缩下，以一个极低极长的弓步，冲向对手下盘，对手吓了一跳，正要后退。岳虎禅却是追风赶月不放松，矮着身子，两大步连跨，死死将他逼住，同时左肘一挂，向上挑打。那人刚要防御，岳虎禅左手一伸，挑肘变成反背拳击面，那人反应倒也迅速，格住了岳虎禅的反背拳，可就在这格住的一瞬间，肋下剧痛，乃是被岳虎禅的右拳拳锋狠狠地钉了一捶。岳虎禅得势不饶人，右手一翻，又是反背拳击面，左拳拳锋再钉向肋下，反复往来五六次，双拳疾速连环，如车轮滚滚，脚下步步紧逼，一通暴打，崩捶连杀，正是戴家心意短打猛招——“冲天补手”!

想是胸腹、肋下伤重，那人双臂捂肋，弓成个虾米，跪在地上，嘴里流涎带血，做声不得。

“快去，把无心找来!”郑平安招呼场边的弟子们。

“无心要立即跟我走，把这人送医院。”岳虎禅挥挥手，走向场边，那儿有两个大美人观看比武，一者妖冶，名唤南宫千红，乃是虎禅妻子；一者看来俏皮可爱，唤作胤如，乃是虎禅红颜知己。二人相处融洽，煞是神奇。

“订最近的航班，到鹊山城，若没票了便多给些钱，请人退票。”虎禅对千红吩咐。

“嗯，快去给他收拾行李，多带现金。”这两年，虎禅少有这般急事，那千红也不多问，转头跟胤如吩咐。

“还有，房中矮柜有几件粗布道袍，也给我带上。”虎禅再也等不及，转身离开，一边走，一边脱下湿汗上衣。

待虎禅、无心二人到达陈半觉家中之时，已是次日凌晨。

岳虎禅一掌崩开房门，在客厅中找到了瘫在沙发上的陈半觉，尸体一般，虎禅伸出手指试探鼻息。

“老子没死……帮我查到这个地点。”陈半觉声音虚弱，感觉到虎禅的动作，甚是郁闷，艰难地抬起手，将一张纸条交予虎禅。

只见纸条上只有寥寥数字：“大姐将于十日后比武，下午，东经119.1，北纬40.6。”

原来巍子在下车买烟时，便将纸条交予小卖店老板，那老板与陈半觉乃是老邻居，自是相熟，见这伙人杀气腾腾，再得巍子多付五百元委托费用，哪敢不从？按照巍子吩咐，待这群活阎王走后许久，才敲半觉的门。那时半觉爬不起来，只得放声呼唤，让老板将纸条从门缝塞入。巍子并不知晓陈半觉被灵菲药倒，只道是灵菲悄悄溜出门而已，希望陈半觉到时也能相助。

岳虎禅问明一切，遂走入房中，拨通了通玄道人的电话。

“我已向师父请示，他老人家让我为你安排一切。”不多时，师徒间已商量出了结果。

虎禅没有说明师父的意见，只是让无心开始对半觉进行解毒治疗，便直接出了门。早上十点，虎禅又回来了。半觉细听，虎禅正在练武房中翻箱倒柜，扯窗帘，搬物事，不知何为。半觉解毒正到关键处，全身插满了银针，无法动弹，只得听之任之。

过得许久，虎禅折腾完了，无心也将半觉身上的银针拔尽。虽是行动无碍，却使不出什么力气，无心说，需要一些时候才能完全恢复。

“师父怎么说？”半觉问道。

“师父说用四天时间，为你‘点睛’。”

“点睛？”半觉疑惑。

“嗯，你知道当年杨无敌的‘揽雀尾’吗？”虎禅两眼放光，兴奋不已。

如今市面上流传的杨氏太极拳，其创拳始祖，便是清朝时号称“杨无敌”的杨露禅。所谓“心如火药拳如子，灵机一动鸟难飞”，这“鸟难飞”，便是“揽雀尾”之功。只是祖先威名与优良血脉，并不能保佑嫡系后人武运长久，这“鸟难飞”的真实本领，终究失传了。

“早失传了，就算有，几天时间哪里够。”半觉尝试着捏拳头，仍旧无力，极为沮丧。

“师父在一次云游时，从北方一个修炼武氏太极拳的家族，换得了这门本领。师父说，你的底子足够学练这手大活儿，只是时间紧迫，方法有些苛刻。你得闭关突破，四天时间，过得去，你练成了“揽雀尾”，让你去找那虎妞儿，若过不去，我和无心就要在这看守你，不让你离开。”虎禅盯着半觉双眼，甚是期待。

“开始吧……这……”半觉下床，发现身体的力量，只恢复到刚好能站住并且能挪动脚步。

“能练，相信师父的安排吧。”虎禅拍拍半觉的肩膀，差点把半觉给拍趴下。半觉功底犹在虎禅之上，平日里要打倒半觉，极是困难，像当下这种机会可一不可再，虎禅嘿嘿直乐，再多拍几掌，把半觉拍趴在地下，十分过瘾。

“你干吗？”

“嘿嘿！好玩！好玩！”虎禅又是一掌，把半觉拍了个狗啃屎。

“狗大户，等我好了弄死你！”半觉如今是龙游浅滩遭虾戏，踉踉跄跄爬起，气得半死。

“揽雀尾”的架子并不为难，粗看起来，就像双手从左边接过来一个东西，移向右边儿送走，再从右边接来个东西，移向左边送走；当双手在左边时，身体重心放在左脚，双手移向右边时，重心也随之移向右……左右斜行上前，不断地循环往复。

不过五分钟，半觉即将基本拳架学会。

“我们打人，是互相之间将人或物排开、撞开，而这“揽雀尾”的要义，却是将对手覆盖，吞噬，我们实际说明一下吧，你打我一拳。”虎禅立个门户，本觉用尽全力跨步上前，一捶当胸打向虎禅。

虎禅双手抓向半觉的手臂，半觉这时力量不济，但拳却意外地进得极顺，拳、臂、身上的力道，没受到任何破坏，直捣虎禅胸膛。

虎禅却胸口一含，堪堪避过半觉的拳锋，灵猴一般，双手似挠如抓，极巧极快，似是用指甲抠着半觉手臂上的汗毛一般，攀援而上。

这时半觉只感到像是一拳打进了一个深不可测的黑洞中，刚要收拳，虎禅右手食指已刺向自己右眼，二人同时停住。

“记住，覆盖、吞噬，不破坏对方任何一点力量，仿佛抠着对方的汗毛向上攀爬。我虽然知道这一手功夫的要义，却并未练过，下面无法再跟你说体会，只能让你实际体验了。”虎禅说着，又从墙角提来一桶豆腐，轻轻捧出一块。

“接住，别让豆腐碎掉。”虎禅将豆腐向半觉抛出，半觉方一接住，豆腐在手上摔个稀烂。

慢慢地，半觉估计到了抛物线的轨迹，从接住豆腐，借豆腐的惯性，再向另一侧送出，落地之前，完整无缺。

虎禅又开始变化各种角度扔豆腐，半觉仍旧接不出整块的豆腐，不过身法动作，越发熟练。力量虽弱，却能活用脊椎，以头、腰、胯，带动身体，形成了一股没有任何拙力死力的纯粹劲道。

这日傍晚时，虎禅向着半觉当胸扔出了最后一块豆腐，半觉双掌一转，胸口一含一让，齐齐整整地接了回来。

次日清晨，用过早餐，虎禅和无心将陈半觉送入已经布置好的练武房。练武房中立有九根木杆，呈并不标准的九宫排列，每根木杆上下左右，布了几根、十几根不等的缝衣针，窗户、门缝等皆已封闭，房中透不进丝毫光线，练武房一角有三桶纯净水与水池、洁具。往后三日，半觉就要在这里面修炼、饮食、起居。当他于房中行拳，将身体控制得妙到巅毫，最终做到身体任何部位触碰针尖便能立即回缩，而不被刺伤之时，那失落在历史长河中的绝学，便可重现人间。

虎禅仿佛将与大师兄离别相似，竟有许多不舍。

“师兄，我们会给你准备好吃的饭菜，饿了就喊，你喜欢吃啥，我们都知道，四天后的行程，我也会为你安排好。”

“嗯，我开始了。”半觉再不多言，脱下上衣，进入这人世间的活地狱。

“虎禅，怎么了？”无心对虎禅的态度有些诧异。

“大师兄若是扛不过，那也罢了，若是过关了……嘿嘿，过关了当然是好事，只是不知道会变成怎样，他这一进去，咱是要跟从前的他告别了。”

无心不懂虎禅的话，只是担心。

这一日傍晚，房中传出了第一声嘶吼，与拳头轰击墙壁的闷响，而后，无休无止的异动——胡话、哭笑、惨叫……开始了。

这一切，让无心忧心忡忡，怕半觉死在练武房中，而虎禅却总是咬着牙，眼神冰冷地说服自己：此乃一代宗师、一尊罗汉抑或一头怪物的初生之啼。

“灵菲，我也在与你并肩作战，不晓得你知不知道。”当半觉赤裸上身，赤足踏入场地，在虎禅将门关上、自己被黑暗包围的那一刹那，有些手足无措。

“从基础开始好了。”半觉从两脚并拢，自然站立的无极式开始，尽最大可能放空自己的身体，吐纳深沉，渐渐地呼吸越来越缓，身体近似于脱力，多年通背拳的功力，放松身体绝不为难。

双脚分开，双手渐起，开始走起“揽雀尾”的拳架。

将身体放松，凝神，心如水波不兴，应该会得到更快的反应。

“啊……咝！”往前不过走了四次“揽雀尾”，即被针深深扎入手臂皮肉，心中一急，将身子抽回，背后再被扎中，疼痛不已。

错了吗？仔细回想适才被刺中的过程，明明皮肤已感觉到了锐利的针尖，可是依旧收不住，继续往前，被深深刺入。那是我在感觉到之后，控制不住自己的身体，跟随着惯性向前，那么我应当做得更慢一些。

不一会儿，再次吃痛，半觉在被刺痛的几处地方抹了一把，手感黏糊，针孔虽不大，却刺得深，定是有血流出。

“多亏带了它。”半觉从口袋里，摸出个喷瓶，在适才被刺伤的部位，一一喷过，以免感染——这是通玄道人一门的独门药酒，刀伤、撞伤、烫伤、毒虫叮咬、口腔溃疡，绝大多数伤口都能适用。

“还缺许多东西。”半觉发现，这“暗室摸针”的练法，远比自己想象的要艰难。

“对，控制不只是慢，还有内外三合。”半觉站在原地，起了“揽雀尾”的架子。开始一点点地校正自己的身姿，头上领、胯下坐、手脚合、肘膝合、肩胯合……这些基本要求，平日练功，绝不会像如今这般严谨。从下往上，骨骼节节推进、节节贯穿，此时若有行家在旁观看，当知半觉的拳架，不输与古代那些大高手、大宗师。

“啊！”再次中针，重新裹紧、校正“外三合”，裹紧拳架，依旧于事无补，再扎下去，怕是喝水都要漏了。

半觉要摸到墙边休息，可这时已经没了方向感，前后左右，哪里有针？哪里没针？

“我×！要整就整个彻底！”半觉来了火气，脱了运动裤，只剩一条内裤，让自己恐惧更胜，一把将裤子扔到一边，手臂再中一针，针入肉时有硬碰硬之感，定是扎到了骨头，牙根一阵酸麻。

待得半觉再吃十几次痛，好容易摸到墙边，像摸着救命稻草般，已微有虚脱之相。

“蠢货！吃屎吧！”半觉坐在墙角，待要喷药，却发现那药本在裤兜里，已不知被自己扔到哪儿去了，狠狠地扇了自己俩耳光，不得已，继续站起来练，顺带把裤子摸回来。

这样练法，极耗心血，半觉略感困倦，狠狠打了个哈欠、伸了个懒腰。墙离针阵有些距离，可以放心地伸展身体，就在这时！半觉脑中灵光一闪，仿佛明白了些关键，却一闪而过。

是什么？时间不多了！必须抓住所有的机会！半觉在脑海中，向着逝去的那一丝灵感拼命追逐。

呼吸！呼吸会推动我们身体的惯性！

平日练武、生活的呼吸，懂得呼吸与动作相配合，比如出拳呼、收手吸或起身吸，落身呼，那样并非是与身体的最佳配合。

半觉重新回到无极式站立，再次放松身体，呼吸放缓，片刻之后，呼吸已细不可闻。

再等一会儿，呼吸几近断绝，半觉轻轻展开双臂，胸腔扩开，空气自然而然吸入身体，不错，应当如此。抛弃意识自主的呼吸，反之以身体的束、展、起、落，来带动呼吸。

半觉在原地开始练习自己所会的各种拳架、招式，试着熟悉这种呼吸方式。

再次回到“揽雀尾”的架子，起落开合间，身体能带动呼吸的轻重缓急，已经适应。半觉开始往前，再向着黑暗中的针山地狱寸寸逼近。

半觉此时已如水中捞出，全身上下出的汗太多，舔嘴唇时，汗味都已没有了，淡如清水。不断有汗珠，划过皮肤，拨弄着汗毛，这种瘙痒一直挑战着半觉的注意力，使得半觉体察外界变得更为困难，为了不再被针深深刺伤，半觉再次放缓了速度。

半觉忽然发觉，在这种精神高压之下，全身的劲道出现了改变，十指指尖不自觉地惊出了一股似挠如抓、撕扯扣抓一般的劲力。身体虽然继续以“揽雀尾”的架子推进，心却一直在防备针尖而导引身体向回收，咬紧了牙关方能往前进步，仿似全身内外三合一齐完美发动，推挤一座千斤重物般，又似在浓厚泥浆中奋力向前迈进，很是辛苦。

多年习武的经验，让半觉知道，自己已进入一种极为难熬，却又极为难得的状态，全力平复心中的焦虑与激动，希望能维持更长的时间，看看最终能熬成什么样的本领。

非同寻常的修炼，半觉已有了不小的进步，可真正的苦难还未开始。

心力耗损非同寻常，黑暗中，已分不清自己是闭眼还是睁眼，靠着墙囫囵地睡了过去。

此地，何地？今夕，何夕？梦耶？真耶？死耶？活耶？

半觉并不确定自己醒了没有，是睁眼还是闭眼，做梦，第一次没有人物没有景象，全黑。

不！来不及了！半觉猛地坐起来，臂、背、膀上的皮肉辣痛无比，忍不住发出呻吟。

我的眼睛！看不见了么？不会的，一定会有些有光的地方！咣当，半觉乱动的脚踢到了一桶水，半觉抱起水桶，对脸浇下，冰凉浸透，终于有了一点活着的存在感，也清醒了些。

灵菲，她去赴那场北方的死斗，我这便去找她！

门，门在哪里？半觉急切地沿着墙壁摸索，终于找到了。这木门，对武人来说，比一片苏打饼干结实不了多少。量好距离，退后一步，放松身体，便要发力撞开。

不！半觉突然闻到一丝香气，还听到一点声音，香气好熟悉，是隔壁大厨又开始做他的拿手菜；声音，是远处的公路上有车开过，声音很响，来得快，去得也快，是辆很好的车。

这是师父命三师弟布置的针山阵，我要在此练成绝艺，然后去北方，把我爱的人带回来——半觉终于想起，为何在此，为何黑暗。

我睡了多久，一天过去了吗？恐怕已经过去一天半了！不行，来不及了！

半觉再次起势，一寸寸地感知身体，校订拳架，没错，身体还有记忆，我在睡着之前，一直在练“揽雀尾”的架子。

可是，呼吸跟不上，心头极是焦躁，那黑暗的前方，像是立起了千万根针，等待着将自己刺穿，无论如何也走不下去，转头去摸墙，心中暴躁难当，终于发出了第一声嘶吼，抡起拳头，朝着墙壁乱打。

半觉低估了时间的浓稠，高估了自己的耐心，这只是第一日的傍晚。

良久，思路终于清晰，呼吸渐定，身体活动开，感受着周身沁入的疼痛。

不远处，咣当地响起摩托车弹起撑脚的声音，发动机轰鸣，那是洪峰大厨要去酒店掌勺了，生活一如既往；

屋外，传来一声欢快的鸟叫，半觉感受到了晴朗的气候和遍洒的阳光；

微微闻得树叶哗哗声，半觉张开双臂，像是感受到了舒适的凉风拂过，周身清凉；

细细分辨，有毫无节奏的骚动，许是虫豸之声；

还有一些全无生机的波动，当是某些用电设施……

这些虚无的意识，蕴化出色泽、形状，在心中逐渐绽放。耳中的声音逐渐丰盈起来，那声音通过意识，传入半觉脑海，双眼于黑暗中虽与盲人无异，那耳、口、鼻、身，再次开窍，重新将周遭的环境“看”清。

过了许久，吱呀一声轻响，将半觉忽然从似幻似真中惊醒。门下方的一块板被掀开，不知是虎禅还是无心，将一大碟食物放了进来，那掀开的部分所透进的光亮稀薄得可怜，就连一个墙角都无法照亮，入夜了吗？

“无心？虎禅？”半觉轻声呼唤，来人却并不应答，门外传来撕扯胶带的声音，那一块掀开的木板再被封上。

“是饺子，他们为了让我进食方便，特地做的。”半觉闻着食物的香气，猜测着伙伴们的心意。

很大的一盘，该有三四十个，都包得圆滚滚的，嚼在嘴里，是自家擀的面皮，自家拌的馅，好吃极了。

半觉只吃五六个垫垫肚子，现下的他，身心都已醒了，十分珍惜腹中饥饿的感觉，这让他脑子清爽，精神集中。

人总有极限，似乎过了好长时间，汗水浸泡得太久，两腿又是似剪非夹地相磨而行，大腿内侧的皮肤已受损，火辣辣地疼痛。而身体热量消耗太大，两腿也开始发软打战，只得稍事休息，慢慢地挪出针阵，脚趟着地，摸到食盘，坐地吃饭，却味如嚼蜡，强迫自己吃了几个，只感觉头脑发胀，胃口也因眩晕而变得奇差，身体难道又出现了什么变化？扶墙站起，竟然无法保持平衡，咣当一声栽倒在地，又撑起来，坐定，眼前不再是单纯的黑暗，黄的、紫的、绿的颜色于目中阵阵渲染，眼睛胀痛得厉害。

长时间的黑暗中，半觉根本分不出眼睛是睁开或闭合，在进入针阵后，因为精神压力巨大，双目眼皮不知不觉地使劲，眼睛早已疲惫不堪。

怎么办？只得用手轻轻摩挲眼睛，确认闭上，然后开始按摩松弛，想到自己在修炼一门传奇般的绝技之时，竟然做起了眼保健操，半觉忽然乐不可支，放声大笑。

“这样下去，能行吗？”这是无心一天之内，第五次问这话，医者父母心，他对病人的身体最是关切。

“师父的决定是有道理的，这样的大活儿，也只有他练得成，因为他不服气，不甘心。”虎禅为解无心担忧，说起缘由。

陈半觉曾经对虎禅说，他觉得这世上有很多用得特别糟糕的词语，比如形容一个人，用“优秀”二字。一个人英俊、快乐、有钱、言谈有礼，这不能不说是优秀。可是若一个人贫穷、丑陋、历尽人间苦楚，而在不为人所见的内心深处，品德高尚、胸怀大志，那么会有人说他优秀么？

在半觉刑满释放后，一直想摆脱曾为囚犯的自卑，他要给自己定立目标，这让他迷惘了很久。自卑让半觉愤世嫉俗，富贵、名气、美色……这一切俗世难求的东西，让他极不服气，也无法满足于他。他不甘心在这一生中，像狗一样撕咬、争夺这些恶俗之事，于是拼命地向上跳跃，试图冲破世俗的乌云，见到更为广阔的天空。因此，很长一段日子里，状若癫狂。幸得师父通玄道人指引点化，他找到了自己执念所向，看见了此生欲望的终点！

“他……想要干吗？”听得虎禅的开释，无心战战兢兢地问道。

“他要做‘大人’！”虎禅睁大了眼睛，盯着无心，神情甚是肃穆。

“‘大人’是什么？”无心疑惑。

“人若聪明，可以得到金银资产、酒色财气；人若有些智慧，更能得到众人敬仰，高高在上；而‘大人’，则是在这一切之上的一种人。三国时，阮籍曾有论述，说这种人与造物同体，与天地共生，与大道同呼吸，逍遥浮世，仿佛与这世间万物浑然天成，你……明白吗？”虎禅苦笑着，揭了半觉的老底。

“除了道祖老子！怎么可能有这种人？他入魔了吧！”无心几乎跳起来，望向半觉所在的暗室，几乎要立即冲进去，将这可怜的师兄拖出来，好生劝慰。

“呵呵，师父当然知道这不可能，半觉自己也知道不可能，也许，道祖老子都未能达到如斯境界……可是师父说，半觉没有错，他是对的。”

无心像看神经病般看着虎禅，只觉得通玄师叔门下，全是怪胎。

“人由兽而来，向神而去，所谓的神，就是咱们说的道，是那运转世间万物的力量与法则。人不可能成神，但正是因为这个无法达到的目标，才能不断地改善与进步。当人不再‘向神而去’，便已经放弃了生而为人的权利。在放弃了无法达到的目标，却达到眼前目标的那一天时，人的疯狂与欲望将全部释放，连兽也当不成了，与魔无异。而半觉尽管明白达不到，但是对‘神’——这个并不存在的终点充满执念，所以师父说，他能成就。”

此刻，无心终于明白，平日里看半觉少言寡欲，迟钝笨拙，可他心中却有一个博大、深邃的世界。他之所以俯首下问、恭敬谦卑，只是因为他在这个世界中看见一个不明真相的小盒子，想要弄明白罢了。

世间有许多人，他们有天赐的羽翼，能在枝丫间欢呼雀跃，沐浴着珍珠般的晨光，甚至能穿越参天古木、崇山峻岭。他们俯视着地面那些躲避着荆棘，在泥泞中辛苦爬行，弄得浑身肮脏的生物——这就是天上地下之别。

可在那世人难知的莫测境界中，还有另外一些没长翅膀的东西，比如庄子曾言：“北冥有鱼，其名为鲲。”

好想出去，出去后能看见月亮，还有自家兄弟。我可以舒舒服服地躺在睡惯的床上，能看着电视吃饭，饭后出来，吹吹夜晚江边的凉风。江上渔人将落网的鱼儿捞起，那摇摆着的鱼尾，鲜活的击水声，那嶙峋的山，鲜活的人，还有缠绵的水啊，从未让半觉如此魂牵梦萦。还可以骑车出去，在喧闹的宵夜摊上，自在地卷起裤脚，看着周遭的男女，体验着无拘无束的市井之乐……

虽已习惯了黑暗中的针阵，聚精会神地挪动身躯，缓缓行着拳架，皮肤微感刺痛时，便已能刹住身体动作，短短时间有此进步，已是不凡，可这练武房中的四壁，却前所未有地让半觉胸闷欲呕，可他自己也不知道为什么，再也没有把被针扎的气，发泄在四面墙壁上。

多么怀念自由啊，时间一到，出去便可自由啦！出去了我就可以……

可以什么？练成出去之后什么都不能做！要直奔北方那个混账、无耻的战场！

想到此处，不禁悲魔丛生，此去万一有个三长两短，家中爷爷奶奶、父亲母亲，他们又如何自处？什么事情都怕琢磨，平日里比武较技，全没想到这些，如今恶战临近，却惧怕马革裹尸，这又是何说？

袁师的拳，我还没找到一个看着顺眼的好孩子传下去。

通玄道人所用心血，会不会就此白费？

爷爷奶奶还能不能看到我成家立业那一天？

门外的兄弟，回去如何面对恩同再造的师尊？

远走的爱人，就真的无法摆脱一世的沉重晦暗？

当年牢狱之灾，内疚犹在，没做完的事太多，报不了的恩太多，对不起的人太多，两眼一闭，真能万事皆空吗？

出去了能怎样呢？将半觉捆绑得喘不过气的，已不是这画地为牢的四壁与绝望迷离的黑暗。天地之间，那剪不断、参不透、解不开、挣不脱的宿世业力自虚空中漫卷而来，死死扼住半觉的咽喉，坚强的男人窝在墙角里，欲哭无泪。半觉喘着粗气，向空中伸出双手，胡乱挥舞，无力地在这无法言说亦无法沟通的牢笼里挣扎。

当啷一声，半觉似乎碰倒了什么，熟悉的声音，那是根十三把棍，半觉愣了好一会儿，将棍摸到手上，面色悲苦，眉心紧蹙，捕捉着脑海中的一点灵光。

棍，因为长久的练习、摩挲，已经包浆，纵然是黑暗中，光是凭手上的触感，也能感受到棍上那陈旧柔和的光泽。岁月将自己的灵魂寄托在了这根简简单单，只有茶杯口粗细，十三个拳头长短的棍子里。

“简单……简单……简单得像个一。”半觉抱着棍子，像是抱着一个贴心的依靠，嘴角幸福地翘起，就连他自己也不清楚，为何忽然如此安心。

“抱一……抱一……”半觉喃喃道。

造化神奇，说不清某时某地，会赠予某人什么东西。

第四日凌晨，岳虎禅与无心强撑着严重的黑眼圈，盯着桌上那专为擒拿半觉而准备的狼眼战术手电、伞兵绳与“拇指铐”，沉默不语。暗室中声息断绝已十二小时，无心送进去的食物，在门板下原封未动，他轻轻呼喊半觉，也毫无回应。

岳虎禅到底是“真武书院”大当家，最是杀伐决断，抓起绳与铐便向暗室走去，无心长叹一声，振作起精神，一同去擒拿失败的半觉。

“无心，一会我动手时，你用“狼眼”照住大师兄的脸，我将它放倒，你便……”岳虎禅正与无心分配擒拿任务，忽闻暗室中传来细语。几日来，暗室中哭笑怒骂，时有所闻，不论是何动静，都不奇怪，此时暗室中所传来的声音，渐渐清晰，直到最后，言语才清楚地传入二人耳中，听起来充满了希望。

……弟子终能尽去私心，破除习性，得见真实，而今开眼，是名“金刚乘天”！

门外的岳虎禅与无心面面相觑。《一切如来安像三昧仪轨经》有云：“复为佛像开眼之光明，如点眼相似，即诵开眼光真言二道。”——按佛门说法，法物在未得开眼前，与芸芸众生一般，皆被无明尘垢所染。开眼之后，法物与道心相应，洗净无明，回复本来面目，发挥其应有的能量内涵。

“莫非……”无心开口道。

“保险起见，抓住再说！”岳虎禅咬咬牙。

暗室门开了。今日满月，皎洁的月光照耀着出关的武人，这是何等景象啊！

陈半觉自脖子以下，遍身暗红，进去时穿着的白色裤子，已被鲜血染红了大半，几日下来已经阴干，现黑红之色，腥气扑鼻。若非此人是自己熟悉的大师兄，纵然像当下这般目光炯炯，面色安详，虎禅亦会以为这是从地狱血池里爬出的恶鬼。

虎禅忽然斜行而上，一手格向半觉咽喉，一手格向半觉后膝盖窝。放翻了再说话，纵然摔不倒，亦有诸多精妙后着，再有无心从旁辅助非把半觉拿下不可。

虎禅双臂，犹如狮子张口，大气凶猛，却扑了个空。

“无心！”虎禅立时转头。

“虎禅……”无心满面为难，手中那根严阵已待的伞兵绳，现在却无力地耷拉在陈半觉手中。岳虎禅瞪大眼睛，古武绝唱，再现人间，见证者欢喜若狂，喘息粗重，良久，含泪大笑。

陈半觉褪下血衣，于江中沐浴，凌晨的江水，冷冽非常，肌骨俱爽，遂忘遍身针孔灼体之痛，心也慢慢醒来，而至通灵。

能所分离者，皆是因缘假合，当愚夫自妄想中惊醒，这为情欲而苦闷哀伤，且面临着腐朽、溃烂的肉身，终能化为苦海之舟，此身意义不再拘于现世。

幸甚至哉！

在这时代，人皆疲于奔命，却忍受着缓缓不进的痛苦，吾等却能放下一切，以古代先贤、山川流水为师，超越声色，破执形象，大步跨向那个人所不知的境界，此生何求？

掬起一捧江水，泼在脸上。流水叮咚，转瞬即逝，永不停歇。俯仰天地，万物变化不休，随生随灭。原来，事物不能长存，人不可能常在，并不值得悲伤。

纵是黑夜，眼前的一切都变得更加清晰，岸边的草木香气，沁人心脾。一切逝去与生长，尽在六识之中……这个世界仿佛与半觉相连、共生。

半觉感受到了时间的微风，拂过万象森罗，透体而过，带走了岁月，让自己逐渐衰老，下一刻的自己，已不再是此刻的自己，只是另一个相似相续的人。从此，不再背负过去，不为将来焦虑，亦不沉醉于现在。

或许就连江里的小鱼儿都感受到此人心量广大、犹如虚空，浑然天成、与道共生，丝毫不惧怕这个非凡之人而聚拢在半觉身边。此时天黑，若在白昼，定教人叹为观止。

忽然，半觉身畔腾起许多水花，鱼儿受惊尽数奔逃，几近大悟之人，睁开双眼，其光凌厉，其神温润。——还有些事，放不下。

岸上，王楚、洪枫二位大厨捧出大碗，盛上羊奶与杂粮煮的粥，为半觉补充营养。食用完毕，虎禅将一个背包交予半觉，那是为大师兄收拾的行李。

“你已三年没回来看望师父，师父每年为你订做一身道袍，都在这里。”虎禅将包袱郑重交予半觉，还有两张写了字的纸。

“你给我的坐标，我已查清，这是地图和最简便的到达方法，你此去甚是危险，为了能让你放手一战，师父安排了七师弟与你同去，他会在河北保定与你会合……万事小心。”

“我们的棍术,会广传人间,此去将做最后的印证。”半觉见虎禅对自己关怀备至,只得说出最低限度的安慰,事实上,他并没有想,亦不屑思考此战的胜败,乃至生死。

半觉取出一件粗布道袍穿上,取了一根十三把棍,将包搭在肩上,扬长而去,留下一个似曾相识的背影——那是自古以来,取经人与送经人告别家乡,迈向海国千山的背影。

正是:武道存心中,正智照虚空。为证方便法,出世破邪宗。

十六　神箭残阳

陕西,三秦之地。

死胖子,死胖子,死胖子……人们都这般叫他。

“其实我不叫死胖子,我叫井二。”井二挖挖鼻孔,挠挠屁股,如是说。

井二生下来时,重九斤六两,哭声之大,惊世骇俗。如今井二的父亲一听到噪音就头疼,据说也是那时候落下的病根。

井二家中可算富裕,却从十四岁筋骨初成起,便偷偷地做苦力存钱。他体格庞大而强壮,满脸横肉,工地管事从未将他当孩子看待,每天搬完三吨沙子,收入一百元。

井二从不小气,若是朋友需要钱,他便量力而行,或借或送;需要馈赠礼物之时,也挑选得十分得体;对自己,吃喝从不克扣,乃至长到如今的二百五十斤……最重要的是,他每日醒来时,就能盘算清楚,这一天需要多少开销——这样的人是很能存钱的。

家人朋友,对他的努力极为不解,既不是守财奴,家中也算富裕,却又汗流浃背地挣钱,到底为什么?在拜入通玄道人门下之前,只有终南山上的一个隐世和尚知道答案——那是他为了解开束缚而备下的资粮。

不对!不对!非常不对!——这是井二在十五岁时对身边所有人的命运轨迹,作出的质疑。

自上学起,优等生的父母昂首挺胸,差生的父母低眉顺眼,中等生的父母焦急万分。好容易上了大学,所有的同学都认为,好好考试,读上研究生,就能讨一个有几分姿色的老婆,过上有车有房的幸福生活;想学点儿品位的,说几句口头禅,带上佛珠、菩提子,染些仙气儿;为了来世能娶到白素贞,再买条蛇放放生;走上了社会,终日奔忙,或当官,或从商,有了昂首挺胸的酒色财气,每年同学会便能大放异彩;娶妻生子,为子女再操心半世,弄点儿房产,买点儿投资理财、养老保险,下半世有了保障;晚年打牌,跳广场舞,打门球,练书法,偶尔搭讪死了老伴的老太太,自己再比老婆早死一点,人生圆满。

每次细想这些,井二不禁惧怕得浑身发抖——什么都知道了！为什么还要活下去？不对！人一定还有别的活法！

十七岁那年的春节,亲戚朋友来了一拨又一拨,热闹喜庆。

“哎呦,我家那孩子可皮了,还是你家的孩子成绩稳定……”

“呀,那小井可要加把劲儿啊,今年高考竞争可激烈啦,我家那孩子都报了四个补习班……”

“不好不好,中文专业不好就业啊,还是理科好……”

……

井二对这些话语,越发难以忍受,胸膛里憋着一股邪火似要炸裂,纵然紧捂双耳,依旧难以止歇。

大年初三,井二扔下了人间喜气,怀揣孤独,登上了白雪皑皑的终南山。他在山上找到了一个老和尚,和尚说井二的难受是一种福气,名为“宿世因缘”。

井二跟老和尚要水喝,老和尚颤巍巍地起身,到屋外捧了一把雪请他吃,说自己快要死了,日用家私都送予山中的清修隐士,没有水壶和杯子。

“孩子啊,你是读书人吧?”和尚问道。

“嗯,今年要高考。”

“能中么?”

“不晓得。”

“读书人应该做些什么呢?”

“上大学,找工作,娶媳妇。”井二对这类问题甚是厌烦。

“你自己怎么想呢?”

“我想学道理,学那些能让我活得有趣、有力量,能让我死而无憾的东西。”井二说完,一口口狠狠地啃着雪团,对那世俗无明,恨意极深。

“《周礼》有六艺,读书人该学学,我这儿还有最后一件物事,送你吧。”和尚掀开污糟的被褥,取出两个三尺来长的布袋,层层展开,竟是一张弓,一筒箭。

和尚说前几年有个年轻人在附近修行，每天弹琴、练字、射箭、读书，待了两个月后，被父母带走，这是他留下的。

和尚告知井二如何给弓上弦，再传与拉弓之法，遂将弓箭交付于他。

“去试试。”和尚那浑浊的双眼，略现灵光。

井二轻轻弹拨弓弦，弓弦震动，那深沉的嗡嗡声，像甘霖洒落旱土般浸透了身体，简直就是来自前世的天启。

张弓搭箭，怒气开弓，力雄引满，吐息之间，手指一松，手臂轻柔舒缓地崩开，箭嗖地飞出。那一瞬间，井二的心，也被那疾若流星的飞箭带走，闯入了深不可测的风雪之中。

临近高考，复习之余，依旧会找无人之地苦练射艺，不出一年，已通达弓箭中的多种技术，实是天赋异禀。

射艺养心，井二虽因练习射箭而减少了复习时间，但复习效率却高了许多，成绩不坏，顺利上了大学。

自此之后，井二数次入山，却再也没见过那个老和尚。

这就是井二的第一次奇遇，这让他不仅爱上了射箭，亦对走访名山大川兴趣极高。

此时此世，懂得射箭的人本已不多，射得好的人更是凤毛麟角。井二的本事，虽不说百步穿杨，三十米内，箭发连珠，海碗大的目标，无有不中，已是极为难得。

可就在大学的第一年暑假，井二于山西云梦山旅行，遇见一位比他射得更准的道人。

那道人年近六十，束发长须，似是从未握过弓箭，见井二于山中练习射艺，遂来了兴致，向他问询射箭之法。井二细细讲解，那道人听罢，百步之外连射十箭，八箭命中草靶，再试一次，已无虚发。

道人说自己是初次射箭，井二听着只觉头皮发麻，难以置信。

“我确是初次射箭，可我之前一直在练武强身，兴许是功夫到家，学什么都快。”道人如是说，井二毫不犹豫，叩首求教。

整个暑假，井二都待在云梦山中，道人性子随和，无可无不可，只是在传授武术时，极为严苛。站桩以正身形、养功力，又抻筋拔骨、练力走劲，再习拳术武技、喂手练打，一丝不苟。井二知道自己进步迅速，却不懂道人功夫到底有多高，亦不知晓自己所学本领如何上乘，只是按部就班地顺从道人安排。山中无聊，没有烤肉、炸鸡、肉夹馍、条子肉、麻酱凉皮、羊血合烙、小炒泡馍、冰峰汽水、汉斯小木屋、白宝鸡啤酒，嘴里淡出鸟来。好在井二是童子之身，杂念甚少，整日价练拳解闷，一个桩功能熬大半日，一个单式每天能操上万次，练到烧裆。

简单说说武术修炼的体会，正统的武术基本功修炼，并不会像健身一样，让人觉得肌肉充满了力量。除了觉得身子顺当，活动灵活之外，并不会明显感到自己的力量长进，只有在接触对手，与人相搏时，才会感到对手轻了——对，你并不会感到自己的力量大了，只会感到对手单薄了，而在与人放对时，基本功有多深厚，则是胜负的决定性因素之一。

不对！不对！非常不对！——这是井二在二十岁时，开始广泛接触练武人，对他们所习练的武艺及态度，作出的质疑。

从那些在广场上呼呼地撸套路、咔嚓劈砖头的，到名声远扬的武协教师，拳馆教练……井二苍蝇见血似地找人交手打架。每打一次架，不论输赢，像吃了片伟哥，打从心里硬上一整天。渐渐多胜少败，多看多学之后，井二才知道自己所习的确是上乘本领。

井二开始上网看各种关于武术的信息，有许多练国术的人啊，他们相信祖先能口吐飞剑，相信祖先能凭虚临风，相信自己骨骼精奇，练一年能抵别人练十年，相信自己的聪明才智足够推翻几百年来生命和血汗浇铸的经验，就是不相信刻苦努力和爱拼才会赢的基础道理。

在外出游历和长见识的过程中，见到了怀揣各种目的的练武人。有的人是被逼无奈，为了生活。有的人是为了装模作样，赶着传统文化流行，趁热在这坨牛粪上插朵鲜花。有的人是为了无聊的人生不再无聊，武术可以玩儿一辈子，而且不腻。那些真正追求武道真谛的就稀罕了些。

井二见识了各种畸形的拳法——没有功底的太极拳，莫名奇妙的套路，违背人体科学的气功，完全意淫性质的功法。这个时代的各种垃圾产物，没有任何积极向上的价值，无益于身体健康，仅有的观赏性也十分有限，更勿论其战斗能力了。在这样的海市蜃楼里，不管腐化物上爬满了多少蛆，都能当作蛋白质吃下去。

中国人善良啊，却又漫不经心，贪于安乐，就算外面炮火连天，只要枪炮不打到门前，大家还是能凑出一桌子麻将，搓到地老天荒。似乎武术也一样，师傅的传承漫不经心，学生学得漫不经心，最后打出来的拳法也有一股不负责任的态度。学了不负责任的拳，不负责任地交给徒弟，因为只想弄点儿钱，而徒弟也一样，没想真正学拳，只想会两下子装点门面或者继续骗下去。拳是祖宗的拳，我挣我的钱，拳坏了无所谓，责任也与我无关。

马勒戈壁，都该拖出去打靶。

道士师父所传的本领，不好看，不洋蛋，但是因为练习量太大而因此变得更大的食量，在别人眼中，井二依旧是一个放弃治疗的死胖子。

好战之人，恶名远播，只是囊中羞涩，捉襟见肘，终于接受了商业性武术团体的招安，让其作为团体的顶门柱、镇地虎，领一份薪水，应付可能陆续而来的挑战。

三年过去了，已临近大学毕业，始终没有任何人上门打架，在这个生意日益兴隆的武术团体中，井二也便成了个吉祥物般的存在。

别看意淫小说啦，大家真以为一身好功夫很风光吗？当所有人都带着“虽然不明白，但是看起来很厉害的样子”的眼光看着你时，你能好好活吗？

当年下山时，师父多有叮嘱：“好好努力，武术异日要大兴哒！”

井二如今每日里捧着一包薯片，蹲在训练场边，看着耀武扬威的教练和有手无心的学员，不断地傻笑。

“我能把你们都打死，所以我特别开心。”——井二就是这般想的。

可是笑多了，就落寞心酸，师父啊，这都过去五年了，武术什么时候才大兴啊？

今天早晨，井二下了一碗韭菜面，烙了四个锅盔，刚吃完，便接到三师兄岳虎禅的电话，说大师兄陈半觉要赴一个死约会，问井二是否愿意去保护他的大师兄，抑或去收尸。

这是幸福降临的前奏吗？

近年，常听人言语，“武”可分为“止”、“戈”二字，武术，便是“止戈之道”。

真是牵强的解释，止，乃是“趾”的旧字，“止戈”便是“趾戈”，当解释为“有方法有目的的暴力行为”，但看人如何施用。

有人以武济世，有人入世争名；有人惜命护生，亦有人伤天害理——可他们都有武人的高傲与自尊。

高傲、自尊、怜悯、道义……这些啊，都不需要了，今天何家老太爷夙愿得偿，心满意足，阳光映照在他的面庞上，炁血饱满，痛快淋漓。

何家请到场的十几位武林高手，已经开始窃窃私语，小声向老太爷道喜。待一会儿将这段纠缠近二十年的恩怨了结，夜晚定要开怀畅饮，不醉不归，想到这里，场中笑声更见爽朗。

“何成，将她挑了筋，带到祠堂。”何家老太爷轻轻挥手，便要离座。那镇守最后第八座擂台的老人名唤王艮，迷惘地看着喜庆的何家及众位高手，良久，轻声叹息，闭上双眼。

自信、气势、热血……弥补不了实力的差距。灵菲弓着脊背，伏在地面，额头顶地，双手抱怀，瑟瑟发抖。想是胸腹遭受重创，脸上三道抓痕，皮肉翻起，血染黄土，触目惊心。

只是第五擂，怎会如此?!

巍子惨嚎一声，带头冲上夺人，何家众高手岂是易与，纷纷冷笑起身，取出随身兵刃，或刀或剑，或点穴镢，或护手钺，向四周散开，遂将巍子等七人包围。不到一盏茶的功夫，只剩下巍子与神将，各持防爆盾与短刀苦苦支撑，浑身是血。

何家众人中，有张姓高手，手脚力道极沉，仰天长笑，便要上前将二人击垮。

血与战，让人患了失心疯，谁也没听见远处传来的声音，竟是有人哼唱着一首俄罗斯民歌，缓步而来——

茫茫大草原，路途多遥远。
有个马车夫，将死在草原。
车夫挣扎起，拜托同路人。
请你埋葬我，不必记仇恨。
请把我的马，交还我爸爸。

再向我妈妈，安慰几句话。

转告我爱人，再不能相见。

这个订婚戒，请你交还她。

何家众人中，有灵台清明者，听这歌声古怪，正要回头警戒，只闻破风之声，那张姓高手忽然惨叫。细看之下，一支竹箭在他大腿上前入后出，射了个对穿，竹箭入肉断折，撕筋裂肌，伤口煞是恐怖。

“何人？”何家老太爷厉声喝问。

来者二人，正是陈半觉与井二。井二在离何家人十余丈外停下脚步，将背负的皮革大桶掀开盖子，其中竟有百余支箭。箭分三种，一种铲头，又名“大劈”，可断骨分筋，杀伤致命；一种锥头，箭尖锐利、形如子弹，穿透性极强；还有一种打飞箭，圆头如小锤，箭羽如掸，伤人而不杀。

陈半觉无所畏惧，径自缓步向前——对血统纯正的武人而言，这生死勿论的擂台，正是他的归宿，他的天下。

“拿下。”何家老太爷发了话，众高手各持兵刃，就要动手。

“呵呵。”那井二傻笑，右手摸至皮筒中，一把抓出五支圆头箭，怒气开弓，前如推山，发如虎尾，弹指间连环开弓五次，例无虚发，五位高手尽皆吃痛，或弯腰、或捂脸、或护胸……五箭已尽，余下人等再要冲上，有眼亮冷静的，见井二已从筒中持出五支“大劈”，不禁头皮发麻，喝止众人。

“我是灵菲的老师，也是她男人，我来比武，若是赢了，要将她带走。”半觉看着土台上灵菲，脸面遮掩，难以看清，双手肘无力低垂，想是已被折断了骨节。

“呸！不要……”何家一位高手，“脸”字尚未说出，井二随手一箭，弓如霹雳弦惊，铲头箭入肉，分筋裂骨，当场废掉一臂。

“你！”何家老太爷气结，这时代竟有人将射艺练至如斯境界，真是一点办法也没有。

“要是我不答应呢？”老太爷话音方毕，忽闻得呵呵一声冷笑，如芒在背，转头看时，井二强弓上，搭了一支“大劈”，已瞄准自己。

“我若败阵，陪她折在这儿便是。”半觉仰首观看，八个土台，每个都有近一人高，丈许方圆，呈八卦排列，现在还有四个土台上有对手站立，观其形象、气势,皆非易与之辈。

巍子与神将见双方僵持,趁此机会冲到土台上,将灵菲救下,抬到井二身边。

井二唤巍子到自己左侧口袋中取出伤药,自家却目不转睛地盯住何家众人。

半觉的舌头、口齿与肠胃,都泛起一股十分异样的感觉,只是当时来不及细想,过后很久才明白。

从前所历经的战斗不少,若是从前的自己,会将此视为难关,一一闯过。而今却像是一顿丰盛的自助餐,一个个土台,就像盛着佳肴的锅或盘子,不知先从哪一个吃起。

嗯?最里边的那个土台,有个高老头,手上捧着个用红布包裹的家伙,正盘腿坐着打瞌睡般——先吃他?不,好东西要留到最后。

嗯?最近的土台,有个穿跤衣的年轻人,高大强壮,看起来既狡猾又残忍,跃跃欲试,爽口,够劲,辣,开胃菜就是他。

半觉爬上土台的那一刻,对手动了,要趁半觉立足不稳,将其放倒,可他又忽然停住了,为何?他功夫大,自幼学跤,十八九岁时,跤场上已无人能敌,长辈又为其挑选八卦掌名师,真是百尺竿头,更进一步。传说八卦掌脱胎于跤术,是否如此,难以考证,可毫无疑问,两种技术体系在这年轻人身上却是水乳交融,一个八卦掌高手,又穿上了跤衣,将对手算计得无以复加,灵菲输得不亏。

残忍的对手停下脚步,只是因为这些?不!他实在看不起半觉!一米七的个头,矮!乍一看,比普通人结实点儿,又哪能及得上自己的天生勇力与后天功力的完美结合?

可就是这么个身高三级残废的男人,将那根看起来十多块钱买的,手杖般的白蜡杆,插在土台一角,带着温暖的微笑走来,向自己招了招手,摆出跤手抢把的架势,语重心长地说:“来,教你两招。”

是可忍孰不可忍!定要把这矮子摔死砸烂方才罢休!下辈子你也好知道何为跤技!

只是互相抢把,格挡了几下,那年轻人便摸出了半觉的力量,哪里是自己的对手,简直就是来跟那该死的赫舍里家大小姐在黄泉路上作伴儿的。

半觉好不容易挣脱了对方的巨灵大手，扑进对方怀里，紧紧抱住，用力推挤，要觅跤口。

“呦，还是摔过两天跤的。”那年轻人鼻腔里冷笑一声。跤术有诀窍，个子高的怕抱腰，原来面前这矮子并非一无所知。

但是也没用了，残忍的对手，从上往下伸手，抓住了陈半觉背后裤带，狠狠一提，半觉脚便离地了，就要被高高举起，头下脚上地掼下土台，砸出一地红白。

咦！台下的看客都呆了！只见那穿跤衣的年轻人浑身一震，竟然软倒了，那跟对手一块儿摔倒的陈半觉，竟然爬起来，拍拍身上的土，缓缓走到土台一角，拿起自己的十三把棍，下了土台——谁能说说，这到底是怎么回事？！

何家众人，既疑惑又愤怒，以为半觉用了暗青子，只有那守着第八擂的王艮，半睁半闭的猫眼猛地亮了起来，充满了兴趣，嘴角微翘。而何家的老太爷，脸色越发阴沉，没想到灵菲有个这般难缠的男人。

适才到底发生了何事？原来，半觉搂住对手，四周用力，并不是觅跤口，而是将胯移出对手身侧，踢出一个“正踢腿”，从对手的背后，一脚尖狠狠钉在对方后颈之上。

“正踢腿”是个什么东西？那是学武的孩童们，第一天学习武术的第一个入门动作！武人被这样的一招打败，真是死了都没脸去见祖宗！

殊不知，创制这入门基础的先贤早已为那些努力不懈之人，埋下了珍贵的礼物。正踢腿，练到如手般灵动、收发如风之时，便不再称为“正踢腿”，可换成一个响亮的名字——“倒打紫金冠”！此乃腿法中极阴极损的毒招！半觉的基本功，确是全面而深厚！

半觉没回头，径自取了棍，跃下，走向下一个土台。半觉并不关心对手死没死，更不担心他会站起来。

“何英！不能轻敌！这小辈心思毒！”何家高手中，何尊忍不住，站起身嘱咐，半觉的下一个对手，正是自己一手拉扯大，刚三十出头的亲弟弟。

“毒？”半觉听得此言，咧嘴苦笑，深吸口气，抬首四望，远眺天际，助跑几步，在土台壁上连踩三步，站在了对手面前。

“棍？”方一立足，见那何英手持齐眉棍，立个门户，煞是严谨。

台下何尊见何英如此，抹了把汗，坐下来。何家门人武学见识极广，估摸着陈半觉手中十三把棍确有巧妙之处，可哪里胜得了何英？何英枪棒功夫在同辈中，不做第二人想，莫说陈半觉手中这细小的十三把棍，就是一根大铁棒，何英手腕一拧，也能崩飞了。

说时迟那时快，陈半觉动了，并非扑向何英，而是大步斜行，想来是何英门户严谨，下不了手，便欲游斗，寻找战机。看到此处，台下何尊心下大喜，何英的棍术，能长能短，这灵菲的男人想要游斗，找死。

半觉大步斜行，前脚方一落地，便矮身一棍扫向何英下盘。多年来，何尊看了无数次何英与人斗棍，似陈半觉这等鲁莽出棍之人，从来便是被何英一棒打翻，已不必看了。

何尊正思想间，砰砰两响，两棍连环，一棍扫在何英小腿，何英低头，第二棍抽在何英后颈。这两棍不算快，但极重，挥棍有风雷之响，夹杂些断骨之音，何英应声而倒。

"这又是怎么回事！"何家老太爷猛地站起，那何尊更是要冲上前去，也不知是要去看自己的弟弟，还是要宰了陈半觉。

那何尊正是满腔冒火，不顾一切向前。忽然，没来由地背后命门剧痛，原来是井二放了一支打飞箭，打得何尊仰着挨痛，直不起腰，哪里还能向前冲？待回头看时，井二已换上一支铲头箭，这锤头箭只是个黄牌警告。

"这……肯定有鬼！何英不可能连反应都没有！他的功夫您老是知道的！"何尊几近疯狂，向着老太爷大吼。

啪，老太爷一耳光扇在何尊脸上，嘎嘣脆，何尊静了下来。

姜是老的辣，老太爷定下神，抬头望望天际，立起自己的拐杖，看看地下，再看看土台与四围，低首长叹，颓然坐倒——他懂了。

四百多年前，在日本岩流岛，剑圣宫本武藏与宿敌佐佐木小次郎决斗，最后分出生死胜负的刹那，武藏借助午后耀目的日光，遮蔽了小次郎的双眼，高高跃起，以木剑重劈宿敌头顶，为这一场名垂青史的决战，写下了传奇的结局。

古人云：一饮一啄，莫非前定——人的命数，真是由过去因缘所决定吗？不可知也！只是当年半觉身陷牢笼时，爷爷为半觉送去的那两箱书中，确有一部《宫本武藏》！

何家老太爷定了心神，一生沉浮，生死看惯，杀人者人亦杀之，此等胜负已是家常便饭，这最后两擂，非同寻常，均为不世出的高手，定能将这年轻人送去见阎王。

“了不得，了不得。”这是第七擂的对手，与半觉说的第一句话。此人年约五旬，正是武人炉火纯青之时，一头短寸甚是精神，穿一身宽松棉布褂子，肩宽厚，腿粗，两膀下溜，与山中巨熊相似，名唤王九元，正是何家众高手中的最强者之一。

“侥幸，见不得人的把戏。”半觉满面愁容，脊背微弓，龟缩而卑怯。

“莫装了，敢这般用计的，非胆大包天不可，我不敢小看你。”王九元神情淡漠、肃穆。

“唉，准备好了吗？”半觉知道，再也无巧可取，终于站直了身姿，将十三把棍插在一边，含胸拔背，放松身体，两脚重心分前三后七，认真应敌。

“练通背拳的？”王九元看陈半觉架势及身体特征，已猜了八九不离十。

“来……”就在王九元刚开口的一瞬，半觉闪展步欺近，左手“摔掌”如鞭甩出，手背直抽对手面门。

“好心机！”王九元心中赞叹，双手上挑，便要抱头闯进，与半觉贴身相搏，谁知半觉摔掌只作引手，右掌当头拍下，左掌随即锉上王九元面门，一锉不中，掌根一塌，狠砸王九元心窝。

“摔拍塌掌！这小子上来便使三绝手！”王九元武学见识极广，早年便得到五行通背门的拳谱，上有记录“三绝手”，乃是要命毒招，故此认得半觉的手段。

果不其然，半觉的攻击虽被王九元一一躲过化解，却不停顿，右手再一摔掌，抽向对手面门，被王九元拍开，半觉左手五指如叉，一掌直穿王九元双眼，右手早兜到身下藏着，暗中一挑，直击王九元裆下。

这手连击，甚是阴毒，那王九元心中惊炸，猛地一拧腰转马，正身变侧身，半觉撩阴一击只抽在王九元大腿外侧上，未能得手。

“穿掌撩阴，还是三绝手！还有一式劈山撣手！不能给这小子打得意了！”那王九元虚领顶劲，提神奋意，向半觉攻去，后脚一蹬，台上大片泥土飞溅翻起，功力骇人。

王九元也没什么奇妙招式，一个擢打顶肘硬闯上前，便欺近半觉——通背拳打的就是放长击远，被人贴身闯进，已近败势，何况是王九元那吃根埋根、刚烈凶暴的八极拳。

“苍天保佑!”陈半觉此时已近土台边缘,不知是否还能再往后退半步,只得将命运交予上苍。当半觉退后的右脚踏实地面的一瞬间,心头一宽,胸口猛地一含,竟将胸腹凹陷如铁锅相似,身子一偏,王九元的拳头如堕虚空,居然一时间没收住,被半觉抢入了背门,一指直刺王九元左眼,却是数日前练成的“揽雀尾”!

“这是什么?”王九元心惊,好在全身筋骨早已练得通灵,打出的手一挂,抱头,速退,没让半觉得手,可这陈半觉一改通背的游场打法,竟然贴身挤了上来,且用双臂不松不紧地抱住了自己的双手。

“他要干什么!”王九元心下骇然,打法精熟的高手,不会在格斗中做无意义的事,而猜不出对手要干什么,却是战败的前奏。

“先挣脱,稳住阵脚!”王九元猛地抽手退走。

打法中有云:“一打嫩,二打老,三打抽手四打跳。”

“终于等到了!”半觉耗尽心力,冒足风险,才得这么个机会,哪里肯轻易放过,尾闾猛地一缩,猱身而上,顺势便朝对手肋间崩出一捶。王九元岂是易与,仍旧能出手格住,两手相触的一瞬间,半觉另一捶已崩上王九元面门,打得极重,眼泪共鼻血齐飞。王九元心里还没来得及叫声痛,肋下再遭一捶,几乎打闭了气,一口血已到嘴边,本能地伸手,要逼开半觉,又被半觉用手一圈,咽喉、肋下、面门! 再被连崩三捶——戴家心意拳,基础的“四部丹田功”中第四步,名为“射丹田”,行步用战,则化为“不来顾手”,连消带打,步步逼杀。半觉的拳捶短劲儿又练得极为精纯,这“不来顾手”拳拳足料,正是他的独家绝技!

七八捶下去,那王九元在重击之下,竟然适应了半觉连环捶击的节拍,猛地一缩身肘尖护于身前,狠狠往下一顿,砸中半觉手臂。半觉吃痛,正要缩回,王九元连环两捶先后崩向半觉脸面与胸口,乃是八极拳“金刚八式”中的“降龙式”。

半觉没接下来拳,被打得眼冒金星、一脸鼻血,胸口亦受重击,退开几步。王九元也没追击,二人都几乎被打闭了气,正各自捂住痛处喘息,谁先缓过来,便能活着离开这座土台。

王九元实在没想到一个通背拳的好手,短打竟然凶猛至斯。

到底是王九元身板扎实，先缓过劲儿来，见半觉还是弓得似虾米般地忍痛，他已看不懂半觉的打法，决定直接抢攻，要将八极刚烈之风，尽数发挥，大步上前。

那王九元正接近对手，一步刚起，还未落地之时，半觉猛然展动脚步，反蹿向自己。

“好狡猾!”王九元真是服了对手，年纪轻轻，竟这等深沉奸诈。

半觉又是一摔掌，左手背鞭子般抽向王九元面门。

“还是这套，三绝手都被我……”王九元正要拆解反攻，谁知半觉出手连击，竟比适才使出“三绝手”之时更快更重!

半觉左一掌抽脸，右手再跟着一掌插眼，那已经收回的左手握成拳，突起了中指指骨，一拳“中庭钻”钉在对手胸口，王九元涌了满口血——却是五行通背拳的“窝心炮”。

王九元几乎失去意识，钉在胸口的那一捶，给他带来了几乎致命的伤害。

半觉本非狠毒之人，只是今日再无留手余地，左手反手撩开王九元那拼死反抗的手，抡起膀子，连环三个大劈掌，有如奔雷堕地，砸在王九元的后脑、颈、背上。——五行通背，劈山反背式。

王九元被这年轻后生的掌劲儿，给打得脑子一片空白，仆于土台之上，再也爬不起来。

半觉两脚发软，不住颤抖，就连站住也不容易，慢慢挪上前，摸摸王九元鼻息，还未死。

“前辈，窝心炮、劈山反背式、还有斜扇式，是我的三绝手。”半觉对着奄奄一息的王九元说着，也不知他能否听得见。

原来，五行通背拳的传人，在出师前，师父会为弟子挑选出练得最好，最适合弟子使用的三个单式，作为弟子将来的绝技，让弟子不断地反复操练、组合，直至炉火纯青，是为“三绝手”。而王九元在拳谱中所见，乃是拳谱作者的“三绝手”，殊不知，五行通背拳传人的“三绝手”，代代不同!

一个职业拳手，每日八小时以上高强度训练，并不为难，而在擂台上，五分钟内便气喘吁吁，在那过程中，耗费最大的便是心力。

半觉正是如此，平日木讷的男人，一时间倾尽毕生武学知识，机关算尽，连战三个高手，双手已近脱力，手提轻飘飘的十三把棍，也能感受到重量，欲将拳头握紧，也是力不从心。两腿颤抖不已，走路深浅不均，身子亦是空乏，再难硬挨高手拳脚。

就是那一人多高的土台，也变成了悬崖峭壁，半觉跑不快、冲不上，只得似个衰老的蛤蟆般，狼狈不堪地往上爬，只是手指无力，爬两次都滑下来。那边厢，何家的人只想半觉速死，见半觉此时窘态，心中无不快意，只等着第八擂的王艮雷霆一击，送半觉见阎王。

十七　雷　殛

半觉略歇，希望能恢复些力气，当他回头瞧见何家众人的脸，深深皱眉——世代冤仇，练武便是祸根吗？半觉虽未成家，无法真正体会爱子之心与丧子之痛，却对以武为名、祸害后人之事，痛心不已。

“上来。”那土台上，竟然伸出一只满布老茧的大手，与一张老不正经的歪嘴笑脸。

“等一分钟，我再歇会儿。”

“上来歇，聊聊。”老家伙说道。虽是身处险地，半觉却从王艮身上感觉不到恶意，便将鞭杆递了过去。那王艮抓住鞭杆，发力一抽，力道出乎半觉意料，幸亏双手握棍，抓得紧，脚上轻轻一点，腾云驾雾似的上了台，落地时那王艮将力道回送了些，半觉才稳稳站住，没摔个狗啃屎。

那王艮看着半觉，如珍奇怪物相似，饶有兴味。

“算了，来吧。”半觉轻轻抹掉棍端的泥土，双手持棍，斜斜置于胸前。

“不急不急，你真打算用这破烂儿跟我打？”王艮瘪瘪嘴，哭笑不得。

“你用什么？”半觉早就盯着王艮手中的那一条红布包袱，王艮随手一抹，红布被利刃割开，随手空挥，轰隆一声震雷。

“老天，真有这种兵器？”半觉笑了，不胜苦楚。

“嗯，有，应当是世间最后一把，怕也只有我能用了。”王艮轻抚着手中的老伙计，一举一动，皆沉雷滚滚。

此乃何物？

刀。

此刀并非寻常刀，四指余宽，刀背一掌来厚，内铸镂空长槽，放入拇指头大的铁珠若干，滚动之时，如云中沉雷，劈斩之间，响若狂雷暴殛，古人称此兵刃为滚珠大刀，又名“滚雷斩”！

槽内铁珠滚动，能导引力道，与九环大刀的圆环相似，但挥出的力道凝聚不散，却又更胜九环大刀一筹。那铁珠滚滚之声，与兵刃相交之时的轰雷鸣响，最是摄人心魄，使人未战先怵，再加高手大力重劈，随时将人腰斩分尸，可怖之极。

旧时练“滚雷斩”之人，初时，刀内只放置一粒铁珠，功成之后，顶多不过四五颗，而王艮手中这把“滚雷斩”，内置九颗珠，九为阳极之数，乃“滚雷斩”之最高境界。

那王艮抚摸着这多年的老伙计，情深似海。

“老头儿，问你个事儿。”半觉打断了王艮的思绪。

“嗯？”

“你有传人吗？”

“我……没。”

“说不定过一两分钟，这刀法就要失传了，你牛什么牛。”半觉拿起鞭杆，舞了个花儿，单手握棍，担在肩上。

王艮忽然觉得特别堵心，半觉也不理会，只自顾自地说话。

“我的棍术简单，没你刀术的名堂大，劈、挑、刺突、倒把，再配合些基础身法步法，就是一切。”

“变化得好，就不简单了。”王艮脸色越发不好，

“没什么变化，进步、劈棍，退步、劈棍……”半觉竟将这些粗浅已极的招式，自顾自地演练起来。

“这些，就是我棍法的全部。”半支烟的功夫，半觉已不紧不慢地将招式尽数演完。

“孩子啊，你真拿这些东西来糊弄我？”

“当然，若复杂了，孩童、女子、老弱，以及那些笨拙之人，怎能学得会。”半觉收了嘻笑，仗棍于地，心机尽去，凉风拂衣，清澈庄严。

王艮沉思片刻，已然醒悟，倒抽一口凉气，放声长叹。

“圣人抱一，何人教得你这般弟子！”王艮在这一刻，懂了半觉用心，眼中一热，放声大吼，竟是感动莫名。

那是在半觉四日闭关中,最后一日降临的天启。

经文中说,佛陀具有五种智慧——成所作智、妙观察智、平等性智、大圆镜智,四智合一,称为法界体性智。

其中大圆镜智,又称为阿赖耶识、藏识、或种子识!

为何叫作种子识？人以眼、耳、鼻、舌、身、意,感知一切,而人们累劫以来,通过这六识,所感知的一切,将会成为一颗种子,以待阳光雨露,因缘具足之时生根发芽,乃是觉悟的种子、觉悟的因,打开阿赖耶识的那一日,可见累世一切所学一切相。

也许,自从半觉有心弃刀习棍之时,这种子便已种下。

半觉曾在电视上,见过些恐暴事件,十余暴徒手持双刀,于平民百姓中砍杀,如虎入羊群。平民百姓混乱不堪,奔走逃命,有勇敢正义之士,要出手阻挠,却是有心无力,尽遭杀伤屠戮。

人当何以护生保命？何以持正胜邪？何以强健身心？

武艺之道,浩如烟海,当从何处入手？若要百姓以拳法面对利刃,显然不可取,须得兵器!

当下法律日益健全,对冷热兵器管制极严,唯有棍棒,却是随处可见,随手可得。

棍乃百兵之祖,乃人类最古老的兵器,或长或短,皆可使用。

棍乃神武不杀之器,经过修炼,能生偌大威力,却无利刃之险。

当初远行西北,求取棍法的因由,便是他要找出最为简便易学,又能保身护命的棍术,有教无类,广传人间。

在四日闭关、半觉意志即将全面崩溃之时,将棍抱于怀中,简单而朴素的“一”,幻化成了一个身影,照亮了半觉内心。

那个长耳大目,广额疏齿,方口厚唇,额有三达五理,宽袍大袖,坐下板角青牛,以笔下五千言,换得一纸出关批文,西出函谷,消失于茫茫古道的老学者。

他说过:“圣人抱一,为天下式。”——圣人总是执着地追求着一个方面,为天下人思考普遍的道理。

当日那利益众生的一丝悲心,化为种子,在武人不辞辛劳的灌溉、呵护之下,终是大愿参天。往昔所思、所念的圣贤,与那些死于暴徒刀下的冤魂,从遥远的碧落黄泉中伸出手，将年轻的武人，推出绝望的深渊。

当半觉在暗室中，持棍站起时，身心满溢的力量，不再是对爱情的向往、追求与对命运坎坷的反抗，而是那渴望护持的百姓与自强不息的后世儿孙。

“孩子啊，这是两家恩怨，你别管这茬了，跟你朋友一块儿，回去吧。”王艮挥挥手，不忍年轻武人断送于此。

“我走不得。”

“别这么犟。”

“你的刀好生可怕，所以我要打，胜得了你，我的棍术才能流传。”半觉摇摇头，说出了非战不可的理由。

“哎？哈哈哈哈！好！”王艮沉思片刻，忽然懂了这年轻人的心思，一声长啸，将刀挥出惊雷暴殛之声，扛于肩上。

半觉一席话，为王艮卸下了所有包袱。本是以大欺小、以强凌弱、以男斗女、让人丧气的无耻之战，竟在此时化为功德。古稀老人战欲暴涨，要杀出此生最后的精彩！

笑声未落，王艮右肩一耸，将刀抛起，顺势而出，当头重砍，那雷霆之音猛恶无双，震得半觉面目绷紧。

胆大包天的年轻武人，只略退半步，手握棍尾，另一头直向王艮脸面捅去。棍却是比刀长了几寸，王艮头一偏，堪堪避过，而锋利的刀尖只在半觉鼻尖前三寸呼啸而过。

王艮一时间头皮发麻，纵然半觉一开始已估算好兵刃长度与两人距离，若无熊心豹子胆，谁敢真这么干？难道世上真有这向死而生之人！

王艮不信邪，顺势将刀拖回，绕身成圆，向着半觉闯去！

人力有限，但凡重兵器，皆须以身法带动，短可如匕，长可为枪，犹如缠腰之锁。只见王艮步走成圈，拧旋翻转，刀势纵横交错，竟使出八卦刀来——既是半觉要考验自家棍术，王艮再无他念，反正被那棍子抽上两下，大不了是个青紫红肿，无甚大碍，便仗兵器之利强攻硬闯亦无不可，逼得半觉在这方寸之地的土台上险象环生，不断退避。

那王艮始终以刀缠身成圆，步步逼近，却是城府极深——待半觉适应了这距离，便将大刀奋力抡出。

半觉的棍，受不得大刀利刃的劈削，只是一直在退，躲过几次进逼后，半觉终于如王艮所想，距离越来越近。

“是时候了，孩子，你对距离感那精绝的把握，才是葬送你的罪魁祸首。”王艮使了个“缠头裹脑”，猛地伸展手臂，自右向左，顺势将大刀挥出，那九珠连环，终于再次爆出了轰雷之响，半觉的小命，与那茶杯粗细的棍子一般脆弱，难逃腰斩之祸。

可半觉此时，却感到无比的顺遂，只因——一生万物！

身体微蹲，双手持棍——进步，劈棍。

“这！”王艮大惊，半觉居然真的用这般简单的棍术，只是一个进步劈棍，抢到了离自己更近的地方，棍的中段，格住了王艮持刀的手腕，棍的一端，对着王艮脸上磕下。

王艮猛地后仰，忙不迭退后，顺手将刀拖回，脸上依旧被粗糙的棍头擦破了皮。

殊不知，适才半觉想的却是——这老头缠身而进，我就在这个距离，他迟早要放手抡出一刀！

半觉虽弃刀用棍，可刀术经验与修为犹在，虽是岁月有限，刀法功力及不上王艮老辣，可那对刀的理解和对使刀者身法的预兆，了然于胸，世上果然没有白做的学问、白走的路。

此乃生死之战，又是新棍术孕成降世的考验，半觉不会放过半点机会，跨步上前双手握住棍端，腰胯疾速转动，双手上下相争，阴阳相搓，竟将当年于上海庄姓宗师手里学得的拳捶短劲化入棍术之中！

棍棒如鞭炮、雨点般敲打在王艮的大刀上，如此密集的攻击，竟然每一棍都虎虎生风，一时间木屑纷飞，迅猛攻势竟然将王艮死死压住。王艮从未见过这等简单，却蛮横至极的招式，只得藏身刀背，咬牙顶住，全然移不开大刀。

“拼了！”王艮不甘被动，哪怕是挨棍子也在所不惜，奋起腿脚向半觉跨去，人与刀锋皆向半觉逼去，刀刃在鞭杆上刨下长长一条木屑，那被日暮的余晖所浸染的利刃，带着锐利的锋鸣，斩向半觉脸面，为这年轻武人唱起送终的哀歌。

刹那间，那势如破竹的大刀仿佛已经切入肉体，半觉面上痛苦莫名，嘴角微微抽搐。

杀红眼的王艮，并未发觉这一异样，忽觉阻力全消，空空荡荡，无所适从，心头大惊，慌忙间回身一刀，亡羊补牢。随即闻听鞭杆破风声响，一棍抽在王艮小腿上，却听喀嚓一声，半觉手中鞭杆，终是断成两截。

所谓出手不空回，半觉抓着半截木头茬子，回手再扎王艮咽喉，被王艮挡下，猛挥一刀，逼得半觉倒地后滚，甚是狼狈。

“难得练到这等程度，何苦来哉？”王艮亦不住喘息，说话间，半觉道袍破开，胸口皮肉翻起，鲜血涌出，浸染而下，如披一袭鲜红袈裟。

“我的棍术咋样？”半觉抬起头来，眼神依旧认真、安宁，

“好！就冲这个，我给你个痛快。”

“你已出全力了么？”半觉问道。

“是的。”王艮话音刚落，只见半觉捡起半截棍棒，如走钢丝般，小心翼翼地向自己走来，渐渐地，越发缓慢，直到离王艮三步远近之时，忽然停下。

王艮呆了，此处也许正是手臂加刀长所能达到的极限距离，他心里清楚，自己若有任何动作，半觉定会发出雷霆一击。

“你还能干吗！”王艮不敢相信，这等劣势下，半觉莫非还可咸鱼翻身么？持刀当胸突刺，全力含胸拔背，九颗铁珠受力推送，刀尖轰鸣而至，半觉竟轻舒双臂，以鲜血淋漓的胸膛，迎向滚雷斩之锋芒！

王艮终于确认，半觉乃强弩之末，只是不甘引颈就戮，而做出绝望的抵抗。

尔曹身与名俱灭，不废江河万古流。

“孩子呀，这世间苦心孤诣却壮志未酬者，不在少数，你也去吧，来世投个好人家，住洋房，开宝马，欢乐地过一辈子，莫再练武了！”

人说临死之时，会对此生之事尽数回顾，往昔情感得以重新体验，所以半觉才失去了坚定不移的表情，睁大了双眼，显得纯净无瑕么？半觉竟伸出右手，轻抚疾刺而来的刀身，宛若爱刀成痴之人，目不转睛地端详着送入怀中的挚爱之物。

刀尖携带着雷鸣与凶亡，极速逼近，催促着半觉，不断迈向那天人之交、生死之界，经验与感知迅速地将他生而为人的恐惧、懒惰、焦虑、绝望、消极尽数吞噬，在这瞬息永恒的等待中，灵魂深处的某些事物却迅速地壮大。

《度人经》有云，上古之时，有“金刚风”，其性至虚又至精，至柔又至坚，于天地之间虚摩抡然，育化万物，乘托诸天，是名“金刚乘天”！

刀尖刺破衣衫的刹那，半觉脊椎猛地向后发力，胸腹凹陷，如吞如咽。王艮手上传来刺破肉体的实质感，心中正要涌起取胜后的轻松、灭杀贤者的悲怆，忽感某些物事撞上了腋下，浑身一震，那物事穿透皮肉骨缝，割裂血脉筋膜，待反应过来时，瞬间被无法言表的深痛巨创淹没！

半觉以大勇猛，抓住了那天人相隔的刹那，以命为饵，舍己从人，引进落空，侧身避过了无常索命，将左手握着的半截断棍，插入了王艮腋下！

王艮目眦欲裂，跪地忍痛，一声大吼，拔出断棍，血如泉涌，急忙脱下衣衫，将伤口紧紧裹缚。半觉胸口亦再次被刀尖划破，伤口渐渐翻开，热血狂涌，心力、体力尽数耗竭，软倒在地，不能动弹。

“王艮！杀死他！杀呀！”老太爷面目扭曲，尖声嘶吼。

王艮虽是伤重，却尚能勉力支撑，以刀柱地，晃晃悠悠地站起身来。

“还等什么？杀啊！你个吃里扒外的王八蛋！你不杀他！我做鬼都不放过你！”老太爷双目赤红，唾液横流，早已疯狂。

“你们错怪我了，我非不想杀他，只是有心无力……唉……我头好晕啊，八成是要昏过去了，什么事我都干不了了，完蛋了……”王艮转头，看了一眼仰卧在地，双目微闭的年轻人，嘴角微翘，松开了相伴多年的滚雷斩，没精打采地倒在土台上。

何老太爷痛苦地咬住嘴唇，目中凶光乍现，忽然一个转身。井二还没来得及反应，老太爷已抓住一位身形高大的壮年武人做挡箭牌，身子一矮，左手扣住其下阴，右手食指、拇指如刀似勾，掐断了壮年武人喉咙，顺手背起，用以挡箭，奋力冲向半觉所在的擂台，欲杀之而后快。

井二张弓搭箭，却不知如何是好，一颗心如堕冰窟。

半觉精神气力早已耗竭，心知大限将近，内心痛楚惋惜，拼命地思索一个可以瞑目的理由。

“朝闻道，夕死可矣。”半觉嘴角显出一抹微笑，斜眼见那滚雷斩正倒在身畔，咬紧牙关，拼命将脖子伸向刀锋。

突然，一道身影，从旁蹿出，竟然是灵菲家的门人神将，疾速冲刺，向老太爷纵身飞扑，二人一尸滚翻在地，神将死命勒住，决不松手。何老太爷的手法打法出神入化，岂能被如此粗糙愚蠢的方式制住，正要使出分筋错骨之法，神将忽然纵声大吼："换命！"

"神将！"巍子大呼，撕心裂肺，眼泪夺眶而出。

轰隆一声巨响，地动山摇，神将与何老太爷尸骨无存、同归于尽，半觉本已虚弱不堪，两眼一黑，震晕过去。

十八　诸行无常

幽幽难忘旧家乡
皤然离去流年殇
梦中朝夕归故地
刀兵苦事岁月长

终于回到了幼时居住的大院，还是自己开始武道生涯的那个公园，过往的人就算不认识，也甚是面熟；街边烧烤摊、凉粉摊的老板都是熟到可以随时赊十块钱账的人——这是自己活得最快乐的地方，没有担心，没有害怕。大汗淋漓地跑回家，奶奶已经做好饭菜，不洗手就甩开膀子大吃一顿，洗了澡，光着屁股就跑上床，美美地睡一觉，有时坐在院子里，可以莫名其妙地发呆，用手指挡蚂蚁的路。

去公园逛逛吧，才到门口就遇见了出来晨练的曾师与梁师，二人七手八脚，喜滋滋地把半觉全身腱子肉捏了一遍。

"练出来啦！练出来啦！"曾师不住感叹，梁师在旁嘿嘿傻乐。

等啊等啊，袁师父今儿又起晚了，日照三竿才来到把式场，看见半觉便喊："去，把十二炮打一遍！"

用心打了一趟，袁师父看着不住点头："能往下传了！能往下传了！"

那曾师梁师也指着半觉，跟自己的徒弟们不住骂道："还闲着！把烟丢了！你看看人家！再看看自己那怂样！都勤快些！"

日晒当头，半觉腹中饥饿，袁师大手一挥："滚吧！"

半觉嘿嘿一乐，拿起书包便往家里跑，早上奶奶说中午炸韭菜盒子！

爷爷早在大院儿门口等着，紧紧扯住半觉衣袖，脸上堆满了笑："回来啦？"

"哎！"半觉方才答道，抬头一看，惊呆了，周围片瓦不存，空无一人。

回？回哪儿去？家呢？半觉惶恐四顾，抬脚不得。

"无量天尊！"随着一声唱礼，浑厚温和，诸相幻灭，一片黑暗，半觉猛地睁开了双眼，眼前人束发长须，面有狮虎之相，额头宽阔，似蕴神光，正是师尊通玄道人。

"师……师父！"半觉用干涩的嗓子，憋出了一声问候。

"醒了，慢些。"通玄道人微微一笑，接过虎禅递来的水，给半觉喂下。

"他们……人呢？还有七师弟呢？"半觉缓了一缓，思考着各种需要询问的事情。

"为给你善后，你走之后，我便跟老爹和岳父借了赵横江、郑山河两位煞星一同北上，可惜到得晚了些。当时你因流血过多而昏厥，何家那些人，许是顾忌七师弟神箭，没敢上前了结你，待咱们的人把事情压住，那个叫巍子的已将赫舍里灵菲带走了。"虎禅将事情描述得甚是清淡，可是能征惯战的半觉，却能听懂其中的冲突与凶险。

什么言语都无法说出口，半觉看着虎禅，脸上露出了一个充满歉意及感激的笑容。

虎禅读得懂，这是半觉从所未有的笑容。

半觉让虎禅拿来手机，挨个拨打灵菲及其身边所有人的电话，一个也没接通。

"随缘吧。"通玄道人说。

半觉默默点头，倒让师父和师弟面面相觑，这向来执拗的大师兄，怎会如此顺遂？

"缘有分，分外无求。"通玄道人轻叹一声，起身离去。

虎禅为半觉安排了当地最豪华的酒店房间，让他休养，师兄过了这些年苦日子，要让他好好享受一下。有无心这位大医的治疗，加之功力深厚，新陈代谢也快，估摸二十日，伤处便该基本愈合，只是有天晚上虎禅找来两个大美妞伺候半觉，把半觉惊得跌下床去，伤口裂开，又多拖延了几日。

"师兄，在看什么书？"

“嗯，我让无心给我带的《楞严经》。”

“有什么心得？”

“嗯，这本经书，把世界大概归入五件事——相、名、妄想、正智、如如，其中相、名、妄想，是凡夫俗子的见识，只有正智、如如，方为圣人境界……我实在不该死死地抓住些没有却当作有的东西。”半觉陷入了沉思，虎禅没有打搅他，这一沉思，就过了一个多时辰。

“醒醒，吃饭了。”虎禅唤醒入定的半觉，心里高兴，大师兄定会百尺竿头更进一步，再次攀登更为高远的境界。

“一会吃完了，就把我的棍术交给你吧。”

“嘿！肯了？”

“嗯，完善了，可以放心地传授给任何人。”

虎禅何等功底，不到一个小时，便将半觉这套棍术尽数学完。

“这棍术虽是巧妙，但也太简单了些。”虎禅心有不甘。

“够了，世上还有太多的武术。我这路棍术上手极快，临战也足够简便易学，就像卖饮料或者什么食物，在营销的时候，能免费试吃一样，让人尽快体验武术带来的好处，他们就会主动向更深处探求。不过你也应该清楚，因为棍是最简单的兵器，所谓‘一生万物’，要穷通其中的组合与变化，还是非常难的。可以的话，将这样的棍术经营成一项适合推广的比赛吧。”

“这倒没错……师兄，跟我回真武书院吧，我给你留了一间最大最好的道场。”

“师弟，再等等。”半觉竟然拿出旅行包，开始收拾行李，只是东西实在太少，几件衣服叠好，竟再无行李可以收拾。

“还等什么？”虎禅心下一凉。

“能传的，我已经给你了，体谅我一下，我需要去解决些自己的问题了。”半觉笑得抱歉而苦涩，虎禅无言以对。

次日，虎禅带着无奈与遗憾，独自回到真武书院。陈半觉一走，又是三年。

这一日，虎禅闲暇，正在树荫下跟儿子乘凉下棋，举起只炮，狠狠拍在儿子的车上。

“臣子恨，何时灭！”小兔崽子哀声长叹。

“呸,你丫灭谁?”虎禅郁闷非常,伸手便要揪儿子脸,儿子不慌不忙,提肘挡开,颇见功夫。

“呵呵,妈让我来跟你说,要是这间练武厅再不用,她就要把房子拆了,建个欧式花园!”儿子道明来意,见老爹直翻白眼,不禁冷笑连连。平日里老爹提倡艰苦朴素,母亲却常给他买新衣服和好吃的,零花钱也给得多,所以一向是老妈的忠实爪牙。

“用! 用! 一个月内! 一定启用!”虎禅笑得几近讨好。

“做事儿要有效率,磨磨蹭蹭的,想什么哪? 真不爷们儿……”小崽子开始蹬鼻子上脸。虎禅额上青筋冒起,拎起儿子,取臀部肉多处连扇十几巴掌,儿子嚎哭,定是去母亲那儿告黑状,虎禅恐将大祸临头。

“才一代人,怎么就差这么多呢……小资本主义女人,烦!”虎禅皱眉摇头,很为儿子的性格养成担忧,也为自己老婆不能免俗而叹息,顿时没了兴致,迈出大殿,来到书院办公室,取笔墨写信,唤来书院秘书。

“你跑一趟清凉山,将这封信交到清凉寺,立即启程。”虎禅吩咐道。

北方清凉山中,有一座清凉寺,从前要翻四五个山头才能到达,如今修了路,却也没好上多少,只容得一辆汽车过去,多辆自行车也挤不进。

清凉寺内,庙小人少,只得方丈一个光杆司令,法名行刚,管事、敲钟、火工都是他。其行狷狂,常驾一辆马车下山采购,手中无鞭,老马无缰,只由得马儿自行,有人曾见行刚所乘马车一个轮子在路上,一个轮子在悬崖外,观者心惊。

有人问行刚和尚:“大师,您不害怕?”

和尚曰:“怕啥! 没看见哪?”

人问:“看见啥?”

和尚大笑,伸手指向悬崖外:“药叉神将在那儿给我托着哪!”——传说中,修持《药师琉璃光如来本愿功德经》者,有药叉十二神将随身护持。

这一日,和尚下山采购,在山路上遇到一大美人儿,不上不下,困坐路边石墩,哭得梨花带雨,正是虎禅派来的秘书。

“咳……女施主,请问来此何事?”行刚上前询问,大美妞见行刚和尚一身正气,声线性感,顿时觉得有了依靠,紧紧握住和尚双手。

“善……哦不，罪过，施主何事烦恼？”和尚退一步避开。

“大师，我找一间清凉寺，都走了两座山了，我是不是走错了？”这大美人对高高在上的大自然没办法，对人可有的是办法，双手合十，目光澄净，盈盈下拜。

行刚向女子还一礼，道明自家身份，并问清来意。

“陈居士确在我寺中修养，不宜打搅，施主送来的信我代为转交了。”行刚和尚接过信，揣在怀里，自骑于马背上，让姑娘坐车，将其送下山去。

行刚采购了些蔬菜、米面，回到清凉寺时，已是傍晚。山里黑得早，行刚点上油灯，来到禅房。

两年前，这里来了一位名叫陈半觉的年轻人。他背着沉重的行军包，走过漫长的山路，依旧面不红、气不喘，手足轻灵、健步如飞，身体之强壮可见一斑，但那神情却疲惫不堪，满目疮痍。行刚法师远远望见此人，急忙快步迎上，悲声大呼：“南无药师佛！这人间都对你做了些什么！”——那一刻，泪水如幕，遮天蔽地，陈半觉恸哭失声，双手合十，纳头便拜。

所谓“四大不调是身病，五蕴不遂是心病，三障四迷是真病”，行刚师父将他留在清凉寺中，以佛法安抚、疗养。谁知半觉却有上上根，不多时，已悟空性，更兼勇猛精进，只待因缘具足，明心见性。

“咦？这小子去哪儿了？”行刚正要转身出去找，却鬼使神差地回头看了一眼，那陈半觉竟然正坐堂上！

“无善无恶！离一切相！那不就是你本来面目！”行刚做狮子吼，一声大喝，半觉当下大悟。

“弟子向来糊涂，随您修般若行，今日终得打破无明，您是吾师！”半觉伏地叩拜。

“我下山时，遇到一女施主，说是你的三师弟让她给你捎来这封信。”行刚法师摸出信封，交予半觉。半觉起身，于灯下阅过，片刻之间，只是低头思索，无悲无喜。

“师父，我要走了，您还有何吩咐？”

“出了门，不要往左右望！走那条正中央的大道！”行刚师父戟指向外，声震屋宇。

总有这么些小饭馆，平日生意不火不淡，饭菜口味不好不坏，价钱不高不低，装修不精不陋，可是街坊邻居要是离了它，吃饭就麻烦了许多。

湘西的一座小城里，灵菲便开了这么一家饭店，每日喝点儿小酒，邻居偶尔赊账不还，也不计较，看哪家孩子可爱，多给切几片肉，也能开心。

这日正值午后，饭店客人稀少，灵菲正在店里开了牌局。半觉潜至饭店后窗外，闻得其声，踌躇不前，竟满额是汗，起身喘气放松。忽听得背后有物落地，吓了一跳，转身看时，竟是巍子，目瞪口呆，看着自己说不出话，半觉上前揽住巍子肩膀便走。

二人寻了家深巷中的饭馆，一道腊味合蒸，一钵米饭，两瓶白酒。

“这两年过得怎样？”半觉问。

“还好，一日三餐，早睡早起，平平常常。”巍子如是说。

“灵菲身体怎样？都恢复了吗？”

“都好了，只是脸上还有条疤痕，打算下个月带她去整容修复。”巍子说完，便没再言语。

半觉见巍子低头沉默，便也没再说话，拂开小杯子，三两口扒完了饭，满满斟上一大碗白酒，巍子见半觉如此，也把自己的空碗满上，干！

“你们在一块了？”半觉一抹嘴，借着酒劲问，巍子一口喝急了，皱眉说不出话，借酒劲狠狠点头。

“她……还很想你。”良久，巍子憋出这么句话。

“呵，你也是傻子。”半觉盯着巍子看了半晌，摇摇头苦笑。

俩人无话，都拿了筷子，你一片腊肉，我一片香肠地嚼着，咸得口渴、满嘴流油了也不停，直到一碟腊味告罄。

“你想去见她吗？”

“我该去见她吗？”

二人同时说出话来，脸上满是为难。

要去做些俗气的事情么？借着那些旧情，勇往直前地夺了朋友之爱？还是去喝那由灵菲亲手端来的黄藤酒，问她一句如今过得可好？

“罢了，人间之缺，天道之本！”半觉挥挥手，再满上一碗，自顾自端起，碰了巍子的碗，一饮而尽，拎起包袱，痛快走人。

“你往哪里去?”巍子急问。

“回家、教拳、结婚、尽孝。”半觉终于做出了决定,头也不回,大步流星。

太上忘情也好,明心见性也罢,那些不朽的理论在当下此刻都已黯然失色。

明天,半觉会从这里,乘飞机抵达真武书院的所在地,从此之后,可以尽情地沉浸在对武道的修炼、探索、教学之中。也许过不了多久,他还会做新郎官,有个家,家里有个温柔贤惠的老婆,简单健康的饭菜,有规律的性生活——都是该做的事,半觉心中却并未涌现如常人般的幸福,对于早生“出离心”的他来说,这些事情甚至是一种伤害。

只有这些吗?那些从前经历的,又是什么?那个在小城市里开着饭馆,还渴望着能与半觉见上一面的姑娘呢?

谁能不留遗憾呢?不过,半觉不着急,因缘当了之时,自然会了,轮回中的债,必然要还,该见的人,迟早要见。

行刚师父曾言,人临终之时,若能诵“阿弥陀佛”,那么阿弥陀佛即来,将诵佛号之人接引至西方净土。那里有两位法力无边的导师,一位叫大势至菩萨,一位叫观自在菩萨,他们将会为到来之人讲授世尊的三时教法,待得此人大悟,便使其重入六道,再回人间,还清曾经欠下的债。

诸葛亮曾言:“鞠躬尽瘁,死而后已。”

半觉想,自己却是“此生不已,来生还干”,胸中满满的傲气,仰天大笑,泪光寒了,故事完了。

一日心期千劫在,后生缘结在他生里——半觉真是这样想么?有诗为证:

浮生梦,金刚风,
凄凄难言色是空。
往昔功,流水东,
又向暮鼓与晨钟。
欠下些许做种子,
勾引轮回路上逢。
恨不缠,离境中,
还向苍生觅九重。